Né à Neuilly en 1962, Marc Eichinger est un agent secret et lanceur d'alerte français.

Expert reconnu en finance internationale devenu agent de renseignement, il a mis ses compétences au service de diverses autorités.

Dans les années 1980, il est trader (opérateur de marché) et directeur de salle de marché. En 1986, il est cambiste à la BIAO, la « banque de la Françafrique », puis chef de la salle des marchés à Mitsubishi Bank et BBL à Paris.

Après le 11 septembre 2001, il voyage dans divers théâtres d'opérations militaires et travaille pour la DGSE. Depuis 2004, il dirige sa société d'enquêtes et de sécurité, APIC (Assistance Petroleum International Capital).

En 2006, il enquête sur le détournement des fonds étrangers consacrés à la reconstruction de l'Irak, vivant dans une ancienne forteresse de Saddam Hussein. Il se présente alors comme un investisseur français domicilié en Suisse. En 2010, il affirme dans un rapport que l'achat par Areva de mines d'uranium est surfacturée et constitue une fraude. À la suite, entre autres, de ces révélations, Areva est démantelée en 2016.

Il affirme avoir passé 7 ans au Niger, de 2013 à 2020, à travailler sur la sécurité d'une installation pétrolière. Des révélations contenues dans son livre, *Jeux de guerre* (2022), ont provoqué l'ouverture d'une information judiciaire.

Marc Eichinger intervient régulièrement dans les médias, notamment pour parler des affaires financières sur lesquelles il a enquêté.

Alix Meyer est le pseudonyme d'une ancienne journaliste basée en Asie puis en Afrique.

Le Réseau

MARC EICHINGER
ALIX MEYER

Le Réseau

Proelio Procusi
FORGÉ AU COMBAT

J'AI LU

Il faut savoir pardonner à l'ennemi. En revanche, nous n'avons pas le pouvoir d'accorder le pardon à des personnages comme Ben Laden. Dieu seul le peut. Et notre métier consiste à faire en sorte que Dieu et ces personnages se rencontrent.

Natan ROTBERG,
expert en explosifs
de l'Unité 188 (Mossad)

À la mémoire de Philippe Setton.
Marc Eichinger

À Esther, que j'ai enfin laissée partir.
Alix Meyer

1

Un cri. Rien qu'un cri d'hirondelle ou les jappements des chiens errants lui auraient fait du bien. Juste un peu de vie, qui, ici, semblait s'être éteinte depuis bien longtemps. Janco observa le ciel sans nuage, les dunes à perte de vue, dont les couleurs monotones trahissaient les souffrances répétées de ces lieux, puis il consulta sa montre. 3 heures 17. Il restait quarante-trois minutes avant le départ de la mission.

Il avait enfilé son gilet pare-éclats de dix-huit kilos et armé ses deux Glock 21. Sa kalach et un sac de chargeurs étaient posés à ses pieds. Nerveux, il descendit près du SUV et vérifia l'ouverture de la porte du coffre ainsi que le positionnement de la mitrailleuse. À côté du véhicule, le Cougar attendait sagement, monstre blindé de dix-sept tonnes qui avait déjà sauvé la vie de dizaines de personnes en Iraq et en

Afghanistan[1]. Janco effleura sa carrosserie de la paume de sa main. Malgré sa masse, la bête atteignait facilement les cent kilomètres à l'heure. Par ailleurs, munie de six roues, elle pouvait se permettre d'en perdre trois sans cesser de rouler. De quoi tromper la mort et les mines improvisées.

— Moi non plus, je n'aime pas sa couleur, déclara une voix éraillée derrière lui. Je voulais un vert anis mais ils n'en avaient plus en stock.

Janco se retourna. Dupe lui faisait face, un sourire et une cigarette aux lèvres. C'était un Boer comme lui, un gosse des cités qui avait grandi dans le ghetto blanc de Munsieville, aux portes de Johannesburg[2]. Et son caporal sur cette opération. À peine âgé de trente ans, Dupe avait passé presque autant d'années en Irak qu'en Afrique du Sud. La guerre, il ne connaissait plus que ça.

— Arrête de stresser, souffla-t-il en même temps qu'un jet de fumée. C'est n'importe quoi, ces rapports du renseignement. Pourquoi une unité d'élite viendrait-elle attaquer une base qui n'abrite qu'un petit groupe de mercenaires, des membres d'une ONG et des gosses ? La théorie

1. Véhicule blindé résistant aux mines, fabriqué par Force Protection (États-Unis).

2. Les Boers sont les pionniers blancs d'Afrique du Sud, originaires, pour la plupart, des régions néerlandophones d'Europe, des provinces indépendantes du Nord, d'Allemagne et de France.

du kidnapping, je veux bien, mais sérieux, l'Iran a bien assez à faire avec la Syrie, Daech et les autres !

Janco reporta son regard sur le Cougar. Dupe ne savait pas que Qais Qazali était toujours en vie. Personne ne le savait, pas même Esther.

Quatre mois plus tôt, Janco avait été contacté par l'ONG France Démocratie et son président, Hector de Balestoux, afin de sécuriser un convoi d'enfants du Château à Erbil[1]. Le Château était le nom de code d'une ancienne forteresse proche de Kirkuk, qui avait été la cible répétée de bombes incendiaires lors de l'opération Iraqi Freedom quinze ans auparavant. Les murs avaient tenu ; en revanche, tous les militaires qui y combattaient avaient péri, brûlés vifs. Depuis, les autochtones pressaient le pas à proximité de ces remparts où les âmes des malheureux étaient condamnées à errer, puisqu'aucune cérémonie religieuse n'avait pu les conduire au paradis. Une planque idéale. Et une mission officielle de routine. Ce qui n'était pas le cas de l'autre mission – officieuse – de Janco : tuer Qais Qazali, le chef d'une unité d'élite iranienne, qui s'était fait du kidnapping de Blancs une spécialité. Capturé en 2007, Qazali avait depuis lors été déclaré mort par tous les services de renseignement. Sauf qu'aucune source ne mentionnait son exécution. Et le Réseau, l'agence

1. Ville d'Irak.

de renseignement qui employait Janco, avait de bonnes raisons de croire que ce fou de guerre avait repris du service.

*
* *

Esther fixait l'aiguille des minutes sur le cadran de sa montre. Assise sur l'unique chaise du minuscule bureau que contenait sa chambre d'hôtel, elle n'avait pas fermé l'œil depuis plus de vingt-quatre heures. Dans trente minutes, le convoi qui devait lui amener Meira démarrerait. Cent kilomètres séparaient Kirkuk d'Erbil. Cent kilomètres sur une immense ligne droite, avec strictement rien aux alentours, si ce n'était la menace d'une bombe derrière chaque caillou. Un haut-le-cœur lui souleva l'estomac. Elle courut dans la salle de bains et se pencha au-dessus de la cuvette des toilettes, mais rien ne sortit. Livide, elle se passa un gant d'eau chaude sur le visage, puis elle retourna s'asseoir, en proie à un malaise plus grand encore. Elle n'avait plus l'habitude d'éprouver quoi que ce soit. La peur, c'était quelque chose qu'elle se rappelait avoir ressenti il y a fort longtemps. La peur, la joie, le désir. Autant d'émois qui l'agitaient en cet instant précis.

Elle avait tout prévu : une poupée avec des yeux qui se fermaient quand on la couchait, des livres d'images, un crocodile en bois qui se tirait à l'aide d'une ficelle, un rendez-vous avec le pédiatre aussi, dès que la petite arriverait saine et sauve en Israël, et, enfin, une couverture et un oreiller afin de voyager confortablement jusqu'à Tel Aviv, en passant par Chypre. Sur l'île, Esther avait même contacté un *sayan*, un civil juif qui proposait gratuitement son soutien au Mossad et qui leur offrirait le gîte et le couvert pour la nuit.

À nouveau, elle consulta sa montre. Plus que vingt-six minutes. Elle inspira à fond.

La petite verrait la mer pour la première fois. Est-ce qu'elle voudrait se baigner ? Quelle importance…

Nouveau coup d'œil à sa montre. Janco allait donner le départ à la voiture de tête dans dix-huit minutes. Son estomac se contracta.

C'était elle qui avait prénommé la gamine Meira, « celle qui éclaire » en hébreu. Janco ne savait rien de son importance. Esther avait hésité à la lui révéler, mais Hector l'en avait dissuadée. Cette gosse, c'était un sacré paquet d'emmerdes à elle seule, alors mieux valait cacher ses liens de parenté au plus grand nombre de gens possible, Janco y compris, et lui faire croire qu'il dirigeait une banale opération d'escorte.

Trois ans plus tôt, à l'été 2014, Daech avait envahi le Sinjar. Seule l'intervention des YPG[1],

---

1. Les « Unités de protection du peuple » (en kurde : *Yekîneyên Parastina Gel*).

une faction kurde qui combattait pour la cause kurde, et du PKK[1], des combattants kurdes originaires de Turquie, avait permis le sauvetage des milliers de Yazidis pris sous le feu des envahisseurs. Étrangement, cet événement avait révélé au monde l'existence de cette minorité ethnique oubliée de tous.

À la suite de cette invasion, Esther avait bien compris, au cours de ses échanges avec les différents services kurdes, qu'ils avaient récupéré des enfants de castes élevées. Selon toute vraisemblance, ces enfants étaient d'ailleurs les seuls survivants de ces castes. Ces mômes avaient ainsi le pouvoir de refonder la tribu de leurs ancêtres. Une petite fille surtout, âgée de cinq ans et issue de la caste des Sheikh. Sans doute la dernière de cette lignée princière.

Établie à Erbil en tant que responsable de l'ONG Children Care, Esther avait rapidement été contactée par Hector de Balestoux, un industriel franco-suisse richissime, lui-même en charge de l'ONG France Démocratie. Lors d'un dîner en tête à tête, celui-ci avait eu la délicatesse de faire semblant de croire à la couverture d'Esther, tout en sachant parfaitement qu'il avait affaire à la cheffe du bureau du Mossad à Erbil. Et cela arrangeait grandement ses affaires. France Démocratie venait de récupérer les huit

1. Le « Parti des travailleurs du Kurdistan » (en kurde : *Partiya Karkerên Kurdistan*).

orphelins yazidis, dont la petite fille âgée de cinq ans... Contrairement à Esther, aucun des membres de l'ONG ne parlait le kurmandji, leur langue. Par ailleurs, vêtir les orphelins s'était révélé compliqué car les Yazidis avaient banni la couleur bleue de leurs garde-robes[1]. Logés provisoirement au Château, les petits seraient bientôt disponibles à l'adoption. Et Hector était pressé de se débarrasser d'eux. Et surtout de la gosse.

— Pour être bref, avait-il bafouillé ce soir-là, mal à l'aise, nous offrirons les papiers nécessaires à la personne qui lui fera quitter le pays dans les conditions appropriées.

Si l'extinction du reste de la caste des Sheikh était confirmée, la gamine deviendrait une princesse autant que le symbole de leur persécution. Soixante-quatorze génocides et des siècles d'oppression. Voilà ce qui faisait d'elle une cible à éliminer d'urgence pour les Iraniens.

Esther n'avait pas le droit d'avoir d'enfants. Les membres du Kidon, l'unité d'élite du Mossad dont elle faisait partie, étaient des guerriers qui n'avaient pour vie que leurs missions. Mais contrairement à tous les autres, pour elle, cette

---

1. Le cheikh Ade, guide spirituel des Yazidis du XIIe siècle, a interdit de manger du porc, de se lier aux musulmans, et de porter des vêtements de couleur bleue. Les Yazidis ne conçoivent pas l'enfer et acceptent le bien comme le mal. Leur société est structurée en castes, avec les Sheikh au sommet, vêtus de blanc, les Pîrs, en noir, puis on descend l'échelle sociale avec les Fakirs, les Khavals, les Ankhans, les desservants.

gosse était une chance : sa seule possibilité de devenir un semblant de mère. La gamine était aussi précieuse que dangereuse, et le Mossad préférerait la savoir sur son territoire, adoptée par l'un de ses membres, plutôt que dans une famille d'accueil quelconque. Alors Esther avait contacté l'Institut[1] et obtenu, après moult réticences, un « feu orange » pour son adoption. Nom de code de l'opération : Benaw. Le but était de rapatrier la môme à Tel Aviv où elle aurait une nouvelle identité. En cas d'échec, l'Institut nierait toute connaissance de l'affaire ainsi que des personnes impliquées.

Esther poussa son regard jusqu'aux monts pelés, qu'elle devinait par la fenêtre de l'hôtel dans le jour naissant, témoins passifs de siècles de souffrances, de départs et de renoncements. Les Kurdes disaient n'avoir pour amis que les montagnes. Elle les comprenait. La nature absolue de la guerre justifiait tous les crimes, et ils avaient eu droit à toute la panoplie des trahisons.

— Pas cette fois, murmura-t-elle sans s'en rendre compte.

Elle n'était qu'un fantôme et sa vie qu'une ombre. Si elle devait périr, elle périrait, sans se prosterner devant rien, ni personne. Toutefois, pour la première fois depuis des années, elle

1. Surnom du Mossad.

ferma les yeux et demanda au ciel de lui accorder cette grâce : la garde de Meira. Certes, elle ne pourrait pas l'élever, et ce ne serait pas elle qui irait la chercher à la sortie de l'école, puis qui l'emmènerait jouer au parc. Mais elle serait là, quelque part, à veiller sur elle. Elle aurait une raison supplémentaire de se battre et de rester en vie.

*
* *

Cela faisait maintenant deux semaines que les services de renseignement kurdes annonçaient à Janco une attaque imminente ; or rien ne s'était encore produit. Les services kurdes avaient précisé avoir repéré trois hommes, dont l'un portait un sac. Ce qui signifiait que des équipes de trois individus se tenaient à l'affût avec du matériel.

Les services kurdes étaient réputés pour leur fiabilité. Si une unité iranienne comptait attaquer, c'était forcément avec un seul objectif : enlever des Occidentaux, *a fortiori* membres d'une ONG, et donc dotés d'une forte valeur marchande.

Janco observa le désert à l'horizon. Qais était là, quelque part. Son unité tournait autour du Château. Et parce que c'était la sienne, la menace était grande. Or Janco ne pouvait pas révéler ce qu'il savait à ses hommes, encore moins à Esther. Pour cela, il aurait également fallu qu'il révèle appartenir au Réseau. Esther aurait aussitôt prévenu le Mossad et la mission aurait été annulée.

Sa mâchoire se crispa un bref instant. Il devait rester concentré, ne pas penser à Esther. De toute façon, les enfants ne couraient aucun danger. Ils n'étaient pas la cible.

De l'extérieur, le Château était impossible à attaquer. Qais attendait forcément que les membres de l'ONG quittent ses murs pour leur tomber dessus. C'était justement le pari qu'avait fait le Réseau, et la raison pour laquelle Janco avait accepté la proposition d'Hector de Balestoux.

Dupe jeta sa cigarette à ses pieds, puis l'écrasa de la pointe de sa botte. Janco, quant à lui, consulta sa montre une dernière fois. Il restait huit minutes.

*

* *

3 heures 58. La voiture de tête allait démarrer. Ensuite, ce serait au tour du minibus de partir, escorté par le SUV et le Cougar. Le chauffeur devait appeler Esther une fois qu'il aurait franchi le dernier *check-point*. Ils se retrouveraient ensuite dans Erbil, où Esther récupérerait les enfants pour les emmener, en tant que présidente de l'association Children Care. Elle ne verrait pas Janco.

Lors de leur dîner, quand Hector avait ajouté qu'un ancien lieutenant de la Légion étrangère d'origine sud-africaine avait été choisi pour protéger le convoi du Château à Erbil, Esther avait instantanément compris qu'il parlait de lui. Un signe du destin, ou plutôt un choix délibéré de la part du richissime industriel qui avait fouillé dans le passé de la cheffe du Mossad à Erbil. Engager l'ancien lieutenant, c'était donner à Esther une raison de plus d'accepter.

Janco regagnerait la France à peine la mission achevée. Encore une fois, Esther et lui passeraient l'un à côté de l'autre.

Tendue, elle vérifia que le désert qui courait tout autour de l'hôtel était toujours aussi silencieux. Seul le vent balayait le sable par intermittence. Elle se rassit.

Tout aurait pu être différent entre eux. Si elle adoptait cette gosse, peut-être pourrait-elle calmer ses démons et rouvrir un tant soit peu son cœur à Janco. Ne plus être qu'une tueuse.

*

* *

4 heures. Des postes de combat avaient été montés partout où les murs étaient accessibles, les escaliers piégés, sauf celui qui allait être emprunté par les enfants, et des mercenaires se tenaient sur les toits avec des stocks de munitions.

Sous un soleil rasant, les portes du Château se déverrouillèrent et la voiture de tête partit en éclaireur en direction d'Erbil. Elle devait ouvrir la route, vérifier les bas-côtés, les dépôts d'ordures suspects ainsi que les nids-de-poule, un travail méticuleux et risqué dont les services secrets kurdes avaient l'habitude. Au passage, elle devait également prévenir les différents *check-points* de l'arrivée du convoi.

Quinze minutes plus tard, Leyla et Liam, deux membres de l'ONG France Démocratie, allèrent réveiller les enfants. Ils les enroulèrent dans des couvertures, puis ils donnèrent à chacun d'eux une boîte de jus d'orange et un morceau de pain. La cuisinière qui les accompagnait voulut préparer du café pour Dupe, seul militaire qui resterait à bord du minibus. Janco s'agaça. Ils venaient de perdre cinq minutes sur leur programme. Leyla et Liam rassemblèrent les enfants et les pressèrent dans le véhicule. Dupe posa une main bourrue sur l'épaule de son chef.

— Du calme, *boss*. Ce retard n'a aucune importance.

Il avait raison. Les gosses allaient avoir une longue journée, qui s'achèverait sur l'aube d'une nouvelle vie. Mieux valait ne pas les stresser. Janco donna une accolade à son caporal en retour, puis il lui rappela de signaler leur position à Children Care une fois le dernier *check-point* franchi. Après quoi, il monta dans le SUV blindé, sur le siège du passager avant. À l'arrière avaient pris place Josh, le militaire chargé de la mitrailleuse, et Liam. Sa nationalité suisse doublée de son teint de lait faisait de lui une cible de choix. Quant à Leyla, une Kurde sans intérêt pour Qais, elle s'était installée parmi les enfants dans le minibus.

Les consignes étaient claires : Mahmoud, le chauffeur du SUV, devait rester à cent mètres du minibus si la route était dégagée, et le coller en cas d'affluence. Mais à cette heure-ci, Janco était confiant. Il n'y aurait personne. Il avait tout de même prévu une petite « friandise » pour Qais Qazali : cinq militaires avaient pris place dans le Cougar avec pour mission de rester à distance d'intervention. Si une voiture civile ou n'importe quel véhicule commençait à coller dangereusement le SUV, ils ouvriraient le feu par l'arrière, sans sommation, puis le Cougar remonterait sur eux et défoncerait le véhicule suspect. Et si jamais le SUV était pris sous un feu latéral, le Cougar s'interposerait entre lui et les agresseurs. Avec sa masse et son blindage, il pouvait se prendre une roquette sans craindre autre chose que des rayures.

4 heures 30. Le jour était levé et le ciel dégagé. Janco donna le signal du départ. Le convoi se mit en branle, le minibus d'abord, puis le SUV, les feux éteints et la radio silencieuse, et enfin le Cougar. Derrière eux, les portes du Château se refermèrent.

*
* *

5 heures 10. L'homme ouvrit son téléphone portable et y inséra une carte SIM anonyme. Il ralluma ensuite l'appareil et passa un coup de fil.

*
* *

Esther regarda une dernière fois sa montre. 5 heures 30. Il était temps pour elle de quitter l'hôtel et de rejoindre le centre-ville d'Erbil.

*
* *

Ils avaient franchi les deux premiers *check-points* sans encombre. Il n'en restait plus qu'un. Quarante kilomètres les séparaient d'Erbil où ils seraient définitivement en sécurité.

Alors que Dupe sentait sa nervosité le quitter, le bruit d'une moto lui parvint. Il l'aperçut quelques secondes plus tard. C'était une vieille routarde conduite par un individu casqué et transportant un passager, également casqué, assis derrière lui. Pas bon signe. Le caporal se colla à la porte du minibus, son Glock à la main. La moto les croisa. Il eut juste le temps d'apercevoir l'énorme blouson que portait le passager.

Cent mètres plus loin, Janco vit le conducteur de la moto freiner puis effectuer un demi-tour et repartir à fond en direction du minibus. Ce n'était pas possible. C'était eux, la cible ! Mahmoud n'attendit pas l'ordre de son chef : il écrasa la pédale d'accélérateur.

Contrairement aux autres enfants, Meira ne dormait pas. Elle avait fini son morceau de pain, bu le jus d'orange, et regardait par la fenêtre les dunes de sable à l'horizon. La veille, Leyla leur avait lu un livre où il était question de banquise et d'ours blancs. La banquise, c'était quelque chose qu'elle avait eu beaucoup de mal à imaginer. Leyla leur avait ensuite montré des photos d'ours et de phoques. Depuis, Meira pensait à eux. Elle aimerait tant voir un de ces gros animaux un jour. Un énorme ours qui se dresserait sur ses pattes arrière, prêt à l'attaquer, et elle n'aurait pas peur. Les autres enfants étaient angoissés, pas elle. Elle se sentait chez elle parmi les décombres du Château et ses fantômes. Elle fixait le noir pendant des heures, en attendant que l'aube paraisse.

Elle perçut le bruit de la moto et colla son nez à la vitre pour l'apercevoir. Son conducteur se rapprochait justement du milieu du bus, là où elle était assise.

Janco comprit juste avant que le *blast* de la bombe ne soulève le SUV. La route disparut dans un nuage de poussière, puis le véhicule bascula sur le flanc gauche. Sous la violence de l'explosion, les vitres blindées rentrèrent dans l'habitacle.

Blessé au visage, le lieutenant mit du temps à reprendre ses esprits. Du sang coulait de son front jusqu'à sa bouche et la douleur martelait ses tympans encore intacts grâce aux bouchons protecteurs. Hagard, il se tourna vers Mahmoud, mais l'espoir n'était plus permis. Un débris avait perforé le pare-brise pour le toucher en pleine tête.

Dans le coffre aménagé du SUV, Josh, le militaire chargé de la mitrailleuse arrière, remuait. Liam non. Janco essaya d'appeler son subalterne mais aucun son ne sortit de sa gorge. Autour d'eux, les airbags commençaient à se dégonfler. Josh jeta un regard à son voisin – il ne pouvait plus rien faire pour lui – puis il passa à l'avant, fit basculer le pare-brise et aida son chef à se débarrasser de ses chargeurs ainsi que de la plaque protectrice de son gilet pare-éclats. Ils devaient faire vite, car l'atmosphère était irrespirable. La poussière s'imprégnait partout et commençait déjà à recouvrir le corps de Mahmoud. Janco lui jeta un dernier regard, après quoi il s'appuya sur le cadavre pour s'extraire du SUV.

Au-dehors, c'était pire encore. Les deux hommes se jetèrent au sol afin d'y chercher le peu d'oxygène qui y subsistait. Ils bloquèrent ensuite leurs poumons et rampèrent aussi vite et loin du SUV qu'ils le pouvaient. Du sang coulait toujours le long du visage de Janco, mais ce n'était rien, se rassura-t-il. Le blindage avait résisté. La bombe n'avait pas été si forte que ça.

De la lumière apparut subitement au bout du nuage, une quinzaine de mètres plus loin. Rampe, s'ordonna-t-il, rampe ! Il sentait son subalterne faire de même à côté de lui. Impossible de parler ni même de tourner la tête pour le voir. Ramper, se dégager de là au plus vite, vivre.

Alors qu'ils sortaient enfin du nuage de poussière, une légère brise balaya la scène autour d'eux, révélant un cratère d'une quinzaine de mètres de large, là où aurait dû se trouver la route. Ce n'était pas leur véhicule qui avait sauté sur une mine… Sous le choc, Janco tenta de discerner le minibus au milieu de la cavité, mais tout ce qu'il vit fut un morceau de carcasse fumant, coupé en deux, ainsi que des restes de corps calcinés.

Quatre ans plus tard

avril 2021

2

Morte la bête, mort le venin[1].

Afrique du Sud, cimetière de Pomfret

Le vieux roula le corps dans la couverture élimée avant de le faire basculer dans le trou. Janco émit un grognement.

— Le voir ainsi, juste enveloppé dans ce bout de tissu, ça me rappelle un taliban que j'ai buté en Afgha.

Augusto se tourna vers lui, interloqué.

— Quel est le rapport ?

Son anglais était marqué par un fort accent portugais qui trahissait ses origines angolaises. Janco poursuivit, le regard fixé sur le cadavre emmailloté :

1. « *Muerto el perro, se acabó la rabia* » : proverbe espagnol.

— Dès qu'il connaissait le nom de sa prochaine victime, il lui envoyait une lettre avec à l'intérieur un billet de dix dollars, un fil et une aiguille. Une menace de mort imminente.

— Le billet pour acheter le linceul et le reste pour le coudre, conclut Augusto dont la perspicacité était le fruit de longues années sur le terrain.

Le lieutenant acquiesça.

— Regarde notre ami, on le met en terre comme un chien, fulmina-t-il.

— Non, le détrompa le vieil Angolais. La terre le reprend, voilà tout. Il n'est pas mort et nous nous retrouverons en enfer…

Pour accompagner ses mots, il sortit une bouteille de sa poche et fit semblant de trinquer.

— Aux Terribles !

Janco serra les dents, puis il leva le bras afin de joindre son geste à celui du vieil homme.

— À ceux qui ne reviendront plus, répondit-il en écho.

To the lost, mon ami, ajouta-t-il pour lui-même. Le 32e bataillon Buffle venait de perdre l'un des siens. Un mort de plus, voilà tout.

Il n'était pas 9 heures du matin, mais le soleil tapait déjà durement sur les toitures en tôle des habitations. Janco remit sa casquette. Ce pays, il y était né trente-neuf ans plus tôt. Eugène, son père, était venu y vivre à la fin de la guerre d'Algérie. Obligé d'abandonner la patrie qu'il aimait tant ainsi que la ferme qu'il y avait créée, il avait préféré retenter sa chance en Afrique du

Sud plutôt qu'en France. La famille de Kalya, sa future femme, y vivait depuis trois générations. Ses grands-parents s'étaient battus contre les Zoulous après avoir sillonné la brousse et transformé ce sol ingrat en fermettes agricoles. Puis les Anglais avaient débarqué, et pour s'approprier plus facilement le fruit du travail des Boers, ils avaient enfermé leurs femmes et leurs enfants dans des camps où ils les avaient laissés crever de faim. La grand-mère de Kalya avait huit ans quand elle avait été emprisonnée. Contrairement à sa mère et à son petit frère, elle avait survécu au carnage et transmis sa rage de vivre à sa progéniture. Kalya était grande et musclée, elle aurait pu choisir un Boer, comme elle, un pionnier blanc d'Afrique du Sud, descendant des Provinces-Unies, mais Eugène, avec son air de chien battu et ses regrets, l'avait séduite. À croire que la souffrance s'était enracinée dans les gênes de cette famille et que la simple beauté de la vie n'était plus pour eux. Ensemble, Eugène et Kalya avaient monté une ferme. Puis Janco était né. C'était sa mère qui avait choisi son prénom, la forme slovaque de John, qui signifiait : « Dieu fait grâce ». En fin de compte, peut-être y croyait-elle encore ?

Gosse, Janco n'avait pas été malheureux. Il avait traîné dehors, comme la plupart des enfants de fermiers, et aidé ses parents aux champs jusqu'à la tombée du jour. Il avait rarement vu son père en revanche, qui travaillait douze heures par jour, six jours sur sept. Il avait tout de même eu le temps d'écouter ses histoires sur la Légion étrangère, ce culte qu'il lui vouait, car c'était grâce au 1er REP[1] qu'il avait échappé au FLN.

Ses parents étaient morts en 2001, peu de temps après le père d'Esther. Eugène avait été retrouvé attaché à un poteau au fond de leurs champs, poignardé et les tripes à l'air, et Kalya sur le sol de leur cuisine, étranglée après avoir été violée. Le message était clair : les Blancs n'étaient pas les bienvenus. Janco avait enterré ses parents, puis rejoint la Légion étrangère après une formation de médic dans l'armée sud-africaine[2]. La DGSE l'avait repéré au 2e REP. Après ça, il avait intégré le COS – le Centre des opérations spéciales. Jusqu'en 2008, tout du moins, où l'opération sordide à laquelle il avait assisté au Tchad lui avait fait tourner le dos à ces agences corrompues pour en rejoindre une autre, plus clandestine.

Son téléphone satellite se mit à vibrer dans sa poche. Janco le déverrouilla et lut le message qui s'affichait : un rendez-vous chez Albert pour le jeudi suivant, accompagné de la photo d'un cerisier en fleurs. Le lieutenant replaça l'objet dans son baggy, le regard fermé. Une seule personne avait le pouvoir d'activer ce code d'urgence.

---

1. 1er régiment étranger de parachutistes.
2. Le médic est l'infirmier militaire spécialisé, dans une zone de guerre.

3

Who dares win[1].

Londres, quartier de Knightsbridge

Une pluie dense et glacée martelait les vitres du taxi. Dans l'habitacle, le chauffeur augmenta le volume de la radio. Janco ne s'était pas rendu à Londres depuis plus de deux ans. La dernière fois, il y avait récupéré une simple clé. Sa source avait refusé de se montrer.

Il avait enfilé un pull-over marin gris clair assorti à la couleur de ses yeux. Ses cheveux, d'un brun tirant sur le noisette, étaient coiffés en arrière. Machinalement, comme à chaque fois qu'il songeait à Esther depuis quatre ans, il

1. « Qui ose gagne », devise du Special Air Service (SAS), composante des forces spéciales britanniques, dont le club est localisé dans le quartier de Knightsbridge, à Londres.

effleura la marque de brûlure qui courait de son arcade sourcilière droite à sa pommette, témoin indélébile de son échec.

Le taxi ralentit.

— Albert Crescent, à Knightsbridge, annonça le conducteur. Nous y sommes, monsieur. À quel numéro je vous dépose ?

À cette porte, il n'y en a pas, songea Janco. « Quand on y frappe, on abandonne rapidement ses espérances », avait ajouté l'Amiral, la première fois qu'il y était venu. Une référence à Dante que Janco s'était empressé de lire afin de combler ses lacunes.

— Laissez-moi ici, ce sera très bien.

Le lieutenant paya la course, puis quitta l'habitacle, non sans un coup d'œil aux alentours.

La porte se dressait au fond d'une ruelle étroite à sens unique bordée de tulipes, comme dans ses souvenirs. L'immeuble aux briques rouges datait de l'époque victorienne. Rien de très original ni d'outrancier.

À peine Janco grimpa-t-il les trois marches du perron, le visage rentré dans le col de sa parka pour se protéger au mieux de la pluie, que la porte s'ouvrit sur un colosse en livrée grise et gants blancs. Les caméras disséminées ici et là étaient toujours aussi efficaces...

L'homme le salua.

— Bonjour, monsieur, inutile de vous présenter. Votre interlocuteur vous attend depuis avant-hier.

— Je ne pouvais pas arriver plus tôt.

L'homme ne cilla pas.

— Si ma mémoire est bonne, poursuivit-il d'un ton neutre, vous connaissez déjà les lieux. Je n'ai donc pas à vous montrer le chemin jusqu'au boudoir.

— Ça ira, merci.

Le colosse se décala sur le côté. Janco pénétra dans le hall.

Un couloir au papier peint fatigué menait à un boudoir cosy aux couleurs tout autant défraîchies. Sur les murs étaient accrochées des photos d'anciens agents, la plupart datant de la seconde guerre mondiale. Le lieutenant croisa le regard de Lady Olga Maitland, la créatrice et présidente du Conseil d'affaires algéro-britannique, qui n'avait rien perdu de sa prestance malgré ses soixante-seize ans.

— Enfin vous voilà ! s'exclama une voix cassante depuis un fauteuil Chesterfield. Troisième jour que j'attends votre arrivée ! J'imagine que vous avez une bonne excuse...

— Mes devoirs, Amiral, répondit Janco avec respect.

— Assez de salamalecs, le coupa le patron des forces sous-marines françaises, le sujet est brûlant, il n'y a pas de temps à perdre ! Asseyez-vous et prenez ce café. Il est un peu froid mais ça ira très bien.

Janco retira sa parka et obéit. L'Amiral saisit une tablette informatique. Il avait sacrément vieilli depuis la dernière fois que le lieutenant l'avait vu. Ses cheveux gris tiraient désormais sur le blanc. Quant à ses joues et ses paupières, les premières s'étaient creusées et les secondes affaissées. Et cependant émanaient toujours de lui une force et une présence peu communes.

— Paul Cesario, ça vous évoque quelque chose ? demanda-t-il sans préambule.

Fatigué par son voyage, Janco essaya de se concentrer, mais rien ne lui vint à l'esprit.

— Un parfait inconnu, je suis désolé.

— M'étonne pas, vous êtes trop jeune, s'amusa l'Amiral. En réalité, j'aurais été inquiet si vous aviez su répondre.

Il tourna la tablette et la poussa devant sa recrue. La photo d'un homme approchant de la cinquantaine remplissait l'écran.

— Joseph Cesario, son grand-père, était chimiste. Type brillant, patriote, du moins suffisamment pour travailler pour le SDECE[1] sans trop poser de questions. Il était en poste au Laos lors de l'Opération X avec Maurice Belleux. Tout cela remonte à la guerre d'Indochine, acheva-t-il dans un souffle las.

Janco s'avança afin de mieux discerner la photo de Paul Cesario. Typé corse, brun, les pupilles presque noires, mince, plutôt séduisant.

---

1. Service de documentation extérieure et de contre-espionnage, l'ancêtre de la DGSE.

— Belleux allait dans les villages hmong bouffer du chien, et, surtout, s'approvisionner en opium avant que les Vietminh ne fassent de même, poursuivit l'Amiral.

— Pourquoi du chien ?

— Les Hmong sont un peuple hors du temps. Un peuple de dégénérés, selon moi. Leurs femmes se cerclent le cou comme des girafes en pensant qu'elles sont plus jolies ainsi. Quant aux chiens, ils les élèvent gentiment puis, le moment venu, ils versent de l'eau bouillante dans leurs gueules, via un entonnoir, jusqu'à ce que mort s'ensuive. La pauvre bête se vide de ses tripes avant de mourir. C'est plus pratique que d'aller chasser dans la forêt, voyez-vous ?

Janco se recula dans son fauteuil, impassible.

— Belleux allait leur acheter de l'opium qui était revendu par centaines de kilos dans un bordel appelé Le Grand Monde, continua son supérieur. Un nom pareil, ça ne s'invente pas !

Le lieutenant savait que la guerre d'Indochine avait été en partie financée par le trafic d'opium. Une brillante idée, pudiquement désignée « l'Opération X ». Le business de la drogue était devenu le moteur de la guerre. Mais quel était le rapport avec Paul Cesario ? L'Amiral devança sa question :

— Joseph, le grand-père de Paul, était chimiste.

— Opium brut égale..., réfléchit Janco. De l'héroïne, j'imagine ?

L'œil du patron des forces sous-marines françaises s'éclaira.

— Exactement ! Et pas n'importe laquelle : de la pure à plus de 98 % ! Joseph était le seul chimiste au monde à fabriquer un produit de cette qualité.

Janco se rappelait à présent : au fil du temps, l'Opération X avait muté en French Connection. La morphine issue du pavot vietnamien avait été transformée en héroïne à Marseille, avec la protection des barons politiques locaux. De là, vingt tonnes annuelles étaient allées arroser le marché américain. Un business de rêve qui avait perduré jusqu'à ce que le FBI siffle la fin de la récréation.

— Joseph est mort pendu dans sa cellule en 1972, conclut l'Amiral. Mais il nous a laissé une descendance digne de lui. Paul, son petit-fils, avait été élevé par sa mère, une Libyenne qui avait rapidement divorcé d'un pharmacien, également chimiste à ses heures perdues. Malgré leur séparation, le couple avait pris soin d'éduquer leur enfant dans la tradition familiale mais, cette fois-ci, avec des réseaux arabes en prime. Paul est rapidement devenu une star de la chimie. Parfaitement arabophone, qui plus est, avec un ancêtre aussi célèbre... vous me voyez arriver...

— Oui, confirma le lieutenant, il a été recruté par la DGSE qui l'a utilisé pour travailler sur les programmes d'armes chimiques un peu partout dans le monde. Maintenant, ça me dit quelque chose, même si son nom n'apparaissait jamais.

L'Amiral observa l'officier qu'il avait recruté treize ans plus tôt. À cette époque, Idriss Déby était le président du Tchad et si sa tête tenait toujours sur ses épaules, c'était uniquement grâce aux Français, dont le maintien au pouvoir du dictateur arrangeait les affaires. L'opposition tentait pourtant régulièrement de le renverser. Ibni Oumar Mahamat Saleh, l'un de ses leaders, était d'ailleurs un type bien qui avait le potentiel pour prendre sa place. Les forces tchadiennes ne lui en laissèrent pas le loisir. Avec la complicité de deux officiers français, Saleh fut capturé puis torturé jusqu'à ce que mort s'ensuive. Comme les deux officiers, Janco était en Opex[1] à ce moment-là. Il avait appris ce que ses compatriotes, promus colonels par la suite, avaient fait, pour le plus grand plaisir du maréchal-président[2]. Un an plus tard, l'un des deux avait même profité d'une passerelle entre l'armée et la police pour devenir commissaire. Quant à l'autre, il avait été promu à un poste si haut placé que Janco avait quitté le COS, écœuré. Quarante-huit heures plus tard

1. Opération extérieure, dans le langage militaire.
2. Idriss Déby se fait nommer au grade de maréchal le 11 août 2020, et appeler, depuis lors, « Son Excellence le maréchal-président de la République ». Il sera mortellement blessé au cours d'une offensive menée dans le Nord-Ouest du pays en 2021.

à peine, il avait été recruté par l'Amiral pour rejoindre le Réseau…

— C'est exact, approuva ce dernier. Comme vous, Paul Cesario appartenait à une catégorie d'excellence. Un homme brillant, et l'État en avait besoin. Seulement 2011 arriva. Et le Printemps arabe avec. Les mouvements rebelles qui attaquèrent la Libye avaient été financés en grande partie par le Qatar. Mais les Qataris, peu scrupuleux, avaient également payé la totalité de l'intervention française. Toute la famille maternelle de Paul se trouvait à Syrte, la ville près de laquelle naquit Khadafi. Le chimiste comprit ce qui allait se passer bien avant que les islamistes, hors de contrôle, prennent les lieux d'assaut. Il demanda aussitôt à la DGSE de protéger les siens, puis il communiqua à ces derniers les consignes d'évacuation. On ne sait pas si la demande de protection de la famille Cesario n'est jamais arrivée au service Action de la DGSE ou si ce même service l'a ignorée, avoua l'Amiral. Quoi qu'il en soit, la famille de Cesario demeurée à Syrte a été entièrement massacrée en tentant de rejoindre le lieu d'extraction.

Janco se rappela l'expérience qu'il avait lui-même vécue au Tchad, en 2008. Ce goût amer que le chimiste avait dû ressentir, il le connaissait parfaitement.

— Cesario a dû être sacrément révulsé…

— Oh oui, attesta l'Amiral. Il l'a vécu comme une trahison. Paul avait été entraîné parmi les meilleurs. Personne ne remarqua que chaque cellule de son corps était désormais emplie de haine. Il était pourtant déterminé à se venger, ça en devint même une obsession.

La suite allait de soi…

— Paul est parti en jihad contre le monde entier, détailla l'Amiral. À sa façon, bien sûr. D'abord, il a contacté les Nord-Coréens afin de trouver des petits camarades de jeu capables de le financer. Ah oui, s'agaça-t-il, j'ai oublié de vous dire qu'à côté de ses études sur les armes chimiques, notre Paul avait renoué avec le business de son grand-père. Il raffinait de la came que revendaient ses collègues de la Section africaine de la DGSE. Un retour aux sources bien embarrassant…

— Pourquoi la DGSE n'a-t-elle pas demandé une opération « homo » pour s'occuper de lui[1] ?

— Impossible. D'une, Paul était français, c'était donc théoriquement interdit ; de deux, Hollande avait fait suffisamment de gaffes en révélant l'existence d'opérations homo pour que la DGSE lui accorde encore sa confiance. Par ailleurs, sa mort aurait entraîné la divulgation du trafic de stups qu'il avait mis au point avec

1. Les opérations « homo », par opposition aux opérations « arma » (sabotages et destruction de matériels), désignent les autorisations spéciales données par le président de la République française de neutraliser, en toute discrétion, toute cible à condition que l'opération ne vise jamais un citoyen français, et qu'elle ait lieu en territoire étranger.

ses collègues de la section africaine. Vous me suivez ?

Janco se rappela son café. Il saisit la tasse par son anse et en but une gorgée ; il était définitivement froid et acide. Il reposa la tasse en grimaçant.

— Vous voulez que je m'occupe de lui, c'est ça ? Que je vous l'amène pour avoir ses confessions ?

— Si seulement c'était aussi simple, soupira l'Amiral.

Las, il passa la main sur le haut de son crâne et balaya ses cheveux blancs d'un air emprunté. Ce qu'il n'avait pas encore dit, c'est que Paul Cesario avait travaillé à une drogue de synthèse lorsqu'il était à la DGSE. Une drogue dont la fabrication ne nécessitait aucune plante, qui n'avait pas non plus d'odeur et dont le volume était extrêmement concentré. Un bijou pour tout dealer. Une fiole de cette merveille équivalait à un coffre de voiture empli de poudre blanche.

— Le fentanyl, vous en avez entendu parler ?

— Vaguement, avoua le lieutenant.

— Une overdose d'une goutte de ce produit vous envoie directement chez saint Pierre, sans même passer par le purgatoire. C'est la fusée Apollo des stupéfiants, avec des étoiles dans la tête pour l'éternité !

Le fentanyl avait été synthétisé pour la première fois par le Dr Paul Janssen vers la fin des années cinquante. Très vite, il avait été introduit dans la pratique médicale, car son potentiel analgésique valait cent fois celui de la morphine. Puis, comme tous les opioïdes, son usage avait été détourné. Alors qu'en Europe le fentanyl était encore peu répandu sur le marché noir, en Asie et en Amérique du Nord il avait proliféré comme le chiendent dans les prairies. Heureusement, les milliers de junkies qui s'étaient mis à en consommer avaient bénéficié d'un antidote aux effets immédiats : le Narcan. Malgré cela, rien qu'aux États-Unis, entre 2014 et 2016, les surdoses mortelles de fentanyl avaient augmenté de 540 %, causant plus de vingt mille décès par an. Le chanteur Prince lui-même y avait succombé.

— Le problème, soupira l'Amiral, c'est que nous parvient l'écho d'une rumeur selon laquelle Cesario aurait créé un nouveau produit avec l'aide de ses petits camarades coréens, et ce produit serait exceptionnel, très addictif dès la première prise et sans antidote. Vous comprenez ? Un fentanyl puissance dix sans contre-mesure !

Janco saisissait enfin pourquoi il avait été convoqué à Londres. Il saisissait également que la DGSE ne devait plus savoir où se cacher. Quant à la présidence, elle ne devait pas vouloir être mise au courant. Personne ne devait le vouloir… La fange devait être glissée sous un grand tapis et disparaître comme par magie.

Janco posa la question à laquelle il connaissait déjà la réponse, tout en réfléchissant à la suite.

— C'est à ce moment-là que le Réseau entre en scène, n'est-ce pas ?

Le patron des forces sous-marines françaises sourit. Le lieutenant avait toujours été une bonne recrue. L'un de ses meilleurs éléments sans doute, bien qu'irrespectueux à bien des égards. Il y avait en lui une détermination qui était rare, une rage qui l'animait, comme Paul Cesario. Pendant longtemps, l'Amiral avait cru qu'elle lui venait de la mort de ses parents. Puis, en 2017, Janco était devenu bien plus dur et plus sombre qu'à l'accoutumée et le vieil officier avait compris qu'il y avait autre chose. Janco semblait traiter avec le diable comme d'autres flirtent avec la mort… C'était ce qui l'avait attiré lorsqu'il avait rencontré le futur lieutenant lors d'un stage de formation à la nage de combat, qu'il dirigeait. Après ça, il avait suivi sa carrière de près, jusqu'en 2008. L'Amiral était l'un des hommes les plus haut placés dans la hiérarchie militaire française. Personne ne connaissait son véritable emploi du temps. Il lui avait donc été facile de donner rendez-vous au lieutenant après sa démission du COS.

Constitué d'anciens agents et officiers qui ne partageaient pas l'orientation mercantile qu'avaient prise la plupart des services de renseignement français[1], le Réseau pilotait des opé-

1. Les services spécialisés de renseignement sont la Direction générale de la sécurité extérieure (DGSE), la Direction générale de la sécurité intérieure (DGSI), la Direction du renseignement

rations de sauvegarde des intérêts de la France, seul ou en collaboration avec d'autres agences étrangères, grâce à des financements privés. Se servir et servir la France si on n'a rien d'autre à faire, voilà où la corruption menait des fonctionnaires. L'existence du Réseau était peut-être un secret pour les Français, mais pas pour tous les agents, guerriers et espions dont le monde regorgeait. Simplement personne ne savait qui en faisait partie ni combien de membres il comptait. L'anonymat de ses membres se cultivait lui-même. Quand un référent sentait qu'il allait mourir, il divulguait le contact de son successeur aux personnes qu'il avait recrutées. Les membres ne se rencontraient donc jamais. Faire partie du Réseau, c'était faire partie de l'ombre. Combattre la corruption, donner sa vie pour des actions justes et ne jamais recevoir aucune gratitude ni reconnaissance en retour.

L'Amiral s'agita sur sa chaise.

— Un deuxième café ?

Janco tiqua.

— Il y a d'autres mauvaises nouvelles ?

— Disons qu'aucune agence ne doit être au courant. Ce serait fâcheux pour l'image de la France...

---

militaire (DRM), la Direction du renseignement et de la sécurité de la défense (DRSD), la Direction nationale du renseignement et des enquêtes douanières (DNRED) et le Service de traitement du renseignement et d'action contre les circuits financiers clandestins (Tracfin).

Le lieutenant écarquilla les yeux.

— Vous êtes en train de me dire que je vais devoir me débrouiller seul ?

— Mais non, le rassura le vieil officier, simplement il vous faudra être très discret, surtout rien dans la presse, ni sur Internet.

Son regard se durcit.

— Vous ne pourrez plus entrer en contact avec moi, est-ce bien compris ? Nous devons cloisonner au maximum. Mais vous ne serez pas seul pour autant. Nous allons vous attribuer une ressource unique, un officier traitant d'exception. Nom de code : Clochette.

Si Janco avait réussi à garder son calme jusque-là, cette information le fit sortir de ses gonds.

— Vous me collez une agente pour unique ressource, alors que je vais me retrouver dans les eaux nord-coréennes !

L'Amiral lui jeta un regard noir.

— Épargnez-moi vos relents sud-africains, lieutenant ! Cet agent est en contact avec tout ce que le monde du renseignement compte comme agences, et au plus haut niveau. Estimez-vous plutôt heureux d'être couvert par une intelligence aussi exceptionnelle !

Janco retint un juron. Ce n'étaient pas les réflexes machistes que lui attribuait son supérieur qui le faisaient fulminer ; depuis qu'il avait « trahi » Esther, l'idée même de collaborer avec une femme lui était émotionnellement difficile.

Par ailleurs, il aurait aimé pouvoir constituer sa propre équipe au lieu de se retrouver seul sur le terrain…

Le regard de l'Amiral se dirigea une fraction de seconde vers le bas. Il ne lui disait pas tout, devina aussitôt Janco. Et si Clochette était un nom de code dédié à un programme d'intelligence artificielle ? Inutile de poser la question, car son supérieur ne lui fournirait pas la réponse, il le savait pertinemment. L'IA était désormais partout, malheureusement. Même les meilleurs pilotes de chasse étaient en sursis[1].

— Clochette gérera vos besoins, vos arrières et vos finances, reprit l'Amiral avec autorité. Notre budget est serré, je vous le dis tout de suite. Vous serez payé au tarif syndical de quatre cents dollars par jour, avec une enveloppe de base de vingt-cinq mille dollars pour couvrir les premiers frais.

Il ralluma sa tablette. Un visage y apparut, ainsi qu'une carte de la frontière indo-pakistanaise.

— L'une de nos sources indiennes est largement impliquée dans le trafic de drogue avec l'Afghanistan. Si la rumeur est vraie, elle doit pouvoir nous informer.

Le patron des forces sous-marines françaises ancra son regard dans celui de sa recrue.

1. En août 2020, un programme d'IA développé par Heron System et réagissant dans la nanoseconde a balayé le meilleur pilote de la Navy sur un F16 lors de cinq simulations de combat.

— Paul ne doit pas nouer d'alliance avec des cartels. Si cela arrivait, tous les gouvernements devraient faire face à une population de zombies et à des trafiquants encore plus puissants qu'aujourd'hui. Autant libéraliser la production de cette merde et agrandir tout de suite les cimetières !

Le lieutenant acquiesça. Le vieil officier referma sa tablette.

— Notre source est prête à vous rencontrer et à vous aider à localiser le chimiste. Sur le bureau de votre chambre vous attendent un téléphone qui contient une solution de chiffrage, ainsi que plusieurs cartes SIM anonymes. Ah, et je vous ai créé une adresse électronique pour cette opération.

L'Amiral se leva, Janco l'imita.

— Tenez Clochette informée de vos dépenses. Une carte de crédit anonyme vous sera remise, reliée à un compte domicilié dans une banque panaméenne qui sert de couverture au FBI. En cas de problème, on pourra toujours arranger les choses avec l'un de nos contacts chez eux.

— Une chambre ? tiqua enfin le lieutenant.

Son supérieur esquissa un sourire.

— Vous avez l'air fatigué et ici, c'est une bonne planque. Je vous ai réservé la numéro 6, au dernier étage. La salle de bains est sur le palier, mais la chambre est spacieuse et il y fait chaud. Reposez-vous et n'oubliez pas que vous n'existez pas. Vous n'êtes qu'une balle volant vers sa cible.

Janco acquiesça. Les deux hommes se serrèrent la main.

— Nous ne nous reverrons plus, lieutenant, mais tout le Réseau vous remercie. *Fort au combat !*

— *Fort au combat !* répéta son subalterne tandis que l'Amiral quittait déjà le fumoir.

4

Lorsque vous rencontrez quelqu'un pour lui venir en aide, ne lui demandez pas quelle est sa religion[1].

L'aéroport était bien plus vide qu'à l'accoutumée. La pandémie était passée par là… Janco récupéra son bagage et ralluma son téléphone portable. Il avait embarqué à Zurich sous le nom d'Adrian Wolf, autant pour brouiller les pistes que pour vérifier la qualité de son faux passeport suisse. Jusque-là, tout avait fonctionné sans anicroche. Toutefois, au moment de relire les instructions déposées dans sa boîte aux lettres, il y découvrit un nouveau message, intitulé *Petit souci*. L'idée d'obéir à une intelligence artificielle ne lui plaisait pas du tout, mais au moins avait-elle le sens de l'humour…

1. Extrait des textes sacrés yazidis.

La source que vous deviez rencontrer, Ahmed Hassan, est dans le coma à l'hôpital Hiralal de Meerut.

Une coupure de presse était jointe au message. Sans photo, l'article – quelques lignes – indiquait qu'un directeur d'école privée, de confession musulmane, avait été retrouvé dans une ruelle, dans le coma. Victime de plusieurs coups de couteau, ses jours étaient en danger.

Janco n'était pas censé rester en Inde. Il devait juste rencontrer la source, obtenir un maximum d'informations puis reprendre le premier vol au départ pour n'importe quelle destination. Il rangea son téléphone dans la poche de sa veste, non sans un regard anxieux autour de lui. Le panneau des sanitaires luisait au fond du hall. Il serra l'anse de son sac et s'y rendit.

Parmi les affaires qu'il avait empaquetées afin de donner le change, il avait surtout caché une assurance vie : son Mamba. Une arme un peu particulière, faite sur mesure : la combinaison d'une lame de seize centimètres à double tranchant et d'un poing américain. L'arme était étonnamment plate, car les anneaux ne servaient pas à frapper. Janco l'avait élaborée au fil de ses missions. Ses adversaires, surtout s'ils avaient pratiqué le krav-maga, cherchaient autant à frapper ses testicules qu'à faire tomber la lame qu'il tenait à la main. Janco en avait donc créé une qu'il ne pouvait pas lâcher, puisque ses doigts retenaient les anneaux. Il pouvait saisir ce qu'il voulait, un volant, un Glock, sauter d'un toit, sans perdre le contrôle de la lame, ni risquer d'être écorché par elle.

Après l'avoir mis au point, il avait testé son Mamba tout un été durant. Ensuite, seulement, il y avait ajouté sa touche finale. Lorsqu'il était enfant, Xolani, son frère adoptif, lui avait appris à dénicher les nids de mambas et à regarder les petits sortir de leurs œufs. À peine né, ce serpent africain, l'un des plus dangereux au monde, est capable de tuer un homme en moins de vingt minutes. Il est de couleur gris clair ; sa gueule, quant à elle, est noire comme la nuit. D'où le surnom de « baiser de la mort » donnée à sa morsure. Il n'y a pas meilleur poison que le venin du mamba pour enduire une lame, personne cependant n'ayant jamais osé s'y risquer jusque-là, la main du propriétaire de l'arme pouvant la première finir par glisser sur son tranchant – désagrément *a priori* impossible avec celle que Janco avait créée.

Il ferma à clé la porte des toilettes derrière lui, puis ouvrit son bagage et en sortit son assurance-vie enveloppée dans un fourreau de cuir noir. Lame vers le haut, il la passa autour de son cou, sous sa chemise, puis il tira la chasse et ressortit des toilettes. Dans le miroir des sanitaires, il vérifia qu'on ne devinait rien d'autre que le cordon de cuir qui lui conférait un look de hipster. Ses joues n'avaient pas vu le rasoir depuis des jours. Une bonne tête de touriste, se rassura-t-il.

Quatre-vingts kilomètres séparaient l'aéroport de la ville de Meerut, au nord-est de Delhi. Janco se remémora les préceptes du bon agent : rester un parfait anonyme dans la foule et ne pas faire de vagues. Il envoya un texto à Clochette : *Option train, la moins chère* – ça ferait plaisir à l'Amiral –, puis il acheta un billet sans attendre sa réponse. Deux dollars pour être assis en première classe dans un wagon vétuste aux allures de métro parisien, avec des sièges fatigués et des ventilateurs au plafond. Le train démarra. Janco sortit un magazine de son sac et le feuilleta, en parfait vacancier.

Les gens le dévisageaient, certains portant sur le visage des masques d'une propreté douteuse. Il était le seul homme blanc du wagon.

Le train arriva en gare de Meerut moins d'une heure plus tard. Janco laissa le flot des voyageurs s'écouler. Quand il quitta enfin le hall, il n'y avait plus un seul taxi en stationnement. L'hôpital se situait tout au bout de la rue, face à lui. Le fourreau du Mamba frottait contre son torse – une sensation rassurante. Le lieutenant essuya la sueur qui perlait déjà sur son front et entama sa marche.

— Je suis désolée, monsieur, lui répondit la standardiste de l'hôpital vingt minutes plus tard, aucun patient n'est enregistré sous le nom d'Ahmed Hassan.

Janco lui présenta la photo de la coupure de presse sur son téléphone. La femme secoua la tête.

— Je vous dis que personne n'est enregistré sous ce nom, répéta-t-elle.

Sur ce, elle jeta un regard discret à l'agent de sécurité qui se rapprocha.

— Je vous prie de reculer, monsieur, demanda l'homme dans un anglais nasal typiquement indien.

Autour d'eux, la scène commençait à susciter l'attention. Janco réprima un juron. Un médecin se présenta au même instant.

— Puis-je vous aider, monsieur ? Je suis le docteur Annil Patak ; j'étais de garde quand l'homme dont vous parlez a été amené par la police.

L'agent de sécurité ne le quittait pas des yeux. Janco salua l'homme de science avec politesse.

— Bonjour, docteur. Je suis un ami proche de Hassan, et je viens de loin. J'ai vraiment besoin de lui parler.

Le médecin se racla la gorge.

— Hélas, votre ami..., comment dirais-je ? ânonna-t-il, gêné. Il s'est vidé de son sang, et nous n'avons pas pu le sauver. Il était près du Kali Paltan Mandir, notre plus vieux temple dédié à Shiva, quand la police a ramassé son corps.

Les gens alentour ne prêtaient plus attention à leur conversation. Le médecin invita tout de même son interlocuteur à la poursuivre à l'écart des oreilles indiscrètes.

— Nous n'avons pas tout dit à la presse afin de ne pas créer de tensions entre les communautés, expliqua-t-il. Meerut n'est pas une ville comme les autres, vous savez. C'est le cœur de toutes les émeutes communautaires dans le Nord de l'Inde depuis 1939. Alors vous comprenez bien qu'avec toutes ces mutilations, le silence et la discrétion s'imposaient.

— Quelles mutilations ? interrogea Janco.

Le médecin baissa les yeux, faussement confus.

— Les journalistes donnent toujours quelques billets pour tout savoir.

— Et pour deux cents dollars, on peut tout savoir ? releva le lieutenant du tac au tac.

Le médecin saisit les billets tendus avant de poursuivre à voix basse :

— Votre ami n'avait plus de doigts. Pas même aux pieds, ajouta-t-il en riant. On ne savait pas où attacher l'étiquette pour numéroter le cadavre !

Janco demeura impassible. L'homme continua :

— Son visage était tailladé, mais c'est la grande plaie située sous l'aisselle gauche qui l'a tué. Artère sectionnée. Nul ne pouvait le sauver, je suis désolé.

— Et ses affaires ? Son cadavre ? Que sont-ils devenus ?

— Nous ne gardons pas ce genre de cadavre à problèmes, monsieur, mais je pourrais vous dire qui s'en est occupé, ajouta-t-il en tendant à nouveau la main. Toutefois, comme vous êtes venu de très loin, peut-être préférez-vous en parler avec la police…

Janco sortit deux autres billets de cent dollars de sa poche qu'il jeta dans la paume ouverte du médecin. Annil Patak fourra les billets dans sa blouse.

— Il n'avait pas de famille, confia-t-il alors, personne pour payer les obsèques. Quand c'est comme ça, nous appelons le ramasseur de cadavres. Vous savez, ici, on peut trouver des cadavres dans la rue, les canaux ou sur les rails. Ce n'est pas comme chez vous. D'où venez-vous, d'ailleurs ? demanda-t-il d'une voix fausse.

Janco s'abstint consciencieusement de répondre.

— Qui a ramassé le corps ?

Le médecin lui fit signe de l'attendre, après quoi il retourna derrière le comptoir du standard, consulta le terminal, puis gribouilla quelques mots sur un morceau de papier. Le lieutenant ne le quittait pas des yeux. D'un signe de tête, l'homme lui indiqua la sortie de l'hôpital.

— Vous fumez ? s'enquit-il tandis qu'ils se rejoignaient sur la pelouse au bas des marches.

— Non.

— Dommage, je vous aurais pris quelques cigarettes. Et vous oubliez mon dû, mon ami…

Janco glissa deux nouveaux billets au médecin qui, en échange, lui remit le morceau de papier avant de disparaître aussi vite qu'il était apparu. Il y était écrit les mots : *EKTA Foundation, Abdul Malabar,* suivis d'une adresse à Ganga Nagar.

Dans la rue devant l'hôpital, un couple était en train de descendre d'un taxi. Janco héla son chauffeur.

*
* *

— Allô, mon ami ? commença l'homme, le ton obséquieux. Quelqu'un est venu s'intéresser à Hassan. Ça me donne beaucoup de travail, vous comprenez, beaucoup... C'est qu'il n'était pas vraiment mort...

Le médecin inséra sa main gauche dans la poche de sa blouse et fit rouler les billets entre ses doigts.

— Non, vraiment, ça devient très délicat pour moi, gémit-il, – mais si vous faites preuve de générosité, je peux vous raconter des choses.

Il ressortit les doigts de sa poche, un sourire aux lèvres.

— À tout de suite, je vous attends dans l'entrée.

*
* *

Le soleil déclinait quand Janco arriva à l'adresse indiquée. Un quartier pauvre à l'écart du centre-ville, avec des rues en terre battue. Aucun étranger ne venait jamais ici, et lui avait une peau bien trop blanche pour l'endroit.

Le taxi se gara devant une pancarte au bois rongé par la pluie et le soleil, indiquant *EKTA Foundation*. Dans la cour derrière elle, quatre hommes observaient Janco, tel un extraterrestre. À en juger par leurs coiffes, trois d'entre eux étaient hindous et le quatrième musulman. Le lieutenant glissa un billet au chauffeur du taxi, lui en promettant un plus gros s'il l'attendait. Puis il s'avança vers les quatre individus.

— Bonsoir. Je voudrais parler à Abdul Malabar, s'il vous plaît, de la part d'un ami.

— *Salam*, répondit l'un d'eux. Abdul n'est pas encore rentré. Que lui voulez-vous ?

— Juste lui parler d'un mort qu'il a évacué de l'hôpital : Ahmed Hassan.

Le musulman s'avança vers lui.

— *Alhamdulillah*[1]. Nous ne connaissons pas les identités des corps que nous emmenons. Nous les ramassons, c'est tout, et nous sommes fiers que nos volontaires hindous enterrent les musulmans et que les musulmans organisent la crémation des hindous. Nous ne sommes que des hommes de paix, mon ami.

— Hassan a été mutilé, insista Janco. Je désirais juste savoir où je pouvais lui rendre un dernier hommage.

1. Littéralement « Dieu soit loué ».

— Abdul est notre meilleur chauffeur. Je vais vous donner son numéro, peut-être pourra-t-il vous aider ?

L'homme fit quelques pas et entra dans l'habitation qui fermait la cour. Dans son dos, Janco entendit le taxi démarrer. Il se retourna et découvrit un homme assis sur une moto à l'arrêt, un peu plus haut dans la rue, et qui l'observait dans son rétroviseur.

Le musulman revint, un morceau de papier à la main.

— *Salam,* le remercia Janco.

Hassan avait été torturé à mort. Peut-être y avait-il un indice sur lui, une carte SIM cousue dans ses vêtements ou un briquet gravé au nom d'un club ? Aucun musulman ne serait allé au temple de Shiva à la tombée de la nuit. Quelqu'un avait maquillé la cause de son décès. Et ce quelqu'un avait vraisemblablement des copains motards.

Les quatre bénévoles le saluèrent puis repartirent. Janco prit le temps de sortir une bouteille d'eau de son sac et de boire une gorgée tout en levant bien haut la tête, ce qui lui permit de scruter discrètement les alentours. Sa crainte se confirma : un deuxième homme l'attendait contre le mur sur le trottoir d'en face, en bas de la rue. Tout comme le motard, il portait des chaussures en cuir et son pantalon était propre et repassé. Impossible de croire que ces deux-là appartenaient au bidonville.

Janco referma la bouteille d'eau qu'il rangea soigneusement dans son sac à dos, ce qui lui laissa dix secondes de plus pour réfléchir. Il était seul, à pied, et il devait rester discret. Il quitta la boutique d'EKTA Foundation et tourna immédiatement à droite, dans une ruelle mal éclairée. Dans son dos, il perçut l'homme qui était adossé au mur traverser la rue afin de le suivre. Sans cesser de marcher, le lieutenant sortit son Mamba de sous sa chemise. La ruelle formait un coude un peu plus loin. Il le prit, et s'accroupit juste derrière l'angle. Il n'eut pas à attendre longtemps. L'homme parvint à sa hauteur, un pistolet à la main. Janco n'hésita plus. D'un bond, il se détendit et enfonça les seize centimètres de métal dans la carotide de l'inconnu tout en remontant vers le cervelet. L'homme mourut en quelques secondes, sans un bruit. Le lieutenant le rattrapa quand ses jambes lâchèrent et l'adossa au muret. Son pistolet gisait sur le sol, un PSS russe, une arme destinée aux Spetsnaz et au KGB pendant la guerre froide[1]. Totalement silencieux, ce pistolet de toute petite taille requérait des munitions spéciales, reconnaissables à la taille anormalement grosse de la douille. Janco eut à peine le temps de réfléchir aux implications que cette découverte entraînait quand le deuxième

1. Les Spetsnaz sont des groupes spéciaux d'intervention de la police, des ministères de la Justice et des Affaires intérieures russes.

homme arriva. Instinctivement, il pointa le PSS dans sa direction et lui colla deux balles dans le cœur. L'homme s'effondra dans le caniveau. Il hésita à trouer une dernière fois son corps au beau milieu du front, mais manifestement ce n'était pas nécessaire. Janco saisit le cadavre sous les aisselles et le traîna jusqu'à celui de son copain, puis il fouilla dans les poches de ses victimes mais ne trouva rien d'autre que les clés de la moto. Un porte-clés était toutefois accroché à celles-ci, de forme rectangulaire, vert clair avec au centre le dessin d'une branche feuillue. La marque de la D-Company, avec un D pour « Dawood », soit le plus important gang organisé de l'Inde. La D-Company contrôlait Bollywood et toute l'industrie du film, ce qui lui permettait de blanchir l'argent de la drogue. Ibrahim Dawood, son numéro un, était l'une des personnes les plus recherchées au monde, notamment du fait de ses liens avec le terrorisme islamiste.

Janco tourna le porte-clés entre ses doigts, contrarié. La D-Company avait visiblement tué Ahmed Hassan. Donc elle était intéressée par Paul Cesario.

Soucieux, le lieutenant nettoya son Mamba avant de le replacer dans son fourreau sous sa chemise. Après quoi il glissa le PSS dans son sac et quitta les lieux. Inutile de vérifier s'il y avait des témoins : personne ne parlerait.

5

Tout ce que tu feras sera dérisoire,
mais il est essentiel que tu le fasses[1].

Le Kabari Bazaar suintait la misère du monde. Épices, animaux vivants et morts, ruelles délabrées et prostituées s'y côtoyaient jour et nuit, dans une atmosphère oppressante où Dieu n'avait assurément jamais mis les pieds.

Après avoir pris soin d'effacer ses empreintes, Janco abandonna la moto au milieu des échoppes, les clés en évidence sur le contact. Dans moins de dix minutes, elle serait volée.

Des filles étaient alignées sur le trottoir d'en face, la vingtaine, encore fraîches, bien que souvent prostituées par leur propre père depuis leur adolescence. Pour deux dollars, on pouvait les avoir à même le sol, sur une simple natte tressée,

1. Mahatma Gandhi.

au centre du bordel auquel elles appartenaient. L'une d'elles se pressa vers Janco, un énorme pendentif en forme de piment rouge au cou. Une façon de faire comprendre au client qu'elle lui promettait des sensations aussi fortes que l'épice. Janco lui posa quelques questions afin de vérifier qu'elle comprenait l'anglais. Ainsi, en cas de besoin, il aurait un témoin autant qu'un alibi solide : il s'était rendu au Kabari Bazaar à la recherche d'une fille bon marché.

La prostituée lui désigna du doigt l'établissement auquel elle appartenait.

— Non, pas le bordel, l'hôtel Haveen, répliqua le lieutenant qui héla un taxi en même temps.

L'affiche à la gare le vantait comme étant le moins cher de Meerut. Janco dut tout de même payer trente dollars pour une chambre à la décoration parfaitement kitsch. Un lit orné de fausses sculptures dorées trônait au milieu de la pièce, un ourson en peluche portant un pull rose assis sur l'oreiller. À sa gauche, sur une table de chevet recouverte d'un faux marbre, se cabrait la statue d'un cheval en faux bronze. Tout était faux, sauf le pourboire que Janco avait dû laisser au concierge pour qu'il ne pose pas de questions.

Le lieutenant retira son sac de ses épaules.

— Comment t'appelles-tu ? demanda-t-il à la jeune femme, sans oublier l'accent suisse qu'il était censé avoir.

— Nisha.

Il s'assit sur le lit et la détailla. Elle n'avait pas trente ans, des yeux noirs en amande et un sourire d'ange. La fille jeta un regard furtif en direction de la pièce voisine. Janco acquiesça.

— Je t'en prie, prends ton temps et fais-toi plaisir.

Elle ne se fit pas prier. En moins d'une seconde, la porte de la salle de bains était fermée et elle, sous la douche. Le lieutenant retira son Mamba de son cou et le rangea en évidence dans son sac. Il redescendit ensuite à l'accueil, et demanda qu'on lui monte de quoi dîner pour deux.

— N'importe quoi fera l'affaire, précisa-t-il en faisant glisser un billet de dix dollars au concierge.

Quand il revint dans la chambre, Nisha l'attendait, debout à côté du lit, nue sous une serviette bien trop petite. Lui aussi mourait d'envie de se laver. Ses vêtements collaient à sa peau et son cuir chevelu le démangeait.

— Viens, lui ordonna-t-il tout en la prenant par la main.

S'il la laissait seule dans la chambre, elle s'enfuirait après lui avoir volé son portefeuille.

Une fois dans la salle de bains, il retira sa tenue. Nisha observa son corps musclé ainsi que la cicatrice qui courait le long de son abdomen : trois barres grossièrement tracées, souvenir d'un rituel africain. Janco grimpa dans la douche, un simple bac sans rideau. L'eau était chaude et claire, un luxe qu'il savoura les yeux fermés.

Il sentit ses pas dans son dos, son corps frôler le sien, puis ses doigts se refermer autour de son torse. Il n'avait pas envie d'elle ni de quoi que ce soit de charnel. Il la repoussa.

— Tu n'es pas obligée.

Les yeux de la jeune femme brillaient. Elle ne savait faire que ça. Son père l'avait vendue pour ça. Les hommes l'avaient payée pour ça, et elle mourrait probablement à cause de ça, des suites d'une maladie vénérienne quelconque. Janco lui désigna le sol du menton. Nisha s'y accroupit, son regard figé sur lui tel un chien attendant le prochain ordre.

*

* *

Il faisait jour. Les cinquante dollars posés sur la table de chevet avaient disparu, la jeune femme aussi. Elle avait pris son dû sans le voler. Sa gentillesse à son égard l'en avait dissuadée. Janco envoya un message à Clochette : *Toujours sur site, source morte, cherche piste,* qui reçut un *OK* en retour.

Vingt minutes et un café plus tard, il réussit enfin à joindre Abdul Malabar, le chauffeur de la morgue.

— Je ne connais pas le nom du mort sans doigt, expliqua celui-ci, mais l'église Saint-John a payé pour l'enterrement. C'est la fraternité avec nos amis chrétiens, ajouta-t-il dans un anglais maladroit. Le père Marcellus a payé pour avoir le corps et lui donner une belle tombe au cimetière musulman. *Alhamdulillah* !

Janco raccrocha et sauta dans un taxi.

Comme l'indiquait le panneau à l'entrée, l'église anglicane Saint-John avait été construite en 1834, ce qui faisait d'elle le plus ancien édifice chrétien de la moitié nord de l'Inde. La paroisse, quant à elle, était plus vieille de quinze ans. À l'origine, elle avait été créée pour servir la garnison militaire stationnée localement. Son fondateur, le révérend Henry Fisher, était un aumônier de l'armée britannique affecté à Meerut. La devise de la paroisse, *Unité, témoignage et service*, rappelait aux fidèles autant qu'aux invités le but de cette église.

Janco paya la course et pénétra dans le bâtiment. Au moins, il y était à sa place, tel un bon touriste.

La blancheur du lieu contrastait avec le vert bouteille des volets et des encadrements de fenêtres. Au plafond étaient suspendus des ventilateurs, tandis qu'au fond de la nef patientait Jésus, yeux fermés et mains et pieds éternellement cloués sur sa croix. Janco traversa l'allée centrale sans rien sentir d'autre que la fraîcheur renvoyée par les pales des ventilateurs. Chrétien sur le papier, il ne l'était plus dans le cœur.

Alors qu'il atteignait l'autel, un homme rondouillard s'approcha de lui.

— Bonjour, mon fils. Vous venez pour une confession ?

— Merci, non ; je voudrais m'entretenir avec le père Marcellus. Pour une affaire privée, précisa-t-il.

Le visage du prêtre se fendit d'un sourire.

— L'homme de Dieu partage tout avec son Seigneur, mon fils. Dans une église, il n'y a pas d'affaires privées.

Janco dévisagea son interlocuteur, qui ajouta d'un ton jovial :

— Je suis Marcellus, avec deux L, comme les anges.

Les murs coloriés d'arcs-en-ciel étaient à l'image de l'homme. Ici, le culte devait être célébré dans la joie.

— Je viens de Suisse, mentit Janco. Un de mes amis devait me remettre des documents, mais il a été victime d'une terrible méprise. Une attaque sauvage dont il est décédé, précisa-t-il sombrement. Le croque-mort m'a dit que votre église avait payé pour sa sépulture, sauf qu'Ahmed était musulman.

Le père Marcellus perdit instantanément sa légèreté. Sans quitter son interlocuteur du regard, il caressa nerveusement son crâne chauve, puis il rajusta ses lunettes.

— Je vois, je vois, balbutia-t-il pour gagner du temps.

Sa voix avait perdu de son assurance. Il bafouilla :

— Vous êtes dans l'enseignement privé ou dans les stupéfiants, mon ami ?

Janco demeura stoïque.

— Je travaille pour un laboratoire. Adrian Wolf, pour vous servir, mon père. Ahmed Hassan voulait me confier un dossier – j'ignore tout de son contenu.

— C'est fâcheux.

L'homme d'Église sourit gauchement.

— Ahmed a été victime d'affrontements communautaires. Vous savez, en avril 1857, un groupe de militaires indiens sous commandement britannique était basé ici même, à Meerut. Ils appartenaient à l'élite sociale. Un jour, leur officier leur a ordonné de s'équiper de fusils avec des cartouches Enfield, conditionnées dans du papier gras, qu'il fallait déchirer avec les dents. Les musulmans pensaient que ce papier était enduit de graisse de porc et les hindous de graisse de vache. Résultat : tous ont refusé d'obéir aux ordres. Alors ils ont été humiliés, puis enchaînés. Vous imaginez le bain de sang que cela a déclenché ! Pauvre Ahmed, conclut-il dans un soupir.

Janco dévisagea le prêtre, agacé.

— Et on lui a coupé les doigts et les orteils pour les offrir à Shiva ? Mon père, s'il vous plaît, je viens de loin, alors dites-moi la vérité !

Malgré les pales des ventilateurs qui brassaient l'air de la grande salle, de la sueur perlait au front de l'homme.

— Ahmed s'occupait de jeunes drogués, finit-il par avouer. Il y en a malheureusement beaucoup dans ce pays, car les drogues sont de moins en moins chères et de plus en plus addictives. Ahmed enseignait la chimie dans son école, mais sur ses heures de liberté, il étudiait les nouveaux produits dans son laboratoire. Un vrai passionné, un scientifique et un ami. Je ne voulais pas qu'il termine dans une fosse commune, vous comprenez ?

Janco hocha la tête.

— Il m'avait contacté pour partager le fruit de ses recherches. Il était très enthousiaste. Pourriez-vous m'aider à retrouver ces documents ?

— Je vois, je vois, bredouilla le père Marcellus tout en rajustant ses lunettes pour la troisième fois. Il me revient que ce brave ami avait une partenaire à Miami. Il m'en avait parlé une fois. Elle faisait de l'import-export avec l'Inde, il me semble, et Ahmed comptait beaucoup sur son aide pour ses études. Je vais essayer de retrouver ses coordonnées. Priez en attendant, je reviens.

Janco demeura interdit. La seule prière qu'il connaissait était celle du Para, d'André Zirnheld[1]. Pas vraiment appropriée.

*

* *

Une fois seul dans son presbytère, le prêtre essuya son front du revers de sa manche, puis

1. Cette prière très particulière se trouve reproduite en annexe, à la toute fin du livre.

il sortit un petit ordinateur portable caché dans un coffret à ciboires, l'alluma et écrivit nerveusement :

> Demande soutien urgent.
> Contact avec un criminel qui recherche des infos sur Ahmed.
> Assistance immédiate requise.

Il envoya le message sans quitter l'écran des yeux, mais aucune réponse n'apparut. Paniqué, il écrivit à nouveau :

> Au secours, aidez-moi ! Il est en ce moment même dans mon église !

Des gouttes de sueur tombèrent sur les touches du clavier. L'affolement le submergeait. Tremblant, il s'épongea le front. Au même instant, une réponse s'afficha sur l'écran.

> Désolé, mon père, le décalage.
> Code vert. Envoyez l'homme dans le nid.

Le prêtre soupira de soulagement. *Merci*, répondit-il avant de griffonner une adresse au dos d'une photo.

*

* *

Janco le vit revenir, une image à la main.

— Béni soit le Seigneur, j'avais conservé un souvenir de notre rencontre !

Sur le cliché, une jeune femme noire au physique athlétique souriait à côté d'Ahmed et du père Marcellus.

— J'ai inscrit son adresse au dos. Elle s'appelle Marianne, une femme charmante, vous verrez. Je suis sûr qu'elle vous aidera.

Janco fourra la photographie dans la poche de sa veste.

— Merci, *Padre*.

Il déposa ostensiblement un billet de cent dollars dans un tronc et quitta l'église. Des vols pour les États-Unis partaient chaque nuit de New Delhi. Il héla un taxi.

— Aéroport Indira Gandhi, merci.

Le taxi démarra. Tout en rangeant son Mamba au fond de son sac, Janco glissa le PSS sous le siège avant du véhicule. De leur côté, les deux hommes attachés à la sécurité du père Marcellus par l'ambassade américaine repartirent, après avoir profité de l'inattention du lieutenant pour le photographier.

6

Don't you know there ain't no devil,
it's just God when he's drunk[1].

Il faisait gris, un gris terne saupoudré de timides éclaircies et de nuages laiteux. Janco boucla sa ceinture de sécurité. Dans les haut-parleurs, une hôtesse de l'air annonçait l'atterrissage imminent. Clochette avait râlé quand il lui avait envoyé la note de son billet New Delhi-Chicago-Miami en première classe. Il avait fait des économies sur le train, il pouvait bien s'offrir le luxe d'une position allongée pour se reposer pendant le vol ! En réalité, il n'avait presque pas fermé l'œil de la nuit. À New Delhi, l'hôtesse qui lui avait indiqué son siège au moment de pénétrer dans l'avion avait observé un peu trop

1. Tom Waits, « Heartattack and Vine », album éponyme, Asylum Records, 1980.

longuement la brûlure sur sa tempe. Après le dîner, la cabine s'était éteinte, comme évaporée dans la torpeur de la nuit. Un à un, les passagers avaient rangé leurs écrans, puis ramené la couverture jusqu'à leur menton. Pas Janco. Lui avait fixé les ténèbres jusqu'à en avoir mal aux yeux. Esther était là, quelque part en Afrique, quarante mille pieds plus bas. Cela faisait quatre ans qu'ils ne s'étaient pas vus. Elle n'avait répondu à aucun de ses messages, pas même à celui dans lequel il lui avait rappelé la date anniversaire de l'enterrement de ses parents. Esther… Il n'avait pas besoin de passer ses doigts sur sa cicatrice pour la sentir. Sa blessure était un gouffre dans lequel il revenait sans cesse se noyer.

Une femme en civil et deux agents en uniforme attendaient à l'extrémité de la passerelle de débarquement à Miami, une tablette sous les yeux. Ils venaient « cueillir » quelqu'un. Un instant, Janco se persuada que ça ne pouvait pas être lui. Puis l'un des agents croisa son regard et il comprit qu'il allait devoir s'expliquer.

Autour de lui, la foule des passagers se pressait pour quitter la carlingue. Les deux agents s'approchèrent de leur suspect et le ceinturèrent.

— Immigration and Customs Enforcement. Veuillez nous suivre, monsieur.

Janco observa la lueur mêlée d'étonnement et d'intérêt dans le regard des inconnus qui le doublaient. Dans moins d'une minute, ils appelleraient leurs proches pour leur raconter qu'ils avaient vécu une scène digne d'une série policière. L'un des agents le menotta. En haut de la passerelle, l'équipage suivait la scène avec stupéfaction.

Ils n'avaient même pas consulté son passeport. Qui l'avait balancé ? Les types d'EKTA à qui il avait parlé ? Le chauffeur du taxi ? Le prêtre ? Le silence était le seul invité du trajet. Janco avait appris à se taire en ce genre de circonstances. D'autant plus que son passeport était faux, alors mieux valait ne pas faire le malin.

La voiture se gara une heure plus tard devant un bâtiment en forme de hangar qui ne ressemblait à rien d'officiel. Le lieutenant appréciait de moins en moins la tournure que prenaient les événements…

Une femme au corps athlétique s'avança, un dossier à la main. Elle ouvrit la porte arrière du véhicule et sourit froidement à Janco.

— Bienvenue chez ICE[1], monsieur Wolf. Je suis Marianne, *alias* l'agent spécial Mary Jellar. C'est bien moi que vous êtes venu chercher à Miami, n'est-ce pas ?

Janco avait sa réponse. Le *Padre* l'avait envoyé tout droit vers les services américains, lesquels lui accordaient une protection depuis la mort d'Ahmed. L'agent Jellar sortit une photographie

1. L'Immigration and Customs Enforcement est le service de police douanière et de contrôle des frontières rattaché au département de la Sécurité intérieure américain.

du dossier qu'elle tenait à la main et la tendit à son suspect. On y voyait Janco en pleine discussion avec le père Marcellus dans la nef de l'église.

— C'est vous sur cette photo et ce sac que vous avez enregistré en soute est bien le vôtre, n'est-ce pas ?

Janco avisa son bagage que le deuxième agent qui l'avait cueilli à la descente de la passerelle sortait du coffre de la voiture. Il ne cilla pas.

— Vous avez le droit de garder le silence, lança l'agent Jellar d'un ton martial, mais je vous conseille tout de même de vous mettre à table. Je préviendrai votre ambassade et un avocat quand je n'aurai que ça à faire.

Dans tous les commandos qui se respectaient, les candidats subissaient des épreuves plus ou moins violentes. Lorsque l'un d'entre eux ne supportait plus la douleur, il avait le droit de sonner une cloche qui signifiait la fin de son entraînement, et son échec. Les autres candidats assistaient à sa déchéance, le bruit de la cloche résonnait en eux autant que le regard du pauvre type qui n'avait pas tenu. L'échec avait une couleur et une tonalité.

— Si vous voulez changer le monde, n'ayez pas peur d'échouer souvent, les sermonnait sans cesse l'Amiral pendant l'entraînement que Janco avait suivi. Prenez des risques, affrontez des brutes. Mais ne sonnez jamais cette foutue cloche !

*
* *

La pièce où il avait été enfermé était petite et sombre, à l'image de toutes les cellules du monde entier. Au moins, elle n'empestait pas l'urine. Janco s'était assis à même le sol, dans la position la moins insoutenable. La douleur due à ses mains menottées le lançait depuis ses poignets jusqu'à ses épaules, mais il avait appris à apprivoiser ce tourment il y avait des années de cela, en 2004. Les autres élèves et lui avaient été tirés de leurs lits en pleine nuit. D'abord menottés à un siège, les yeux bandés, ils avaient ensuite été interrogés pendant trois jours et demi consécutifs, sans possibilité de dormir. Après quoi ils avaient été enchaînés au plafond, de telle sorte qu'ils avaient dû se hisser sur la pointe de leurs pieds pour toucher le sol. Des hommes les avaient frappés pendant plusieurs heures d'affilée, ils leur avaient craché et pissé dessus aussi. Les deux tiers des élèves avaient craqué. Pas Janco. Lui avait tenu sans trahir sa couverture.

La porte s'ouvrit et un agent l'obligea à se relever. Janco marcha d'un pas cassé jusqu'à une salle d'interrogatoire où il fut menotté à la table. On lui avait retiré sa montre. Il estimait toutefois qu'il avait été arrêté depuis plus de cinq heures.

L'agent Jellar pénétra dans la pièce quelques instants plus tard, le dossier qu'il avait vu précédemment entre ses mains, ainsi qu'une bouteille d'eau. Un homme plus jeune qu'elle l'accompagnait, de type mexicain. Sa supérieure prit place face à son suspect et sortit son passeport de la chemise.

— Je vous présente l'agent spécial Arellano, mon assistant, débuta-t-elle. ICE a pour objectif l'infiltration des cartels de drogue. D'habitude, nous sommes confrontés aux Zetas[1], aux Colombiens. Avec le temps, nous arrivons à comprendre, voire à anticiper les trafics. Vous avez l'air d'un nouveau genre...

Janco la fixa. Elle s'agaça.

— Vous ne dites rien, alors je continue. Vous n'êtes pas Adrian Wolf dont le passeport a été déclaré volé. D'ailleurs, vous n'êtes sans doute pas suisse. Vous voyagez en mettant inutilement votre sac en soute puisque sa petite taille fait qu'il pourrait très bien entrer dans les coffres à bagages en cabine. En réalité, si vous le faites, c'est pour éviter le portique de sécurité parce qu'il contient une arme blanche que personne ne fabrique. Je continue ?

Pas de réponse. Elle poursuivit :

— Sorti de nulle part, vous allez donc en Inde, à Meerut, et là vous cherchez le cadavre

1. Los Zetas, organisation criminelle mexicaine fondée par d'anciens militaires membres d'unités d'élite à la fin des années 1990.

d'un de nos informateurs. Il travaillait sur une drogue de synthèse qui a coûté la vie à une bonne dizaine de jeunes Indiens dès la première prise. Overdose à chaque fois. Les seuls qui ont survécu sont devenus des zombies complètement tarés. Vous comprenez que si vous ne dites rien, nous allons rapidement changer de méthode ?

Janco ne remua pas un cil. L'agent Jellar lui asséna une violente paire de claques avant de se tourner vers son assistant, impassible :

— Tu vois, Arellano, il ne faut pas faire ça. Le règlement l'interdit. Mais je dois t'avouer que ça fait un bien fou.

Elle avait du tempérament, nota le lieutenant. Qu'avait dit le père Marcellus, déjà ? Une femme charmante. Tout était question de point de vue...

— Reprenons nos explications, poursuivit l'agent spécial. Le père Marcellus a activé un code d'urgence parce que vous l'avez menacé. Nous savons également que deux individus, dont un tueur à gages de la D-Company que le FBI recherchait depuis plusieurs mois, ont été tués par un homme blanc qui vous ressemble étrangement. Ces deux individus...

Quelqu'un frappa à la porte au même instant. L'agent Jellar vérifia que la lumière rouge au-dessus de celle-ci était bien allumée, ce qui signifiait qu'il ne fallait pas déranger.

— *Fuck off!* s'emporta-t-elle.

Sans y être invité, un homme dans la soixantaine portant costume-cravate pénétra dans la salle d'interrogatoire, le visage fendu d'un franc sourire.

— Bonjour, Mary, la salua-t-il chaleureusement.

Puis il se tourna vers le « suspect ».

— Bonjour, Janco, ça fait plaisir de te revoir !

L'agent Jellar écarquilla les yeux. La seconde suivante, elle se tournait vers son assistant et lui aboyait dessus :

— Arellano, retire toute de suite les menottes à notre ami et donne-lui de l'eau !

Puis elle ajouta, dans ses petits souliers :

— Je te présente Kenneth Rijov, Bronze Star et vétéran du Vietnam, avocat et ami proche du procureur. Depuis le 11 Septembre, il est chargé de liaison entre les différents services de renseignement.

D'un geste, elle invita le vieil avocat à prendre sa place face à Janco. Les mains à nouveau libres, celui-ci saisit la bouteille d'eau et la vida d'un trait. L'agent Jellar bafouilla :

— Tu vois, Arellano, on n'est pas au Mexique ici. Quand tu arrêtes quelqu'un, et surtout un étranger, tu dois prévenir son ambassade et lui fournir un avocat. Heureusement, c'est ce que nous avons fait et tu lui as lu ses droits. Nous sommes en règle.

Si Kenneth Rijov en personne s'était déplacé, c'était que son « suspect » n'était en rien un trafiquant, mais plutôt quelqu'un d'important, sans doute sous couverture. Or, elle venait de le gifler. Inquiète, l'agent Jellar ajouta à l'intention de Rijov, afin de se dédouaner :

— Votre client est muet depuis son interpellation, Ken, et il a un faux passeport.

L'avocat la rassura d'un signe de tête.

— Tout va bien, Mary, nous sommes entre vieilles connaissances. Et soyez tranquille, agent Arellano, ajouta-t-il avec amusement, vous n'aurez pas à porter le chapeau pour les méthodes musclées de votre supérieure. Un café, Janco ?

Sa voix résonna enfin dans la salle d'interrogatoire, grave et légèrement éraillée.

— Volontiers, Ken.

— Deux alors, s'il vous plaît, Mary. Pour votre punition, précisa Rijov. Sans lait et sans sucre.

L'agent spécial quitta la pièce en fulminant. Elle revint quelques minutes plus tard, un plateau entre les mains sur lequel fumaient deux gobelets.

— J'espère que vous avez des choses à nous raconter, menaça-t-elle, autrement je renverse vos commandes sur vos pantalons sans aucun état d'âme.

Le *Padre* avait raison, songea Janco : une femme charmante.

— Mary, déclara Rijov, je vous présente l'agent Janco Ladovski, franco-sud-africain, lieutenant de la Légion étrangère, commando du 2e REP, ancien de la DGSE et membre du Réseau.

L'assistant Arellano blanchit. L'agent Jellar, quant à elle, garda la tête haute.

— Le Réseau ? Connais pas.

— Voyons, la reprit le vieil avocat sur un ton doctoral, vous vous souvenez que Dewey Claridge a mis en place l'essentiel des structures de contre-insurrection et de contre-terrorisme à la CIA ?

— Un homme aux méthodes controversées, si ma mémoire est bonne...

— Un homme aux méthodes qui correspondaient à cette saleté de guerre froide, s'irrita l'avocat. Croyez-moi, à cette époque, vous auriez eu l'air d'une pom-pom girl avec vos soufflets !

Duane Ramsdell Clarridge, surnommé « Dewey », était un espion américain qui avait occupé pendant plus de trente ans différents postes importants au sein de la CIA. Sa renommée internationale débuta en 1984 après une opération d'extraction minière près du Nicaragua pour laquelle les États-Unis furent condamnés. Quelques mois plus tard, il fut nommé chef de la division européenne de la CIA, où il se distingua par ses opérations de contre-terrorisme. Puis en 1987 éclata l'affaire Iran-Contra[1]. Dewey nia

1. L'affaire Iran-Contra, ou *Irangate*, est un scandale politico-militaire survenu aux États-Unis dans les années 1980 pendant le second mandat de l'administration Reagan. Plusieurs hauts responsables du gouvernement fédéral ont soutenu un trafic d'armes vers l'Iran malgré l'embargo touchant ce pays. L'administration espérait pouvoir utiliser les produits de la

toute participation, et fut reconnu coupable de sept chefs d'accusation, de parjure et de fausses déclarations, et condamné. Il reçut néanmoins le pardon présidentiel de Georges W. Bush.

— Dewey n'a jamais supporté l'inaction, précisa Rijov. Une fois poussé à la retraite, il fonda sa propre agence clandestine : l'Honorable Company of the Freedom Fighters. Une vraie bande de dingues qui n'avaient peur de rien, mélangés à des procureurs, quelques grosses fortunes privées et des marchands d'armes. Toujours actifs, ils luttent principalement contre la corruption et aident les sources abandonnées à leur sort en zone de guerre. Ces fous ont même subtilisé les plans d'un avion russe, avoua-t-il en riant.

— Ken, s'il vous plaît, s'impatienta l'agent Jellar, nous n'allons pas refaire l'histoire des circuits foireux du renseignement américain. Où voulez-vous en venir ?

C'est seulement à ce moment-là que son assistant remarqua la peau tendue comme un tambour sur le visage de l'avocat. Ce dernier croisa son regard et une lueur sombre passa dans ses prunelles.

— Ma plante des pieds aussi a été retendue, la peau de mon dos recousue et j'ai des broches

vente d'armes pour financer les Contras au Nicaragua, malgré l'interdiction explicite du Congrès des États-Unis de financer ce groupe armé en lutte contre le pouvoir nicaraguayen. L'affaire est, depuis, voilée de secrets.

dans les jambes. Tout ça grâce à une séance d'interrogatoire de nos amis sandinistes[1]. Mary a tendance à oublier l'époque qui nous a précédés, ajouta-t-il, le regard austère. Et cette époque n'est pas révolue dans tous les pays.

Janço observait l'échange, impassible. Contrairement à lui, Esther vivait toujours dans cette époque. Esther ne connaissait que la douleur, le combat et la trahison. Le monde, tel qu'elle le voyait, n'avait rien de beau.

— Notre ami ici présent est membre du Réseau, poursuivit le vieil avocat, l'équivalent franco-européen de nos HCFF[2]. Voilà où je voulais en venir, Mary. Nous donnons assistance et soutien logistique aux agents du Réseau, à condition qu'il fasse de même avec les nôtres.

Arellano ouvrit la bouche, mais Rijov ne lui laissa pas le loisir d'en placer une.

— J'ai connu Janco quand il a risqué sa peau pour nous aider à sortir Bob Levinson de la prison d'Evin, en Iran. C'est grâce à lui que nous avons eu une preuve de vie.

— L'otage américain, ancien agent du FBI, qui est resté le plus longtemps emprisonné, souffla l'agent mexicain, impressionné.

1. Membres du Front de libération nationale du Nicaragua. En 1984, ce parti populaire remporte les élections présidentielles, mais l'administration américaine n'accepte pas le résultat des urnes et finance une rébellion contre lui.
2. Agence privée non lucrative fondée par Duane « Dewey » Clarridge, ancien directeur de la CIA décédé en avril 2016.

— Exact, approuva Mary, déstabilisée pour la première fois depuis le début de l'entretien. Un très bon agent, père de sept enfants, et un excellent formateur. C'est lui qui m'a initiée aux infiltrations.

Janco nota l'émotion dans son regard quand elle se tourna vers lui.

— Je suis désolée, je ne savais pas qui vous étiez. Est-ce que… vous pourriez nous affranchir sur votre promenade en Inde ?

Il se redressa.

— Vous avez déjà pas mal de pièces du puzzle. Je vais tâcher de les remettre dans l'ordre. Et avant toute chose, éclaircir un point : je n'ai pas menacé votre *Padre*. Il venait de perdre un ami et je reconnais que je n'ai pas une tête d'enfant de chœur, alors j'imagine qu'il a paniqué.

— Daniel Craig version sud-africaine, s'amusa l'agent Jellar, avec une brûlure sur la tempe en plus.

— Je suis à la recherche de l'homme qui fabrique cette nouvelle drogue, avoua le lieutenant. Ahmed Nassan était la première source que je devais contacter. Malheureusement, je suis arrivé trop tard. Deux guignols me suivaient. Je les ai liquidés avant d'aller à l'église. Votre *Padre* n'a plus rien à craindre.

Le lieutenant passa une main sale dans une chevelure qui l'était tout autant. Le siège confortable de la première classe était loin…

— Le problème, c'est que je n'ai plus de piste puisque je suis là avec vous, Marianne *alias* Mary, agent Jellar, conclut-il en souriant.

Celle-ci ne sembla pas le moins du monde s'en émouvoir.

— La personne que vous recherchez est un Français, n'est-ce pas ?

Il se referma comme une huître.

— Et voilà, soupira son interlocutrice, ça le reprend ! Monsieur, sauf votre respect, vous n'arriverez à rien tout seul ! Plusieurs agents de l'ICE travaillent sans relâche, et sans succès, sur cette drogue. Nos chimistes ne trouvent pas l'antidote. Nous avons même contacté le Mossad, avec qui nous avons l'habitude de travailler, mais pour le moment, les mailles du filet restent bien trop larges.

— Elle a raison, renchérit Rijov. Seul, tu n'as aucune chance.

Janco ne desserra pas les dents. Mal à l'aise, Arellano brisa malgré lui le silence en remuant sur sa chaise. Le vieil avocat s'avança :

— Voilà ce que nous allons faire : aucun rapport ne sortira de cette pièce. On ferme les yeux, OK ? On va tout de même contacter le Mossad, juste pour les informer que tu es du bon côté. Avec vous, les *fucking Frenchies*, on se méfie toujours, tu comprends ?

— Je suis déjà connu de l'Institut, alors ça ne sera pas une surprise.

— Je sais, avoua Rijov tout en jetant un regard à la cicatrice sur sa tempe, j'ai relu ton dossier avant de venir ici. D'ailleurs, j'ai vu que tu utilises une carte anonyme de notre banque au Panama.

Il acquiesça.

— Bon, on va te rendre ton passeport et tu vas passer la nuit au bord de la plage dans un bon hôtel. Mary te servira de nounou.

Janco jeta un regard à la concernée qui ne faisait rien pour masquer son mécontentement.

— Je vais également faire un petit virement sur ton compte, ajouta Rijov, cadeau du FBI. Et ce soir, je parlerai à Tel Aviv. Ils auront peut-être du nouveau. De ton côté, tu ne fais pas de vagues jusqu'à ce que Mary te remette gentiment dans l'avion. T'auras même le droit à un débriefing avant le décollage !

Le vieil avocat se releva. Janco lui serra la main avec chaleur. Il savait combien il lui devait.

— Au fait, ajouta Rijov avant de quitter la pièce, qui est Clochette ? Elle nous a mis une sacrée pression alors que t'étais encore dans l'avion. Comment a-t-elle su qu'on allait t'arrêter ?

Le lieutenant esquissa un sourire. Son agent de liaison commençait à lui plaire.

7

Les gens viennent et pleurent,
et c'est la vie, pleurent et partent,
et c'est la mort[1].

Kano, nord du Nigeria

Esther observait le chef des troupes civiles de la Joint Task Force faire mousser le thé afin de bien oxygéner l'infusion. Rituellement, il leva ensuite la théière bien haut et versa le liquide dans leurs verres. Une petite écume se créa sur le dessus, signe qu'il avait accompli le rituel avec art. Satisfait, il reposa la théière dans laquelle le thé et la menthe continuaient d'infuser. Le premier verre était doux comme la vie, disait un proverbe marocain, le deuxième fort comme l'amour et le troisième amer comme la mort.

1. Proverbe africain.

Esther saisit son verre et souffla sur le liquide brûlant avant d'en avaler une gorgée.

Les fauteuils usés sur lesquels ils étaient assis sentaient la poussière. Tout sentait la poussière dans cette pièce, y compris les rares meubles qui l'habillaient et en étaient couverts. Il y avait des années de cela, face aux attaques à répétition de factions de Boko Haram[1], des civils s'étaient regroupés afin de constituer un groupe d'autodéfense. Officiellement, la Joint Task Force dépendait de la police nigériane, mais celle-ci était si corrompue qu'en réalité, ils étaient seuls, avec des moyens dérisoires.

Esther fixa les rangées de boîtes en carton, autant d'affaires de meurtres, de viols et de disparitions qui ne seraient jamais résolues. Elle avala une nouvelle gorgée de thé et saisit la main de Baba.

— Mon ami, lui demanda-t-elle, explique-moi comment des camions-citernes tout pourris, remplis de carburant et qui roulent à vingt kilomètres à l'heure, peuvent passer du Nigeria au Mali, puis du Nigeria en pleine zone infestée par les Boko Haram sans jamais recevoir la moindre balle.

Le chef des troupes civiles de la Joint Task Force lui sourit.

---

1. Groupuscule islamiste armé informel qui apparaît au Nord-Nigeria et au Sud-Niger à partir de 2013. Il s'attaque aux symboles occidentaux, mais aussi à la population locale. Son leader charismatique, Aboubacar Shekau, se suicide après avoir refusé de se rendre le 19 mai 2021.

— C'est très simple, mon amie, lui répondit-il. *Boko*, en haoussa[1], veut dire « livre ». Donc le livre est *haram*, l'éducation est interdite, mais pas l'argent. Toi, tu es une guerrière, un animal à sang froid. Rien ne peut t'émouvoir. Même moi, j'ai peur de toi. Tu es belle mais je ne veux même pas te baiser. Tu obéis à des lois d'un autre monde. Tu portes un pantalon et des vêtements comme ceux de nos hommes.

Esther transpirait. Il n'était pas 11 heures, et il faisait déjà trop chaud. Le ventilateur ne fonctionnait pas, et même le thé brûlant qu'elle ingurgitait ne parvenait pas à réguler sa température interne. Elle n'avait jamais porté de jupe, même enfant. À la ferme, elle s'était toujours promenée en bermuda ou en salopette. C'était seulement lors de missions particulières qu'elle avait enfilé des sous-vêtements féminins et des robes moulantes.

— Pour nous, tu vois, poursuivit Baba, le vrai roi, c'est l'argent. C'est lui qui gouverne tout ici, du sultan au gouverneur, en passant par le chef de village. Tous pensent à l'argent. Regarde autour de toi : je dirige quinze mille hommes dévoués à la lutte contre Boko Haram. Nous sommes chez nous, à travailler dans notre langue avec nos frères et sœurs, et pourtant nous n'arrivons à rien ! Même avec toi à nos côtés,

1. Langue parlée en Afrique de l'Ouest, et en Afrique centrale principalement au Niger et au Nigeria.

le meilleur agent délégué par le Mossad depuis ces quinze dernières années.

Le chef des troupes civiles soupira, soudainement las, ce qui creusa autant les rides à son front que les poches sous ses yeux.

— Tes conseils nous donnent de l'espoir, de la méthode aussi, mais nous n'enregistrons aucun progrès. Pourquoi, à ton avis ?

Esther reposa son verre vidé, lasse, elle aussi.

— Parce que la corruption a déjà bouffé ton pays, mon Baba, que la frontière n'est qu'une chimère de Blanc et que, s'ils le pouvaient, tes hommes te vendraient pour un billet de cent dollars.

Le visage fatigué de son interlocuteur acquiesça.

— Exactement, mon amie, tu as tout compris. Souviens-toi de ce criminel américain qui disait qu'on obtient bien plus avec une enveloppe qu'avec un flingue. Il a résumé en une phrase toute l'histoire du Nigeria et de bien d'autres pays africains. Ici, il n'y a pas d'humanité, seulement des enveloppes.

Cinq ans plus tôt, Israël avait vendu dans plusieurs pays d'Afrique Pegasus, un système d'écoutes qui permettait d'intercepter les communications numériques. Censé lutter contre le crime organisé, Pegasus était en réalité utilisé par les dictateurs au pouvoir pour contrer leurs opposants politiques. Au nom du contre-terrorisme, toute l'Afrique était désormais sur écoute, mais seuls les opposants et les lanceurs d'alerte se retrouvaient en prison.

— Tu as raison, Baba, s'agaça Esther, tout le monde est sur écoute mais on n'entend plus rien. Si ça peut te consoler, c'est pareil chez les Blancs. Big Brother a gagné, il est partout. Tous les gouvernements surveillent leur propre population, comme la Stasi le faisait en Allemagne de l'Est pendant la guerre froide.

— Et alors ? demanda le chef des troupes civiles avec intérêt.

— Alors, la Stasi savait six mois avant que le mur de Berlin ne tombe ce qui allait se passer, mais elle n'a rien fait, sûrement par lassitude d'un régime absurde. Le mur coûtait une fortune...

Baba leur servit le troisième verre, amer comme la mort. Au même instant, quelqu'un frappa à la porte.

— Oui ?

Son adjoint pénétra dans la pièce et déposa un rapport de communication estampillé d'un gros tampon rouge. La marque des services de renseignement nigérians. En repartant, l'homme jeta un regard craintif à Esther. Le Tokoloshe, pensa-t-elle, Xolani... Elle n'eut pas le loisir de s'abandonner davantage dans le passé. Baba saisit le dossier et le souleva rageusement.

— Tu vois, je suis probablement le dernier d'une longue liste à lire ce rapport « Personnel et secret ».

Il le reposa bruyamment.

— Nous sommes inondés par ces pilules bon marché que l'on retrouve dans chaque village de brousse. C'est du business des barons haoussa[1], impossible de les empêcher d'empoisonner la population ! pesta-t-il. C'est beaucoup d'argent, mon amie.

Esther avait suivi l'apparition de cette nouvelle pilule sur le marché de Kano. Appelée « la Royale », elle valait moins d'un dollar, alors qu'elle était bien plus forte que le Tramadol qui faisait déjà office de bonbon.

— J'ai demandé à Tel Aviv une analyse de ses composants, lui apprit-elle. Je te tiens au courant. On est ensemble.

— Oui, on est ensemble, répéta-t-il avec désenchantement, dans le même trou…

Esther salua son ami.

— Garde le moral, ajouta-t-elle en partant.

Huit hommes attendaient leur patronne dans la cour de l'immeuble, tous des policiers locaux habillés en civil et prêts à embarquer dans les voitures d'une obscure fondation qui leur servait de couverture.

1. Sultans et émirs qui, dans la zone haoussa, contrôlent le commerce, exploitent la population locale et s'en mettent plein les poches.

— *Za mu tafi gida*[1], leur ordonna leur cheffe.

Les pick-up démarrèrent en renâclant, deux noirs et un blanc qui n'étaient pas de trop pour traverser les nombreux quartiers insalubres de Kano. Par la fenêtre, Esther regarda Hadejia Road défiler, l'une des seules routes bitumées en bon état de la ville. Il fallait qu'elle change de planque, et vite. Baba avait raison. Ses hommes n'allaient pas tarder à la vendre, elle aussi, au plus offrant. Abuja, le quartier général de la police et des forces de renseignement, serait plus sûr.

Sa maison se dressait comme toutes les autres, case minuscule au toit de tôle. Seule la présence des véhicules, garés en épi juste devant elle afin d'être prêts au départ, attirait l'attention. Esther prit congé de son escorte, qui rejoignit ses baraquements. À peine entrée chez elle, elle alluma le ventilateur puis ôta sa chemise trempée de sueur. Le coton blanc de ses sous-vêtements tirait de plus en plus sur le gris. Elle s'aéra quelques secondes devant les pales de la soufflerie avant d'aller enfiler une chemise propre.

La journée avait été longue et décevante. Dans la cuisine l'attendait un morceau de viande séchée au milieu d'une dizaine d'oranges vertes. Elle les coupa en deux, sortit un pressoir du placard et se prépara un jus qu'elle but en grimaçant. Même les oranges ne pouvaient pas

1. « On rentre à la maison. »

être orange comme partout ailleurs, pesta-t-elle. Foutu pays. Qu'est-ce qu'elle fichait ici ? Elle était censée assister le Nigeria, zone de tous les trafics, dans sa lutte contre le Hezbollah[1]. Mais Baba l'avait parfaitement résumé : aucun progrès n'était enregistré.

Désabusée, elle s'assit à la petite table du salon, ouvrit son ordinateur et accéda à sa boîte chiffrée. Les courriels s'alignaient, uniquement des nouvelles du pays. Son regard s'arrêta toutefois sur un message marqué « urgent » datant de quelques heures. Elle l'ouvrit.

> Source proche Islamist Movement of Nigeria confirme la présence du Hezbollah à Kano et Abuja. Rejoindre Tanbuwara et attendre extraction.

Et voilà, s'agaça-t-elle, c'était couru d'avance. À force de massacrer et d'opprimer sans raison les groupes chiites du Nord-Nigeria, le gouvernement les avait poussés dans les bras du Hezbollah. Esther avisa ses maigres affaires disséminées autour d'elle. La situation allait devenir insupportable. La planque de Tanbuwara, plus au sud et en pleine brousse, serait salutaire. Il faudrait qu'elle économise ses batteries en revanche, l'électricité se faisant rare là-bas.

1. Parti politique libanais chiite qui comprend une armée d'élite et dont le siège est installé à Beyrouth. Il est proche de l'Iran.

Alors qu'elle s'apprêtait à refermer son ordinateur, un message qui lui avait échappé au premier regard attira son attention : la réponse à sa demande d'analyse de la fameuse pilule « Royale ». Elle l'ouvrit, et sauta le paragraphe détaillant la composition chimique du produit pour lire directement la conclusion. De l'opium afghan était à l'origine de cette nouveauté de fabrication indienne.

> Plusieurs conteneurs débarqués à Lagos sous couverture de produits alimentaires.
> Origine probable : D-Company.
> Production record d'opium en vue, prévoir aggravation de la situation.

Une note d'information générale était ajoutée juste en dessous :

> Source ICE tuée à Meerut, demande d'entraide nouvelle priorité. Agent franco-sud-africain arrêté à Miami, assistance accordée. Apparition nouvelle drogue de synthèse, à tous, collecter et transmettre toute information.

Son ventre se noua. Elle ne connaissait qu'un seul agent franco-sud-africain ; toutefois, elle se refusait à répondre à la note afin de demander son nom ou le moindre détail. D'ailleurs, pourquoi l'ICE avait-il demandé l'assistance de Tel Aviv pour un simple trafic de drogue ? L'affaire devait être grave.

Esther relut la note, qui ne précisait pas si l'agent mentionné était un trafiquant de drogue. Néanmoins, au fond d'elle-même, elle savait que non. Janco n'était pas corruptible. Aussitôt, sa boule au ventre fit place à une sourde amertume.

8

Veritatem cognoscere ruat cælum
et pereat mundus[1].

Montréal, secteurs Côte-Saint-Luc,
Lachine et Pierrefonds-Roxboro

Alors que les enquêteurs spécialistes du crime organisé du Service de police de la Ville de Montréal, le SPVM, auraient dû être en train de célébrer leur victoire, l'ambiance était sombre. Au cours des onze perquisitions simultanées qu'ils avaient effectuées, ils avaient saisi près de cinquante kilos de cocaïne,

1. « Connaître la vérité, le prix à payer soit-il que le ciel doive tomber, et le monde périr » : devise des hackers qui ont pris la relève des WikiLeaks. Ce sont eux qui ont révélé le lien entre les Chinois et les cartels mexicains sur le fentanyl. Voir l'article : « BlueLeaks – Distributed Denial of Secrets » (ddosecrets.com)

quarante-neuf de méthamphétamine en cristaux, six mille neuf cents de speed et huit mille millilitres de GHB. Le problème, c'était que la saisie comprenait également deux sachets de comprimés non identifiés. Le Canada était en train de devenir le terrain de jeux d'une nouvelle drogue. À la morgue, les corps anonymes s'entassaient deux fois plus rapidement qu'à l'ordinaire.

Janco lut l'annonce que le SPVM diffusait sur tous les médias canadiens :

> Les autorités invitent toute personne qui détiendrait des informations pertinentes sur cette affaire à contacter le centre Info-Crime Montréal au 514 393-1133. Un traitement anonyme et confidentiel sera assuré, et des récompenses pouvant aller jusqu'à 20 000 $ seront offertes pour des renseignements menant à l'arrestation de suspects.

Vingt mille dollars ! Du jamais-vu. Le SPVM devait être complètement paniqué pour que les sommes promises en récompense d'informations montent si haut !

Le lieutenant tapa l'adresse du site internet de la morgue de Montréal dans l'onglet de recherches, section SPVM, corps non identifiés. Les cases affichant sexe, âge estimé et date de la découverte défilèrent. Clochette l'avait averti tandis qu'il atterrissait au Canada : Petit Paul avait dû livrer sa marchandise... La presse, tout comme les rapports officiels, mentionnait de nouvelles drogues sans toutefois pointer du doigt « le » poison inconnu qui frappait à leur porte.

Janco lâcha son téléphone et alla se préparer. Le vieux Kenneth avait bien fait son job : le compte au Panama avait été crédité de quarante mille dollars, et le lieutenant avait carte blanche pour aller discuter avec les flics de Montréal. L'un d'entre eux n'allait d'ailleurs pas tarder à passer le prendre pour l'emmener à la morgue.

Robert Gauthier était agent de liaison au FBI. Il savait que la visite du lieutenant franco-sud-africain n'était pas réglementaire, mais depuis cette perquisition et les overdoses qui s'enchaînaient comme les shots de vodka dans un bar russe, les règles n'intéressaient plus personne.

Il frappa à la porte du BCC's Hotel, impatient de découvrir la gueule du type qu'il devait renseigner. Il ne fut pas déçu.

— Lieutenant Ladovski ?

— Lui-même.

— Agent Gauthier. Vous avez du baume du tigre, pour l'odeur des cadavres ?

L'homme affichait un rictus amusé, et le désir évident de bien marquer son territoire.

— Je n'en ai jamais eu besoin, répondit Janco d'un ton sec tout en refermant la porte de la chambre derrière lui.

L'agent le débriefa à peine assis dans sa voiture.

— Dans ce pays, quand on ramasse un cadavre non identifié, que ce soit une personne isolée ou un junkie en overdose, on commence par ouvrir un dossier chez le coroner[1]. En temps normal, celui-ci se retrouve à gérer une centaine de dossiers de ce type. C'est pas la mort, ajouta-t-il en riant, fier de son jeu de mots.

Janco demeura imperturbable. Ces vannes-là, entre bureaucrates confortablement installés dans leur routine, il ne les avait pas connues. Lui appartenait à l'élite, un monde où l'on ne respirait qu'en apnée.

— Bref, reprit l'agent de liaison, là, rien qu'en une semaine, on en a eu une bonne quarantaine. Certains étaient fichés comme petits délinquants, mais d'autres se sont révélés être des fils de familles bourgeoises. Les corps ont été réclamés, mais pour l'instant, on les garde au frais à la morgue, le temps de comprendre ce qu'il se passe.

Le bureau du coroner se trouvait au huitième étage d'une tour de la rue Parthenais. L'immeuble était désert. Même le personnel de

1. Procureur spécialisé chargé d'enquêter sur les circonstances de décès violents, et d'en déterminer la cause.

ménage avait été congédié pour l'occasion. Une fois dans la cage d'ascenseur, Robert Gauthier se cala face au lieutenant.

— Le Bureau[1] nous a dit que tu étais déjà sur cette enquête et qu'il fallait te donner tous les moyens possibles sans poser de questions. Je n'ai pas l'habitude de ne pas poser de questions, moi.

Son visage n'était ni hostile ni avenant. Encore une fois, l'agent ne faisait que marquer son territoire.

— Avec les collègues, on t'a donné le nom de code « Mr Fix-it », *man*, parce que t'es censé arrêter ce chaos.

Janco esquissa enfin un sourire.

— J'en prends note.

Le coroner les attendait assis derrière son bureau, son corps usé calé au creux d'un siège qui sentait bon le cuir fraîchement tanné.

— Lieutenant Ladovski, monsieur le coroner, annonça l'agent Gauthier.

Janco n'eut pas le temps de le saluer. Le coroner leva la main en signe de protestation.

— Asseyez-vous et écoutez-moi bien, débita-t-il nerveusement. Ça fait trente ans que je fais ce métier. Dans un an, je compte profiter de ma pension et passer mes journées à pêcher le saumon. Je ne veux pas me retrouver à la barre

1. Désignation abrégée du FBI.

d'un tribunal à ramasser la merde pour tout le monde, est-ce bien clair ?

— Très clair, répondit calmement le lieutenant.

De nerveux, le coroner devint agressif.

— L'entretien que nous avons ici n'a jamais eu lieu. Je ne vous ai jamais rencontré, d'ailleurs, je ne sais même pas que vous existez !

Cette affaire puait pour tout le monde, toutefois le coroner avait bien plus à perdre que son interlocuteur, ou même que l'agent Gauthier.

L'homme de loi se leva et arpenta son bureau d'un pas agité.

— Les politiques me demandent de ne pas alerter la population. On vient de sortir d'une pandémie, ce n'est pas pour déclencher une nouvelle guerre sanitaire !

Il cessa de marcher et fixa Janco, les mains appuyées sur le dossier de son fauteuil.

— D'habitude, nous avons affaire à des camés qui font des overdoses d'héro ou de produits de synthèse. Vous me comprenez ? – le ton était inquisiteur.

— Affirmatif, monsieur le coroner.

La rigueur militaire du Franco-Sud-Africain rassura l'homme de loi.

— J'imagine que vous avez bûché vos cours sur le fentanyl…

Il le prenait pour un bleu ?

Habituellement prescrit comme analgésique sous forme de patch, le fentanyl était toutefois beaucoup plus toxique que les autres opioïdes[1]. Cinquante à cent fois plus toxique que la morphine par exemple, ce qui rendait le risque d'overdose accidentelle bien plus élevé. Plusieurs formes de cette drogue étaient fabriquées illégalement et vendues dans la rue, la plupart mises en poudre et mélangées avec d'autres substances comme l'héro, la coke ou le crack. Malheureusement, que ce soit au goût ou à l'odeur, il était impossible de savoir si les drogues habituellement consommées étaient coupées au fentanyl. Une toute petite quantité ajoutée suffisait cependant à causer une overdose.

— Deux cartels mexicains nous inondent de cette saloperie, fulmina le coroner, celui du Sinaloa et celui de Jalisco New Generation, « CJNG » pour les intimes. La plupart de leurs marchandises quittent le Mexique par cargo, notamment via le port de Veracruz qu'ils contrôlent entièrement. Pour le moment, ils ne sont pas producteurs de fentanyl, mais seulement sous-traitants des mafias chinoises. Le marché nord-américain est en première ligne, ajouta le coroner, comme toujours depuis des années. Ils vendent là où les consommateurs

1. Naturelles ou fabriquées en laboratoire, les opioïdes sont des substances dites « psychoactives », car elles agissent dans les zones du cerveau responsables du contrôle de la douleur. Parmi elles l'héroïne, la morphine, la méthadone et la codéine.

peuvent payer. Du bon business avec des putains de marges !

Janco revit la liste des corps non identifiés défiler sur l'écran de son téléphone, puis les récompenses promises allant jusqu'à vingt mille dollars. Le coroner le devança, brisé :

— Nous arrivons bien à réaliser quelques opérations coup de poing, comme celle que vous avez pu voir passer dans la presse, mais ce n'est que de la poudre aux yeux pour calmer nos électeurs. En réalité, nous n'arrivons à aucun résultat. Même nos meilleurs chiens sont incapables de détecter les drogues de synthèse.

L'agent Gauthier se racla la gorge – une façon de rappeler son existence.

— Avec l'aide du service de santé d'Ottawa, nous avons trouvé une parade pour limiter la casse et les overdoses.

— J'y venais, reprit le coroner. Chacun des services qui répond au 911, notre numéro d'urgence, je dis bien chacun des services, répéta-t-il en martelant le bureau du poing, possède une sorte de seringue à injection automatique capable d'administrer une ou plusieurs doses de naloxone.

— Chlorhydrate de naloxone anhydre, récita Janco de mémoire, plus couramment appelé Narcan.

L'homme de loi se rassit dans son fauteuil, fatigué par son propre emportement.

— Exactement, mon garçon. Ça me rassure de constater que vous vous êtes bien renseigné.

Il déboucha la bouteille posée à l'angle de son bureau et se servit un grand verre d'eau qu'il but d'un trait.

— La naloxone bloque les effets des opioïdes sur le cerveau, détailla-t-il, la gorge réhydratée. Elle inverse temporairement l'impact sur la respiration. C'est comme de la magie, quand on claque des doigts avec un type sous hypnose.

Il ne lui avait pas proposé à boire, nota Janco. Malgré sa cordialité à son égard, il désirait qu'il quitte son bureau au plus vite…

L'agent Gauthier intervint :

— L'antagoniste ne fonctionne que dans les cas d'overdoses liées à un opioïde. Elle évite que le cerveau manque d'oxygène et rétablit l'équilibre. Le problème, c'est que ça ne fonctionne plus avec ce nouveau poison.

— N'allons pas trop loin, intervint le coroner avec autorité. Oui, nous avons un problème momentané. Mais laissons le Dr Desjardins nous présenter la suite. Elle nous attend à la morgue.

Rien ne ressemblait plus à une morgue qu'une autre morgue. Des murs de brique peints laissèrent place à un couloir blanc aux lumières tamisées, où des macchabées s'entassaient sur des brancards par dizaines.

— L'odeur de la mort ne vous gêne pas, au moins ? s'enquit le coroner. Visiblement, nous sommes au complet et la putréfaction des corps empeste tout l'immeuble. Nous brûlons de l'encens, faute de mieux pour masquer l'odeur.

— Ne vous inquiétez pas pour moi, répondit un Janco imperturbable.

Ils atteignirent la salle d'autopsie. Le Dr Desjardins les accueillit d'un « bonsoir » sobre qui trahit sa timidité. Ses yeux gris-bleu se détachaient dans un visage fin marqué de quelques rougeurs ici et là. Janco lui serra la main. L'agent Gauthier, occupé à se mettre dans le nez autant de baume du tigre qu'il le pouvait, manqua son tour.

— Ces messieurs peuvent tout entendre, l'informa nerveusement le coroner, et tout ce que nous dirons restera dans cette pièce. Maintenant, donnez-nous des nouvelles, docteur.

De l'index de sa main droite, il pointa les deux corps allongés sur une table en inox et recouverts d'un grand plastique blanc. La doctoresse débuta d'une voix douce :

— Le bureau de la Sûreté ainsi que le centre de toxicomanie de l'hôpital universitaire ont collaboré avec nous. Ces deux-là, deux jeunes hommes d'environ vingt ans et non encore identifiés, ont été ramassés dans une ancienne maison bourgeoise abandonnée, au coin de Rachel et Préfontaine. Ils n'étaient pas morts quand nos services sont intervenus, précisa-t-elle, alors ils leur ont administré une dose maximale de naloxone, puis les ont placés sous oxygène et à l'isolement dans une chambre dédiée aux maladies infectieuses. Pendant un instant, les secours d'urgence ont sincèrement cru qu'ils avaient gagné la partie. Puis les deux hommes ont repris connaissance et tenté de se lever. Le médecin de garde a accouru pour les rallonger, mais l'un d'eux lui a alors asséné un violent coup de tête au visage qui l'a mis KO. Quand il s'est réveillé quelques minutes plus tard, les deux individus gisaient sur le sol, le crâne enfoncé sur plusieurs centimètres. Soit ils se sont tapé le crâne contre le mur, soit directement l'un contre l'autre, poursuivit la doctoresse. Regardez, ajouta-t-elle en découvrant les deux corps à hauteur de la tête, leurs fronts sont enfoncés comme s'ils avaient voulu arrêter un bus.

— Beau progrès en effet, ragea le coroner. Qu'indique la toxicologie ?

— Moins de 0,5 gramme d'alcool dans le sang. Rien qui puisse justifier cette violence.

Janco observa ce qu'il restait du crâne des deux types. Petit Paul serait content de voir ça, songea-t-il. Sa drogue était au-delà de tout ce qu'ils avaient connu jusque-là.

— Nous n'avons pas réussi à isoler la molécule qui nous aiderait à comprendre le phénomène, précisa le Dr Desjardins. Elle semble se dissiper très rapidement après le décès de la victime.

En revanche, les agents de la Sûreté ont interrogé une prostituée qui fréquente le squat et elle a avoué avoir acheté, à prix cassé, des cachets contenant du fentanyl en provenance de Thaïlande. Cachets qu'elle a revendus aux squatteurs.

— Par quel moyen ? s'enflamma Janco.

— La livraison a été effectuée via UPS.

— Vous en êtes sûre ? s'anima le coroner à son tour. Nous devrions avoir l'adresse de l'expéditeur, alors. Vous avez l'enveloppe ?

— Elle est partie au labo. Nous espérons trouver des réponses à nos questions.

— Et l'adresse ? la pressa Janco.

— Elle indique une boîte de nuit dans la ville de Chiang Mai. On a aussitôt vérifié. Cette boîte est fermée depuis plus de deux ans.

— On repart à zéro, c'est ça ? pesta l'agent Gauthier. On n'a aucune piste ?

Le coroner le fixa sans répondre. Lui venait de comprendre qu'un type faisait de la vente directe, sans passer par les cartels mexicains. Une première ! Ce type était non seulement très malin puisqu'il avait pris soin de ne laisser aucune trace, mais surtout, il prenait le risque de se foutre les cartels à dos. Donc il était également protégé par un groupe très puissant. Mais pourquoi envoyer son produit par la poste au Canada ? À peine le coroner se posa-t-il la question qu'il devina sa réponse : le mec testait sa came. À l'heure qu'il était, il devait suivre l'évolution des événements dans la presse.

— Docteur, s'affola le coroner, je veux que vous fassiez disparaître tous les corps dans la fosse commune du cimetière de la Rive-Nord. Exécution immédiate, je ne veux plus en voir un seul ici quand je reviendrai demain matin ! Appelez le bureau de la Sûreté et dites-leur que tout est désormais classé secret-défense. Tant pis pour les identifications.

— Et la presse ? osa l'agent Gauthier.

Son supérieur lui jeta un regard noir.

— Pas un mot dans la presse, est-ce bien clair ? Prévenez le maire, au besoin, et dites-lui de vous aider !

— Et, euh, la prostituée ?

— Débrouillez-vous avec la Sûreté pour la retrouver et lui filer une bonne dose de ce fentanyl. Vous comprenez ce que je dis ?

De la sueur coulait le long de ses tempes. Son corps, déjà bien usé, ne tenait plus que par la vision proche d'une retraite paisible au bord de l'eau. L'agent Gauthier bredouilla, au comble du malaise :

— Sans ordre écrit, ce sera difficile, monsieur.

De rouge, le visage du coroner passa au grenat.

— Vous connaissez des voyous dans cette ville, non ?

— Bien sûr, monsieur.

— Alors, filez-leur un billet pour qu'ils se chargent de la fille à votre place. Merde, je ne vais pas vous apprendre votre boulot !

L'agent Gauthier serra les dents. Le coroner se tourna vers le lieutenant.

— Quant à vous, agent Ladovski, je ne veux plus jamais entendre parler de vous. Quittez cette ville et allez faire votre job !

9

Le meurtre commence
là où la légitime défense s'arrête[1].

Janco dégustait ses nems à même la barquette en plastique. Tandis que les doigts de sa main gauche dégoulinaient de graisse, ceux de sa main droite tapaient sur les touches de son téléphone.

> Piste sérieuse en Thaïlande. Billet pour Bangkok demandé.

Il envoya le message et s'apprêtait à en taper un autre quand il retint finalement son index. Petit Paul avait commis une erreur. Chiang Mai était proche du Triangle d'or. Or la frontière entre la Birmanie, la Thaïlande et le Laos avait toujours intéressé de nombreuses agences de

1. Georg Buchner, *La Mort de Danton*, acte I.

renseignement, dont le Mossad. Et Janco savait qu'Esther faisait partie des agents qui avaient été envoyés sur place. Contrairement à lui, elle y connaissait du monde, notamment une certaine Lorna, agent double fortement mêlée aux divers trafics de drogue et qui devait forcément avoir des informations à propos du fentanyl et de son créateur.

Janco reposa son téléphone en même temps que le dernier nem. Cela lui prendrait des années d'infiltration avant d'obtenir la même qualité de connaissances et de contacts qu'Esther. Quant à faire appel à un autre agent qui avait été infiltré dans la région, impossible. D'une, d'après ce qu'il en savait, Lorna n'avait été approchée que par Esther ; de deux, obtenir des autres agences de renseignement des informations sur leurs agents infiltrés demanderait des semaines.

Les rideaux orange à carreaux de la chambre d'hôtel s'ouvraient sur un parking où s'entassaient des pick-up aux proportions démesurées. Tourmenté, le lieutenant jeta un coup d'œil au-dehors. Une femme fumait. Un peu plus loin, un homme revenait à pied de la supérette, un sac en papier empli de victuailles dans les bras. Il retourna s'asseoir à son bureau en proie à des sentiments douloureux. Bien sûr qu'il avait envie de la revoir, il en crevait même d'envie. Mais cela signifiait faire face à sa propre culpabilité.

Il avait appris le nom de la gamine à l'hôpital. C'était Hector de Balestoux qui était venu lui annoncer ce qu'on lui avait caché en croyant bien faire. Meira. Depuis, il lui semblait voir le visage de la gosse dans le miroir chaque fois qu'il se rasait. Esther n'avait répondu à aucun de ses messages. Elle n'était pas non plus passée le voir après l'attentat. Il avait détruit son rêve, comme autrefois des hommes avaient détruit son enfance en tuant ses parents et en enlevant sa sœur. Mais aujourd'hui, il avait besoin d'elle.

Son téléphone vibra sur la table. Janco lut le message que lui avait envoyé Clochette : *Ouverture d'une collaboration avec l'Institut, feu vert pour le contact, Thaïlande accordée*. Une lueur d'espoir anima son regard. Les dés étaient lancés… Mais Esther accepterait-elle de faire équipe avec lui ? Était-elle seulement encore en vie ? Tourmenté, il ouvrit sa messagerie privée et rédigea un courriel, le mot *Help* en objet.

*

* *

L'agent Gauthier se pressa d'avaler le morceau de cheeseburger qu'il venait de fourrer dans sa bouche.

— C'est eux, souffla-t-il à son collègue.

Deux petites frappes avançaient dans la rue où ils étaient embusqués. Les agents jetèrent les restes de leurs sandwichs dans la benne à côté d'eux, puis ils adoptèrent une position moins décontractée et attendirent que leur rendez-vous vienne à eux.

Le plus petit des deux prit la parole.

— Z'avez le fric ?

Robert lui tendit une enveloppe.

— L'autre moitié quand ce sera fait.

Le type vérifia le contenu du pli. Il était jeune, à cheval entre la vingtaine et la trentaine, une fine moustache au-dessus des lèvres et une énorme chevalière en or au doigt. Satisfait, il fila l'enveloppe au deuxième type et désigna du menton le squat qui se dressait au bout de la rue.

— Z'êtes sûrs qu'elle est là-dedans ?

— Elle y est entrée il y a un peu plus de trois heures, et n'en est pas ressortie.

Le mec cracha par terre.

— On en a pour vingt minutes.

Il fit signe à son copain de le suivre. L'agent Gauthier s'épongea le front.

— Putain, dans ces moments-là, je hais mon métier.

Les murs du squat étaient saturés de graffitis. Des artistes en herbe qui n'auraient jamais le temps de passer à la postérité, la came étant plus rapide à détruire un corps que la société à déceler un talent.

À l'intérieur, des matelas défoncés étaient étendus ici et là, au milieu de tas d'immondices, de vomis et de relents d'urine. Douz et Ikwood avaient camouflé le bas de leur visage avec leurs bandanas. Un canif à la main, ils parcoururent le premier étage à la recherche d'une brune d'un mètre soixante, quarante-cinq kilos environ, les cheveux ondulés jusqu'aux épaules et vêtue d'une jupe noire. Ils la trouvèrent allongée dans un coin de la pièce du fond, seule, entre un dessin de mammouth et un autre de la Voie lactée. Douz lui prit le pouls. Elle était encore vivante, mais c'était limite. Il se tourna vers Ikwood qui avait déjà sorti la seringue de sa poche. Sans un mot, ils injectèrent à la fille de quoi raccourcir très rapidement son espérance de vie, puis ils balancèrent la seringue et quittèrent le squat.

Dehors, les deux agents n'avaient pas bougé. À peine les avaient-ils rejoints que Douz leur tendit la main, paume ouverte. Robert lui remit la deuxième enveloppe qu'il empocha sans même vérifier son contenu.

— Au plaisir de faire affaire avec vous, les gars.

Ils allumèrent une clope et repartirent. L'agent Gauthier s'épongea à nouveau le front.

10

You don't need to be educated to be a president[1].

Alice caressa le tronc lisse du pêcher. Cet arbre, elle l'avait vu grandir. Quand son mari et elle avaient acheté la ferme, dix-neuf ans plus tôt, ses plus hautes branches la dépassaient à peine. Aujourd'hui, ses frères et lui leur offraient généreusement une vingtaine de tonnes de pêches par hectare. Un très bon rendement. Et pourtant, ils n'arrivaient pas à vendre. La ferme se dressait sur les bords de la rivière Jukskei, dans la province du Gauteng. Ses propriétaires en demandaient deux millions de dollars. Une bouchée de pain, pour une terre aussi bien placée et son verger de vingt hectares. Mais aucune offre ne leur avait été faite.

1. Julius Malema.

Deux millions de dollars. C'était la somme qui leur était nécessaire pour commencer une nouvelle vie en Australie. En dix ans, dans toute l'Afrique du Sud, le nombre d'attaques de fermiers blancs était passé d'une centaine à plus de cinq cents par an. La grande majorité d'entre elles, heureusement, ne s'achevait pas sur un meurtre. Du vandalisme, des insultes, un viol, voire quelques coups de couteau le plus souvent. Moins de soixante Blancs étaient retrouvés assassinés chaque année. C'était tout de même quelque chose, et Alice se levait chaque jour depuis vingt-quatre mois avec une boule au ventre. À quand leur tour ? semblaient murmurer ces lieux qui refusaient d'être vendus.

Après l'accession au pouvoir de l'ANC, Madiba n'avait pas modifié ses pratiques[1]. La phrase « *Kill the Boer, kill the farmer* » était toujours scandée dans l'hymne du parti, et la communauté internationale ne semblait pas le moins du monde s'en offusquer. En 2012, Julius Malema, un homme violent et ivre de haine, s'était fait exclure de l'ANC. Dans la foulée, il avait créé un groupe politique dont le leitmotiv était clair.

1. Le Congrès national africain (l'ANC, pour African National Congress), parti politique au pouvoir en Afrique du Sud depuis la fin de l'apartheid en juin 1991, était encore classé comme organisation terroriste par les États-Unis en 2008. Nelson Mandela, surnommé « Madiba » (du nom de son clan tribal), en était le leader charismatique.

Les Combattants pour la liberté économique n'avaient qu'un seul programme : prendre aux Blancs tout ce qui pouvait leur être pris. Un discours populiste qui avait fait fureur dans les bidonvilles du pays. Très vite, Alice avait senti le danger. Pendant des mois, elle avait supplié son mari de tout quitter afin de fuir tant qu'il en était encore temps, mais cette ferme, c'était l'œuvre de leur vie, alors Jonas avait tardé à lui dire oui.

Le soleil venait de disparaître à l'horizon. La vieille femme sentit la douce morsure du vent sur ses bras dénudés. Sereine, elle tapota le tronc du pêcher de haut en bas, comme on cajole un enfant qui a bien fait, puis elle récupéra son sécateur et repartit en direction de la ferme.

Elle discerna le nuage de poussière avant le vacarme des autoradios, dont le volume avait été poussé à fond. Sa poitrine se compressa instantanément tandis que sa vue se brouilla. C'était leur tour…

Autour d'elle, les pêchers étaient en fleurs. Leurs arômes embaumaient l'air, attirant toutes sortes d'insectes. La fermière choisit le plus costaud d'entre eux et sollicita ses vieilles articulations jusqu'à leur point de rupture afin d'atteindre la branche centrale. La peur lui martelait les tympans. Et s'ils la trouvaient ? Elle était trop vieille pour se défendre. Trop vieille aussi pour être violée.

Elle agrippa la branche, et puisa dans ses dernières forces pour s'y asseoir. Ses mains tremblaient. Elle s'agrippa aux nervures tout en suppliant Dieu de lui venir en aide. Les cris de Jonas percèrent l'obscurité au même instant, au milieu de rires inconnus. Il n'avait pas eu le temps de fuir. Il n'avait même pas dû les entendre arriver, occupé qu'il était à réparer leur vieux tracteur. Alice sentit sa poitrine se contracter et elle manqua d'air plusieurs secondes durant. Puis les larmes vinrent, d'impuissance, tandis qu'au loin éclataient les hurlements de son mari.

*

*   *

Xolani quitta la R512 pour prendre la piste de sable qui menait à la ferme des Van Vuuren. Des buffles regardèrent passer son 4 × 4 en relevant les cornes, comme pour saluer l'un des leurs. Il était chez lui ici, dans le Gauteng, au milieu de cette nature verdoyante. Vingt kilomètres le séparaient de la terre de son enfance.

Comme à chaque fois depuis des années, parvenu à l'embranchement, il hésita à prendre la piste de gauche, celle qui menait à la ferme des parents de Janco. Il n'était qu'un gamin quand Eugène était venu le chercher. Orphelin, il n'avait jamais connu l'école. Très vite, le chef du village avait décelé en lui des capacités inhabituelles, qu'il avait voulu exploiter, et lui avait transmis la charge de *nganga*, un pouvoir de sorcier qui s'acquérait par héritage[1]. Puis Eugène avait proposé au chef de prendre soin du jeune orphelin, et ce dernier l'avait laissé partir dans la ferme des Blancs afin de lui offrir la chance d'une vie meilleure. Xolani avait été traité comme un fils par Eugène et Kalya, et il avait trouvé un frère en Janco. À vingt-deux ans, il avait intégré l'académie de police de Pretoria, une fierté pour un petit Zoulou sans avenir. Enquêteur brillant, apprécié de tous, il avait fini par être remarqué par Franck Dutton, le directeur de la Directorate of Special Operations, et il était vite devenu un membre des Scorpions, l'une des meilleures unités de police au monde, avec un taux de réussite à faire pâlir le FBI. Mais les cadres de l'ANC, de plus en plus visés par les enquêtes anticorruption, ne tolérèrent pas longtemps cette unité qui leur mettait des bâtons dans les roues. Elle fut dissoute en 2008, et les Scorpions devinrent « les Aigles », des aigles aux ailes coupées afin de ne pas trop incommoder les hauts représentants du pouvoir. Écœuré, Xolani rejoignit la police rurale où la majeure partie de son boulot consistait à sillonner le pays et à remplir des rapports sur les attaques

1. Portée par un homme ou une femme, elle se transmet par héritage du père, de la mère, d'un grand-parent, d'un oncle, ou par voie initiatique. Toute personne âgée peut être considérée comme *nganga*, en raison de sa « sagesse ».

de fermes. Le scénario était toujours le même : des bandes de jeunes désœuvrés débarquaient entre 18 heures et 3 heures du matin. Ils pillaient, brûlaient, torturaient parfois à mort les fermiers, puis repartaient plus hargneux encore.

Ce matin-là, Xolani n'eut pas besoin de frapper à la porte pour que le propriétaire des lieux l'accueille. Il était empalé nu sur un pieu à côté de son garage, les pieds et les jambes brûlés ; l'inscription *À mort les Blancs* avait été tracée sur son torse. Le policier sortit de sa voiture et enfila son chapeau. Un peu plus loin, une vieille femme usée jusqu'à la corde était assise sur une pierre, le regard vidé de toute substance.

*

* *

Le quartier général de Pretoria lui sembla plus terne que d'habitude, ou alors c'était lui qui l'était. Ces attaques sans fin le faisaient vieillir prématurément. Son corps était toujours fin et ciselé, tel celui d'un guerrier zoulou, mais sa volonté s'amenuisait.

À peine enfermé dans son bureau, Xolani alluma une cigarette et décapsula une canette de soda. Les rapports s'entassaient autour de lui, piles de comptes rendus que personne ne lirait jamais. Il était pourtant respecté par ses collègues, autant que par sa hiérarchie. Un peu trop peut-être. Les autres finissaient toujours par tomber pour corruption ou viol. Lui non. Et on le craignait pour ça.

Alors qu'il écrasait sa cigarette dans le cendrier posé à l'angle de son bureau, une icône apparut sur l'écran de son ordinateur, l'informant de l'arrivée d'un nouveau message – l'émetteur en était Janco Ladovski. Xolani l'ouvrit, s'attendant à ce que son ami lui demande, comme chaque année, s'il avait bien fleuri la tombe de ses parents. Or demande il y avait, mais elle était tout autre.

> As-tu des nouvelles d'Esther ? J'ai besoin de ses services.
> Demande urgente.

Le policier relut le message, soucieux, puis il saisit son téléphone satellite et descendit dans la cour afin d'avoir une bonne connexion.

*

* *

À des milliers de kilomètres de là, sur la station d'écoute dissimulée dans l'ambassade de France au sultanat d'Oman, l'enregistrement automatique de la conversation se déclencha. La routine, pour les écoutes de téléphones satellitaires souvent utilisés par les djihadistes dans le désert.

*

* *

— *Unjani ubhuti wami*[1] ? débuta Xolani en zoulou, non par discrétion mais par plaisir de converser dans cette langue avec son plus proche ami.

Janco poursuivit dans la même langue. Des phrases courtes, à mots couverts, afin de ne dévoiler que le nécessaire.

— J'ai besoin d'aide. Contacte le Mossad et Esther. Ça concerne un contact à elle en Thaïlande. La mission est prioritaire, urgence absolue.

— Je fais ça de suite, lui assura Xolani avant de raccrocher.

Les conversations par satellite coûtaient cher, les formules de politesse attendraient…

*

* *

L'algorithme de traitement des écoutes repéra le mot clé *Mossad*. La conversation fut aussitôt signalée à la DGSE, traduite, puis envoyée à la division Afrique.

*

* *

1. « Comment vas-tu, mon ami ? »

De retour dans son bureau, Xolani ouvrit le logiciel Stegano, qui permettait de modifier les pixels d'une photographie afin d'y intégrer un message. Mais quelle solution de chiffrement devait-il utiliser ? Les rares fois où il avait contacté Esther, ça avait été pour lui demander de ses nouvelles. Des messages maladroits auxquels elle avait répondu par des phrases très brèves. Il y avait longtemps qu'entre eux la complicité d'une enfance partagée avait fait place à de la gêne et à la réserve due au milieu dans lequel ils baignaient tous les trois. Il la sentait pourtant toujours en lui, vivante, vibrante, comme il avait senti sa sœur le jour de l'enterrement de leur mère.

Xolani balaya des yeux les quatre murs de son bureau. Une seule photo y était accrochée, celle de la ferme des parents de Janco. Il ne pouvait pas envoyer ça à Esther, elle ne comprendrait pas qu'un message y était caché. Soudain, son regard tomba sur le dernier calendrier Pirelli qui traînait sur une pile de dossiers. Il avait fait le tour du quartier général les semaines précédentes. Le policier le saisit et le feuilleta. Allongée sur le dos, une jeune femme brune illustrait le mois de mars, son corps nu ouvertement offert au photographe. Xolani prit un cliché de la page et retourna devant son ordinateur.

Après avoir téléchargé l'image, il écrivit dans l'onglet texte du logiciel :

Urgent, demande d'aide prioritaire de Janco. Drogue de synthèse mortelle.
Prévenir danger majeur. Besoin de ton soutien pour contacter source travaillant pour le Mossad en Thaïlande. Soutien passif du FBI.
For your eyes only.

Le logiciel Stegano modifia imperceptiblement la photo. Xolani s'empressa de la joindre au courriel qu'il envoya à Esther, avec pour seule phrase d'accompagnement :

bheka inyanga kaMashi. Ubukeka njengodadewenu[1]

Sa tâche accomplie, il fouilla dans le dernier tiroir de son bureau à la recherche d'une photographie qu'il n'avait pas regardée depuis bien longtemps. Une fine pellicule de poussière s'était amoncelée sur le dessus. Xolani l'effaça de sa paume avant de détailler ces visages appartenant au passé. Le cliché avait été pris devant la maison des parents d'Esther. On y découvrait Mayan au bras d'Oren, en compagnie de leurs deux filles, Esther et Erin. À côté de l'aînée des deux sœurs, Janco et Xolani se tenaient bien droits, le corps déjà dessiné par le labeur alors qu'ils n'avaient pas dix ans. Erin, quant à elle, était blottie contre les jambes protectrices de sa mère. Ça n'avait pourtant pas suffi à la protéger.

1. « Regarde le mois de mars. Tu ressembles à ta sœur. »

Xolani rangea la photographie avant de refermer le tiroir. Lui n'avait jamais fondé de famille. Il n'avait pas pu. Le drame qu'avait vécu Esther, suivi trois ans plus tard de l'assassinat des parents de Janco, ses parents adoptifs, le réveillait encore parfois en sueur au milieu de la nuit. Quand l'enlèvement d'Erin avait été confirmé, Xolani avait juré à Esther de ne jamais cesser de la chercher. Cela faisait vingt-deux ans à présent, et il n'avait obtenu aucun résultat.

Les *nganga* savent parler aux morts. Lors de l'enterrement de Mayan, Xolani avait frappé son cercueil avec des feuilles d'ocimum afin de lui demander si Erin l'avait rejointe. C'était une pratique courante chez ces sorciers. Par la suite, le policier avait résolu plusieurs meurtres grâce à elles. *Non*, lui avait répondu la défunte ce jour-là. Sa cadette était toujours en vie.

17 heures s'affichaient à sa montre. Xolani referma son dossier en cours et quitta son travail plus tôt qu'à l'accoutumée. Ce soir, il allait réveiller le Tokoloshe et se battre avec lui pour l'empêcher de reprendre Esther. Il lui fallait au préalable s'en protéger. Écraser des feuilles d'acanthacées, y ajouter quelques gouttes de parfum, puis en oindre son front. Esther était toujours aussi forte, mais elle allait bientôt chuter. Le passé la rattrapait. Ce qui signifiait que le Tokoloshe allait à nouveau la visiter, l'emmener

dans son antre et la séduire. Janco aurait dû être là pour elle…

Le policier marcha d'un pas vif jusqu'à sa voiture. Il avait perdu Erin, il ne perdrait pas Esther.

Vingt-deux ans plus tôt

1993-1999

11

Car je te donnerai, et à ta postérité
pour jamais, tout le pays que tu vois[1].

Personne ne se levait jamais après 7 heures à la ferme. Il n'y avait ni rideaux ni volets aux fenêtres. Ses habitants se réveillaient et s'endormaient au rythme de la lumière naturelle. Après avoir pris soin des animaux domestiques, Esther, Janco et Xolani rejoignaient la cuisine où un petit déjeuner copieux les attendait. Du porridge le plus souvent, avec des œufs, du pain et des tranches de viande séchée. Kalya veillait à ce que les enfants partent le ventre plein. En Afrique du Sud, les journées étaient aussi rudes que le climat. La terre ne faisait pas de cadeau.

Kalya était une vraie Boer, née avec un fusil dans les mains mais capable de beaucoup de

1. Genèse, XIII, 15.

tendresse, y compris avec les gamins des autres. Grande, les épaules larges, le dos musclé et les mains rugueuses, elle distribuait sourires et ordres avec la même facilité. Eugène et elle avaient accueilli Xolani, puis Esther sans se poser de questions. Avant de venir s'installer dans le Gauteng, le père de Janco avait cultivé une orangeraie en Algérie, près de Blida. Un pays qu'il avait considéré dès les premiers jours comme le sien, et jamais il n'aurait envisagé de le quitter, pas même après les premiers massacres de colons lors de la Toussaint rouge[1], si des militaires n'étaient pas venus le chercher. Toute sa vie, Eugène avait ouvert sa porte avec générosité aux passants. Comment aurait-il pu comprendre qu'on désirait le chasser de chez lui ? Au final, la Légion l'avait emmené de force, l'obligeant à abandonner sa ferme et son orangeraie. Le pied-noir lui devait la vie, mais, avant de lui vouer un culte sans nom, il avait d'abord éprouvé une sourde rancœur à son égard. Une fois rentré en France, il s'était découvert incapable d'y vivre. Trop de pluie, pas assez d'espace, pas les bonnes odeurs non plus. En fin de compte, alors qu'il cherchait à exploiter une ferme en Afrique du Sud, il avait

1. Le 1er novembre 1954 les indépendantistes du Front de libération nationale manifestent pour la première fois son existence en commettant une série d'attentats en plusieurs endroits du territoire algérien. Cette date marque rétrospectivement le début de la guerre d'Algérie.

rencontré Kalya. Le couple s'était rapidement marié, puis Janco était né.

La petite taille d'Eugène était compensée par une puissante ossature. Aux champs du matin jusqu'au soir, il ne se plaignait jamais de courbatures ou de douleurs aux articulations. Il ne parlait jamais non plus de l'Algérie. Le souvenir le faisait dérailler. Il avait abandonné sa vie d'avant afin d'en construire une autre. Dans sa tête, les lourdes oranges bien juteuses au parfum enivrant n'existaient plus.

Esther avait rejoint la ferme des Ladovski peu après son dixième anniversaire. Oren, son père, était un homme sévère, rarement présent. Sa fille avait peu de souvenirs de lui. Il parcourait l'Afrique afin de vendre des produits agricoles, comme sa mère le lui avait expliqué, et s'était noué d'amitié avec Eugène. Mayan élevait quasiment seule sa progéniture. Une bonne mère juive irakienne pratiquante, dévouée à son mari, et qui subissait ses excès sans broncher quand il rentrait à la maison. Une femme éteinte, car épuisée. La demeure des McLone se dressait à la lisière de la grande banlieue de Pretoria. Isolée, Mayan recevait rarement de la visite.

Dès ses premiers pas, Esther s'était révélée une enfant agitée, bien trop active pour sa mère. Le père de Janco achetait de grandes quantités d'engrais à Oren et le travail ne manquait jamais dans une ferme. Qui plus est, garçons et filles y vivaient sur un pied d'égalité, les tâches étant réparties sans distinction de sexe.

Un soir, Oren avait attendu d'être seul avec son aînée pour lui parler.

— Dieu ne m'a donné que deux filles, avait-il commencé. Tu es l'aînée, et tu dois être forte comme un homme. En Israël, les *kibboutznikim*[1] sont fiers de savoir travailler la terre. Tu dois aller apprendre chez nos amis et soulager ta mère.

Mayan n'eut pas son mot à dire. Le mois suivant, Esther partit vivre chez les Ladovski, à trois cents kilomètres de sa mère et de sa sœur.

*

* *

Au soleil couchant, Eugène éprouvait toujours le besoin maladif de prendre sa femme dans ses bras, comme si la nuit allait la lui voler. Très vite, Janco et Esther s'étaient mis à les imiter. Ils n'avaient que douze ans au début, puis treize, quatorze et bientôt quinze. Leurs corps de jeunes adultes étaient attirés l'un vers l'autre, comme deux continents qui mouraient d'envie de n'en former plus qu'un. Qui désiraient mieux se connaître, aussi. C'était Kalya

1. Pluriel de *kibboutznik* : habitants des *kibboutzim* (pluriel de *kibboutz*).

qui avait appris à Esther comment prendre soin d'elle chaque mois, lorsque ses menstruations survenaient. Kalya qui lui avait acheté ses premiers soutiens-gorge, aussi. Le soir, dans son lit, Esther pensait souvent à sa mère. Elle avait emporté l'un de ses foulards et à chaque fois qu'elle retournait à Pretoria, elle suppliait sa mère de le porter afin qu'elle l'imprègne à nouveau de son odeur.

Xolani ne se mêlait pas à leurs jeux de séduction. Il avait ses propres plaisirs avec les enfants du village, ainsi que sa magie. Il prétendait d'ailleurs avoir jeté un sort à Janco et Esther afin qu'ils tombent amoureux l'un de l'autre, mais Esther savait qu'il n'en était rien. Janco était son miroir, depuis toujours. Elle était et serait toujours attirée par lui.

L'année de leurs quinze ans, la saison des pluies débuta plus tôt que prévu. Un soir, une forte averse surprit les deux adolescents alors qu'ils accompagnaient un troupeau de vaches. Janco monta la tente en urgence pendant qu'Esther rassemblait le bétail. Trempés, ils se réfugièrent sous la toile et se déshabillèrent mutuellement. Cette nuit-là, les doigts de Janco se firent plus pressants qu'à l'habitude et ses lèvres plus douces et entreprenantes. Avec toute l'innocence de son âge, Esther lui jura fidélité. Ce corps qu'elle venait de lui offrir, personne d'autre ne le toucherait.

Janco la regarda dormir jusqu'au lever du soleil. Elle était son monde, sa terre, sa source et sa mission. Jamais il ne l'abandonnerait.

*

* *

Un an s'était écoulé. Esther ne rentrait chez elle que pour les vacances, soit tous les deux à trois mois. Peu avant celles du printemps, un homme se présenta à la ferme. Il arrivait de Pretoria, au volant d'une Land Rover appartenant aux voisins des McLone. Il était blanc, vêtu d'un uniforme de police kaki, d'une casquette noire qui le protégeait de la morsure du soleil et de rangers impeccablement cirés. Une grosse étoile en métal était accrochée à son uniforme, à gauche de sa poitrine, au niveau du cœur. L'homme avait enfilé une tenue de ranger alors qu'il venait visiblement de la ville.

Kalya s'approcha la première, puis Janco, Esther et enfin Xolani. Son visage était dur, brisé et froid comme en possèdent souvent les anciens militaires. Des visages qui ont étudié bien trop de fois des choses qu'ils auraient souhaité ne jamais voir. Quand le regard de l'homme croisa celui d'Esther, elle sut qu'il venait pour elle.

La réunion se tint entre adultes, à huis clos dans le salon décoré de cornes de buffles de la ferme. Les enfants avaient été priés d'aller se coucher sans poser de questions. Isolée dans sa chambre, Esther colla son oreille au plancher mais seules des bribes de mots lui parvinrent, et elle n'osa pas quitter sa chambre afin de se rapprocher de l'escalier. Aucun des trois adolescents ne désobéissait jamais. C'était un luxe que les gosses de fermiers n'avaient pas.

L'homme repartit alors que la soirée était déjà bien avancée. Juste après, Esther entendit Eugène les appeler, Janco et elle. Kalya avait pleuré. Elle avait beau se tenir droite, la tête haute, deux sillons avaient creusé sa peau de ses yeux à ses joues. La gorge serrée, Eugène demanda à Esther de s'asseoir, puis il prit l'une de ses mains dans les siennes et l'adjura d'être forte.

— La police sud-africaine a mis des semaines à te retrouver, bafouilla-t-il en guise de préambule, ne sachant pas trop par où commencer.

Il ne restait pas grand-chose du corps de son père quand les policiers l'avaient découvert. Oren McLone avait été pendu par les pieds à un arbre situé juste au-dessus de la rivière Chobe, près de Kazungula. Les crocodiles avaient sectionné les deux jambes au niveau des genoux. Quatre frontières se rejoignaient à cet endroit : celles de la Namibie, du Botswana, de la Zambie et du Zimbabwe. Aucun des témoins de la scène n'avait osé s'opposer aux bourreaux et aider le pauvre homme. Il était pourtant encore vivant quand les reptiles avaient rappliqué. Plusieurs personnes avaient confirmé que la victime avait souvent été aperçue en train de franchir les quatre frontières à Kazungula. Quand il y venait, Oren McLone séjournait dans une ferme proche de Livingstone, où un vieux Boer cultivait quelques plants de tabac. C'était grâce à lui qu'il avait été formellement identifié.

Deux jours plus tard, la police sud-africaine avait débarqué dans la demeure du défunt et eu la désagréable surprise de constater que celle-ci avait déjà été visitée. Dans le salon, les fauteuils gisaient sur le flanc, éventrés, tandis que les meubles avaient été jetés au sol puis fracassés, sans doute à coups de barre de fer. Les autres pièces de la maison étaient toutes dans le même état, y compris la chambre des enfants. Ce n'était qu'une fois la maison visitée de fond en comble que la police avait découvert le corps de Mayan McLone, ficelé à une chaise à l'aide de fils électriques, dans l'appentis. Elle s'était défendue jusqu'au bout, malgré la sauvagerie de ses agresseurs. Les marques sur son corps en témoignaient. Les enquêteurs avaient retourné toute la propriété, espérant retrouver les deux filles du couple. En vain.

Esther ne dormit pas cette nuit-là. Au matin, d'autres policiers vinrent la chercher afin qu'elle procède à l'identification du corps de sa mère, resté à la morgue. Elle ne parla ni pendant le trajet aller, ni pendant celui du retour. À la morgue, elle se contenta de hocher la tête quand une femme lui présenta la dépouille.

Trois jours plus tard eut lieu la mise en terre. Juste avant, Xolani s'approcha du cercueil, un bouquet de feuilles à la main. En transe, il fouetta le cercueil tout en prononçant des mots incompréhensibles. Effrayées par ce rituel zoulou, les personnes présentes détournèrent les yeux. Pas Esther, qui écouta chacun des mots que Xolani prononça avec attention. Sa sœur était vivante, c'était ce que l'âme de sa mère venait de leur révéler.

12

Le courage n'est pas l'absence de peur,
mais la capacité de la vaincre[1].

Le 4 × 4 avait été loué à Pretoria. Kalya l'observa se garer dans leur cour. Un couple de quinquagénaires en sortit, lui vêtu d'un pantalon à plis, d'une chemise blanche et d'un polo clair, et elle, d'une robe beige ceinturée à la taille, les cheveux relevés en un chignon haut. Kalya portait des robes uniquement le dimanche, pour aller au temple. Elle frotta ses mains crasseuses dans le torchon accroché à son bermuda, puis se dirigea vers le couple. Malgré leur apparence proprette, il ne s'agissait pas de touristes égarés, elle le comprit sur-le-champ. Leur regard était décidé.

Cinq mois avaient passé depuis l'enterrement de Mayan McLone. Eugène, qui avait toujours

1. Nelson Mandela.

désiré avoir une fille, était devenu un père à temps plein pour Esther. Kalya, quant à elle, ne quittait plus son fusil Beretta calibre 12 chargé en permanence. Elle sentait bien que son pays s'enfonçait dans la corruption et la violence, or elle ne comptait pas finir comme Mayan.

L'homme et la femme se présentèrent. Ils s'appelaient Sam et Elsa, et parlaient anglais avec un accent très étrange que Kalya ne réussit pas à identifier. Surtout, ils connaissaient tout des relations qu'avaient entretenues Eugène et Oren, et précisèrent rapidement qu'ils étaient l'oncle et la tante d'Esther. Kalya héla son mari avant que la discussion n'aille plus loin.

Ils avaient pris place tous les quatre autour de la table de la cuisine. Le couple Ladovski prit connaissance des documents en règle, attestant que les McLone étaient les tuteurs légitimes d'Esther. La petite venait d'avoir dix-sept ans, elle n'était pas encore majeure. Sam et Elsa voulaient l'emmener vivre avec eux.

Sam expliqua qu'Oren et lui étaient tous deux des survivants de l'Holocauste, les seuls de leur famille, à dire vrai. À l'inverse d'Oren, lui était parti pour la Terre promise dès qu'il l'avait pu. Il y avait rencontré Elsa, avec qui il avait essayé d'avoir des enfants, sans succès. Puis Oren était parti vivre en Afrique du Sud et le contact entre les deux frères s'était distendu, bien que Sam certifiât que les liens fraternels n'en avaient pas souffert.

— Oren a toujours été ombrageux, précisa Sam, mal à l'aise. On aurait aimé rencontrer Esther et Erin, mais ça ne s'est pas fait. Aujourd'hui, Elsa et moi avons un devoir moral vis-à-vis d'Esther.

Kalya se leva pour faire la vaisselle, sa façon à elle de marquer sa désapprobation. Elle élevait Esther depuis qu'elle avait dix ans. C'était sa petite.

Sam possédait une grande boutique de cosmétiques au numéro 26 d'Ahad Ha'Am, à Tel Aviv-Yafo. Il leur montra des photos de sa réussite, ainsi que de leur appartement et de la future chambre d'Esther. Elsa, quant à elle, était couturière, non par nécessité mais pour le plaisir de monter de belles robes, des pièces uniques. Kalya pouffa. Esther était un vrai garçon manqué. Elle n'avait rien à faire entre du rouge à lèvres et des robes de luxe !

— Elle pourrait s'épanouir dans la Gadna, les jeunesses militaires israéliennes, fit remarquer Elsa, et revenir ici pendant les vacances.

Cette perspective finit par convaincre Kalya.

Afin de laisser le temps à Esther de faire leur connaissance autant que de dire au revoir aux Ladovski, le couple demeura une semaine à la ferme. Sam ne ressemblait pas à Oren. Il était bien plus petit. Toutefois, sa voix douce rassurait Esther et au bout de quelques jours, il fut décidé qu'elle partirait le lendemain.

*
* *

Janco dessinait des arabesques sur la peau nue de son dos. Des nuages qui venaient rejoindre ceux qu'ils avaient contemplés ensemble, quelques heures plus tôt, allongés à l'ombre d'un arbre. Sa douleur était un fardeau qu'il portait sur son visage depuis que le couple avait débarqué chez eux. Au lieu de s'adoucir avec le temps, elle empirait et lui brûlait les poumons. Esther allait partir.

Il traça un cercle autour de chacun de ses grains de beauté. Il connaissait leurs emplacements par cœur, le plus petit près de son omoplate, trois marron clair alignés au centre de son dos et un large foncé enfin, juste en bas de ses reins.

Esther n'avait plus prononcé le nom de ses parents depuis qu'elle avait appris leur décès. Quant à ce qu'était devenue sa sœur, personne n'osait en parler. Son regard se transformait chaque jour un peu plus, passant de l'éclat du ciel au printemps à celui de la lueur du feu en pleine brousse. Son innocence était morte. Durant leurs moments à eux, seul son corps faisait encore l'amour à Janco. Son esprit avait rejoint les limbes.

Kalya avait préparé un braai, le barbecue des Afrikaners. Comme le voulait la coutume, les adultes dînèrent d'un côté et les adolescents de l'autre. Le sac à dos d'Esther était déjà rangé dans le coffre du 4 × 4. Seules ses maigres affaires de toilette manquaient. En fin d'après-midi, Janco s'était rendu à l'étage et avait ouvert la porte de sa chambre. Les livres qui s'empilaient toujours sur la moquette avaient disparu, ainsi que les dessins d'Erin accrochés aux murs. Il était reparti en tremblant de rage.

Xolani posa son assiette vide près du feu. Les parents de Janco discutaient avec l'oncle et la tante d'Esther. Ils ne prêtaient aucune attention aux jeunes. L'orphelin fit signe à ses acolytes de les suivre, et tous trois s'enfoncèrent dans la brousse, au son du crissement des branches et du feulement des chats sauvages.

— Ce soir, nous allons prêter un serment d'alliance, leur annonça-t-il une fois isolés. Un pacte de fraternité qui nous liera jusqu'à la fin de cette vie.

Esther et Janco acquiescèrent. Le jeune sorcier leur fit ôter leurs chemises. Après quoi, à l'aide d'une patte de vautour, il pratiqua une incision rituelle sur leurs poitrines. Une griffure de trois doigts, anodine, mais suffisante pour récupérer quelques gouttes de sang. Esther et Janco le regardèrent ensuite mélanger leurs hémoglobines, fascinés.

— Je fusionne notre sang à celui du buffle, à sa corne et à l'herbe qu'il mange, prononça Xolani à voix haute.

Puis il s'approcha du couple, trempa son doigt dans le *muti* qu'il avait apporté et, tout en recouvrant leurs plaies avec la pâte, commença à scander des mots en xhosa[1]. Très vite, la fièvre le posséda. Il se mit à parler plus fort, en chantant à moitié, et à agiter ses mains. Soudain, au milieu de phrases incompréhensibles, un mot apparut distinctement. Un mot que tous les enfants de la brousse connaissaient, car tous craignaient cette créature rapide et dangereuse qui errait de village en village, causant des méfaits partout où elle se rendait, et étouffant les gens dans leur sommeil. Le Tokoloshe était une bête maléfique qui ne pouvait être détruite qu'en tuant le sorcier qui lui avait transmis son pouvoir[2]. Et Xolani venait de prononcer son nom en regardant Esther droit dans les yeux.

1. Le *muti* est une médecine traditionnelle d'Afrique du Sud. Par extension, le terme désigne les herbes, poudres, potions qu'elle emploie. Le xhosa est une langue tonale d'Afrique australe. Cette langue compte, pour la seule Afrique du Sud, un peu plus de huit millions de locuteurs, soit environ 18 % de la population, ce qui en fait la deuxième du pays après le zoulou. Elle est la langue du peuple xhosa.
2. L'influence de la culture zouloue est omniprésente dans toute la pointe sud de l'Afrique, et particulièrement en Namibie. La culture namibienne est en effet très marquée par des rites et des croyances dérivés de ceux des Zoulous d'Afrique du Sud. Parmi eux, on retrouve la légende terrifiante du *Tokoloshe*, ou *Tikoloshe*, dit encore « diable de Kalahari » en Namibie. On recourt à son invocation pour effrayer un enfant et le convaincre de bien suivre le chemin de l'école, mais aussi pour provoquer la maladie, voire la mort de quelqu'un.

Quand le jeune *nganga* se tut enfin, ce fut pour s'endormir, épuisé, à même le sol. Janco le hissa sur ses épaules pour le ramener dans sa chambre. À son retour, Esther l'attendait, dévêtue, à côté des braises encore chaudes.

Elle partit le lendemain matin et ne revint jamais à la ferme.

13

The question is not whether or not
we should defend ourselves
or surrender—no such alternative exists.
All we must consider is how to fight in order to win,
and thus ensure our people freedom,
a national future, and international status[1].

Peu importe que l'on abhorre ou que l'on aime Israël : la question n'est pas là. Son histoire est unique. Les juifs d'Europe arrivés en Terre promise après 1945 n'étaient pas encore des Israéliens, juste les revenants d'un enfer qui leur avait appris qu'ils n'avaient aucun allié.

1. « La question n'est pas de savoir si nous devons nous défendre ou nous rendre – une telle alternative n'existe pas. Tout ce que nous devons considérer, c'est comment nous battre pour gagner, et ainsi assurer à notre peuple la liberté, un avenir national et un statut international. » Discours de Ben Gourion à la réunion du Comité d'action sioniste, le 6 avril 1948.

Tous les pays, à commencer par l'Allemagne et la France, les avaient trahis. De l'Holocauste, les nouveaux juifs de Palestine avaient retenu les leçons suivantes : le peuple juif serait toujours menacé de destruction, personne ne les protégerait jamais, et s'ils désiraient avoir un avenir, la seule façon d'y parvenir était de fonder un État indépendant.

Malgré ça, aucun analyste de la CIA ne donnait une chance sérieuse de réussite à ces gens qui parlaient une langue sans voyelle et débarquaient de partout. La Palestine était encore sous protectorat britannique. Rien n'était joué. Mais comment la CIA, pur produit du capitalisme américain, aurait-elle pu comprendre l'importance des *kibboutzim* ? Toute la force du nouveau pays reposa en grande partie sur ces villages collectivistes. La terre qui y était cultivée appartenait à la communauté, et chacun recevait autant que ce qu'il donnait. Un vrai programme de communistes. David Grün, *alias* Ben Gourion, « le Fils du Lion », n'était-il pas lui-même un marxiste polonais ?

Il existe dans le judaïsme une tradition de responsabilité mutuelle et un lien profond entre tous les juifs, comme s'ils formaient une seule même et grande famille. Il n'est donc ni tolérable ni concevable qu'un juif fasse du mal à un autre juif.

Quelle fut la part de ce sentiment, et celle d'un danger permanent d'anéantissement planant au-dessus de leurs têtes, dans la suite des mesures adoptées ? Ce peuple, qui sortait de l'enfer, était prêt à prendre toutes les mesures possibles, si extrêmes soient-elles, afin d'asseoir son État et de ne plus jamais revivre ce qu'il avait vécu. Dès lors, le respect des lois et des règles internationales devint secondaire.

En 1948, aucun rapport ne mentionnait le terme *Israélien*. Tous parlaient des *juifs*, du *gang Stern*, des *terroristes de l'Irgoun* ou de la *Haganah*. Les terroristes des uns étaient déjà les héros des autres...

Un an plus tard, en décembre 1949, fut créé l'Institut pour le renseignement et les opérations spéciales : le Mossad. Jusque dans les années soixante, il était toutefois interdit de mentionner son nom en public, car son existence ne faisait l'objet d'aucune reconnaissance officielle. D'emblée, les services de renseignement israéliens se déployèrent dans un royaume de l'ombre, la « sécurité d'État » étant invoquée pour justifier des opérations qui, dans le monde « normal », auraient exposé leurs commanditaires à des poursuites pénales, voire à de lourdes peines de prison. Assassinats ciblés, torture, attaques terroristes, propagande, le Mossad ne reculait devant rien. Un système extrajudiciaire, parallèle au droit pénal, chargé de protéger la nation et ses citoyens autant que de se poster en sentinelle de la communauté juive mondiale.

14

Par la tromperie, la guerre tu mèneras[1].

Tel Aviv, mars 1999

Esther observait les quatorze kilomètres de plage de la ville blanche surveillés par des caméras. Elle avait pris l'avion pour la première fois de sa vie. Assise dans le taxi à côté de son oncle et de sa tante, elle découvrait cette nation en construction qui était désormais la sienne.

Des policiers arpentaient les rues. La jeune fille détailla les immeubles défraîchis, la plupart datant des années cinquante. Dix minutes plus tard, le taxi se gara à côté d'un square entouré de bâtiments identiques tirant tous sur le gris.

1. « *be-tachbūlōt ta`aseh lekhā milchāmāh* » : verset issu de la Bible (Proverbes, XXIV, 6), et première devise du Mossad.

— C'est ici, lui indiqua Elsa. Nous habitons cet immeuble, au troisième étage.

L'appartement était désuet. D'environ quatre-vingts mètres carrés, le confort était loin d'être ce que l'on attendait d'un loyer aussi élevé. L'électricité et la plomberie dataient, la peinture des portes était écaillée. Quant à la cuisine, elle avait besoin d'être entièrement refaite.

— Nous avons un abri commun sous l'immeuble, lui expliqua Sam d'entrée de jeu. Toutes les caves sont équipées de ponts en U en fer afin qu'elles ne soient pas écrasées lors d'un bombardement. On va te montrer le chemin, c'est la première chose que tu dois apprendre par cœur.

Israël vivait dans la menace permanente. Les murs du quartier racontaient la peur, les cris, la douleur, et les habitants ne connaissaient que trop bien le son des sirènes.

Une fois la cave visitée, Esther s'attarda un moment dans le square. L'herbe y était verte, les arbres en fleurs, et des enfants couraient au milieu des jeux en bois sous le regard distrait de leurs parents. Tel Aviv était bruyante et agitée.

Cette première nuit, Esther la passa à observer la lumière des lampadaires par la fenêtre de sa chambre. Chez elle, en Afrique du Sud, elle pouvait s'endormir avec la Voie lactée sous les yeux, sans un son humain aux alentours. C'était le barouf nocturne des hippopotames et des lionnes en chasse qui l'accompagnaient dans son sommeil. C'était ce tam-tam-là qui s'était imprimé en elle.

Ses parents étaient morts, Erin avait disparu et Janco... Janco allait devenir un souvenir, tout comme sa vie d'avant. Elle ne lui écrirait pas, elle ne l'appellerait pas non plus. C'était la seconde fois qu'on la faisait changer d'existence. La seconde fois qu'elle avait de nouveaux parents. Elle aurait pu pleurer, hurler, frapper les murs de ses poings tout en criant à l'injustice. Elle se mura au contraire dans le silence. Puisqu'on lui avait retiré la possibilité d'avoir une famille et une vie heureuse, ne lui restait plus qu'à se trouver un but, un objectif à long terme, et à se focaliser dessus pour ne jamais flancher. Retrouver sa sœur devint cet objectif, quoi qu'il lui en coûte. Et pour cela, elle devait d'abord apprendre à se battre et à tuer. Israël était en guerre permanente. Elle ne trouverait pas de meilleur professeur.

*

* *

La réputation du caviar d'aubergine d'Elsa n'était plus à faire. À chacun des shabbats, des amis venaient partager leur dîner. Tous s'intéressaient à la sauvageonne sud-africaine. La plupart des invités étaient plus jeunes que les parents adoptifs d'Esther. De ce fait, leur curiosité était moins maîtrisée et leurs questions intarissables.

Esther appréciait cette fête religieuse, non pour ses règles strictes qu'elle n'avait pas connues, ses parents ayant toujours été très discrets afin de ne pas se faire remarquer en tant que juifs pratiquants, mais pour le calme soudain qui s'emparait de Tel Aviv. Rapidement, elle quittait la table et allait se promener dans les rues désertées de la ville.

Chaque après-midi après la classe, elle fréquentait le Goldstein-Goren Center, réservé aux étrangers afin qu'ils puissent y perfectionner leur hébreu et s'imprégner plus facilement de la culture israélienne. Esther y retrouvait d'autres adolescents, déracinés comme elle, ainsi que des familles venues faire leur *aliyah*[1]. La vie était dure sur la Terre promise, le travail harassant et les difficultés nombreuses. Mais pour les juifs, cet environnement dépourvu d'antisémitisme n'avait pas de prix.

Esther apprenait. Esther ne se faisait pas d'amis.

L'été arriva. Elle rejoignit la Gadna, ces bataillons de jeunes formés au métier militaire avant leur majorité. L'ambiance y était bon enfant.

1. *Aliyah* en hébreu signifie « montée », « ascension ». La tradition juive considère le voyage vers la terre d'Israël comme une élévation, d'un point de vue géographique (Jérusalem est située à environ sept cent cinquante mètres au-dessus du niveau de la mer) comme métaphysique et spirituel. « Faire son *aliyah* » est l'un des principes les plus fondamentaux du sionisme.

Vêtus d'uniformes vert olive, les adolescents riaient entre leurs différentes activités. Pas Esther. Les lits de camp, les nuits sous la tente, la chaleur, rien ne lui était plus familier. Ici, elle retrouvait sa liberté, avec le maniement du M16 en plus. Unique élève d'origine sud-africaine, elle était également la seule à ne jamais rater sa cible. La seule, aussi, à ne pas chanter l'hymne national tous les matins. Israël n'était pas sa destinée, seulement un moyen. Contrairement à ses camarades, elle n'avait aucun attachement à sa nouvelle nationalité.

Elle termina première du concours national de tir à la carabine, avec un score de 196 sur 200. Sam et Elsa croulèrent sous les compliments. Ils ne furent néanmoins pas dupes. Esther demeurait solitaire et agressive, sans aucune empathie pour ses camarades.

Un an plus tard, à dix-huit ans, elle intégra l'armée afin d'y effectuer ses vingt et un mois de service réglementaire. L'officier d'orientation l'accueillit comme il accueillait toutes les jeunes filles, avec douceur et assurance.

— L'armée israélienne se compose de 40 % de femmes. Tu n'as donc rien à craindre.

Esther le toisa sans un sourire. Elle ne craignait plus personne depuis qu'on lui avait pris sa mère et sa sœur.

Esther parlait couramment l'anglais, l'hébreu, le zoulou et elle comprenait l'afrikaans. Rapidement, elle parla l'arabe et intégra une unité d'élite féminine. Après une période d'entraînement basique, ses membres suivaient une formation de huit semaines durant laquelle elles apprenaient à collecter des renseignements par le biais des moyens d'observation existants, à mettre en échec des tentatives d'attaque terroriste et à assister les forces d'infanterie. Esther se plia à tous ces apprentissages avec zèle. Elle y ajouta un entraînement volontaire de seize semaines, durant lequel elle apprit les techniques de navigation, d'orientation et de camouflage, tout en développant une aptitude au combat d'infanterie. Sa formation s'acheva sur une véritable opération : elle rejoignit le bataillon Shahaf qui opérait dans la zone du commandement de la région Nord, près de la frontière entre la Syrie et le Liban[1]. Là, elle passa ses journées à repérer le moindre mouvement suspect avec la rusticité d'un chien du désert.

1. Le Corps de collecte de renseignements regroupe cinq bataillons opérationnels réguliers, dont le bataillon Shahaf (« Mouette »), composé de guetteurs et guetteuses et de compagnies de soldats combattants.

15

I hated every minute of training,
but I said, "Don't quit. Suffer now
and live the rest of your life
as a champion."[1]

Assise sur un petit tabouret au ras du sol de sa boutique, Elsa ajustait l'ourlet afin que la robe tombe juste sous les chevilles.

— Qu'en penses-tu ? J'hésitais à la ceinturer davantage, mais la mode est aux coupes plus droites.

Esther observa son reflet dans le miroir. Son corps n'avait plus rien à voir avec celui que Janco avait aimé. Robuste, puissant, rapide et gracieux, ce corps-là était vierge de toute caresse. Esther n'était plus disposée à ces élans, de toute façon. Le souvenir de Janco avait été enfermé

1. Muhammad Ali.

dans une cage au fin fond de sa mémoire, tout comme ceux de Xolani, de Kalya, d'Eugène et de la ferme.

— C'est joli, répondit-elle à Elsa pour lui faire plaisir.

— Tu as vu, j'ai ajouté des poches quasiment indétectables à l'œil nu, tant les coutures sont discrètes.

Esther se tourna vers sa mère adoptive, étonnée.

— Pourquoi ?

— Eh bien, bafouilla-t-elle, gênée, disons que ça peut être utile.

Un instant, Esther sonda son regard afin de tenter d'y deviner ses pensées. Puis elle se regarda à nouveau dans le miroir. Effectivement, les poches ne se voyaient pas.

Elle était en permission pour dix jours. Dans un mois, elle aurait fini son service réglementaire.

L'ourlet achevé, Elsa se releva et enlaça sa fille adoptive.

— Tu es définitivement belle. Et définitivement prête.

Esther n'eut pas le temps de lui demander ce qu'elle entendait par là. Une voiture civile se gara devant la boutique au même instant, puis un homme en sortit et la pria de le suivre. Elsa caressa ses cheveux avec émotion.

— Sam et moi t'attendrons pour dîner. Prends ton temps. Ce que tu as à entendre est important.

Esther avait pris place à l'arrière de la voiture. Son chauffeur ne prononça pas un mot du trajet, sa passagère non plus. Trente-cinq minutes plus tard, la voiture se gara devant un complexe ultrasécurisé par des caméras et des détecteurs en tous genres. Également appelé « l'Académie », l'HaMidrasha était le centre d'entraînement du Mossad. Esther sortit du véhicule, gauche et intimidée. Elle aurait voulu porter une tenue de combat ou au moins un pantalon. Mal à l'aise, elle gravit les marches qui la menèrent à une salle de réception où un copieux buffet était dressé. Un homme l'y attendait, assis sur l'un des sièges de la salle vide.

— Bonjour Esther. Sers-toi et viens déjeuner avec moi, je t'en prie.

Tous ses sens étaient en alerte, observant, recueillant, analysant et interprétant chaque indice autour d'elle. L'homme le devina et sourit.

— Tu peux manger sans crainte. C'est sûrement la première et la dernière fois que l'Académie t'offrira un repas comme celui-là, alors profites-en !

Il se leva et, comme pour montrer l'exemple, attrapa une assiette qu'il garnit de différents mets. Esther l'imita, sans toutefois se départir de sa réserve.

— De l'eau ? lui proposa-t-il après avoir pris place à une table face à elle.

Elle acquiesça.

— Jolie robe. Ta mère est douée.

Esther le fixa, les joues en feu.

— Ce n'est pas ma mère, et vous le savez.

L'homme reposa la carafe et la regarda avec force.

— Officiellement, c'est ta mère, et elle le restera. Est-ce clair ?

— Très clair, monsieur.

Son visage se détendit.

— Pardon, je ne me suis pas présenté. De toute façon, mon nom n'a aucune d'importance. Je l'ai usurpé à un mort. Néanmoins, ici, je suis Uzi, instructeur de l'Institut.

— On est... au Mossad ? bredouilla-t-elle, stupéfaite.

— Dans son centre de formation, oui, la rabroua-t-il durement, et tu ne dois jamais prononcer ce nom. Ça aussi, est-ce bien clair ?

Elle baissa les yeux, gênée.

— Très clair, monsieur.

Le Mossad. Tous les jeunes en parlaient pendant le service réglementaire, et toujours à mots couverts. Comme un rêve, un idéal imaginaire qu'on appelait de ses vœux autant qu'on le craignait. Les élus étaient peu nombreux. À peine un candidat sur deux cents était retenu. Or, Esther était présentement en train de déjeuner dans son centre de formation.

— Par essence, le Mossad n'existe pas, développa Uzi. Rien de ce que tu vois autour de toi n'existe. Moi-même, je n'existe pas. Et bientôt, toi non plus, tu n'existeras plus.

Esther se répéta cette dernière phrase, sonnée. Son cœur battait la chamade. Elle avait peur autant qu'elle était subjuguée.

L'homme avala quelques pâtes avant de poursuivre. Sa recrue se rappela son assiette et l'imita. Il était vêtu d'un pull-over camionneur beige et d'un pantalon bleu marine, tout ce qu'il y avait de plus commun. La peau de son visage était grêlée, voire striée par endroits, ce qui assombrissait davantage ses pupilles. Uzi n'était pas beau. Intimidant en revanche, il l'était, et dangereux.

— Habituellement, les candidats suivent une batterie de tests en tous genres et sont sélectionnés au fil d'un long processus qui dure plusieurs mois. Ton cas est différent.

Il ancra son regard dans celui de la jeune fille.

— Ton père était l'un des nôtres, déclara-t-il lentement. Dès ta naissance, il t'avait sélectionnée, et nous aussi. Toute ton éducation a été construite pour faire de toi la meilleure d'entre nous.

L'instructeur lui laissa le temps de digérer cette information avant de poursuivre :

— Oren était un agent de premier ordre, un *katsa*[1] qui couvrait toute l'Afrique australe. Il

---

1. Un *katsa* est un officier du renseignement de terrain du Mossad. Il recueille des informations et dirige des agents, comme un « *case officer* » de la CIA. Les *katsa* sont des experts en psychologie. Ils savent convaincre un individu de trahir tout ce et ceux en quoi et en qui il croit.

a toujours voulu que nous soyons ta famille si quelque chose lui arrivait. Tu comprends ? Ton placement à la ferme a été approuvé par nous, acheva-t-il en détachant bien chacune des syllabes.

Esther pensa immédiatement à Janco. Avait-il été au courant ? Et Eugène ? Kalya ? Uzi devança ses questions :

— Eugène avait fréquenté la communauté juive en Algérie. Dès le début, il avait bien compris que ton père ne vendait pas que des produits pour l'agriculture. Ce que tu dois comprendre, ajouta-t-il fermement, c'est que ton père n'avait pas d'autre choix que d'être dur avec toi afin de faciliter l'inéluctable séparation, et ton placement dans la ferme d'Eugène a été un soulagement pour lui.

— Et Sam et Elsa, qui sont-ils ?

— Des *sayanim* dévoués[1]. Nous avons des milliers de correspondants comme eux à travers le monde. Ils étaient volontaires pour t'adopter et te chérir comme leur propre fille. Quand ils sont venus te chercher à la ferme, seul Eugène connaissait la vérité. Sa complicité a grandement facilité les choses.

Esther avait entrouvert la bouche, toutefois aucun son ne franchit sa gorge. Il fallait d'abord

1. Pluriel de *sayan*, sorte d'agent « dormant », citoyen souvent non israélien (mais qui fait preuve d'une loyauté totale envers l'État d'Israël) recruté pour fournir un soutien logistique ponctuel aux opérations du Mossad.

qu'elle réinterprète sa propre histoire à la lueur de ce qu'elle venait d'apprendre. Son père avait fait partie du Mossad et il l'avait préparée afin qu'elle intègre l'Institut à son tour. Son père était mort pendu à un arbre, à moitié dévoré par des crocodiles. Et Erin...

Son regard se referma.

— Où est ma sœur ?

— On ne sait pas, avoua l'instructeur. Nous ne sommes pas impliqués dans sa disparition et nous la recherchons toujours. Tout comme ton ami Xolani, n'est-ce pas ?

Elle n'acquiesça pas. Il poursuivit :

— Il est possible qu'elle soit vivante, élevée par un groupe terroriste, ou prostituée. Toutes les options sont sur la table. Quoi qu'il en soit, une chose est sûre : le jour où nous la retrouverons, tu devras être prête à accepter qui elle est devenue, car elle n'aura plus rien à voir avec l'Erin de ton enfance.

Esther sentait son sang pulser dans sa poitrine. Elle avait envie de hurler, de mourir aussi, autant que de gifler l'homme qui lui faisait face. Uzi désigna son assiette du menton.

— Finis ton déjeuner. Et sers-toi du gâteau, il est délicieux. Je reviens dans une heure te faire signer tes documents d'engagement. Ta renonciation à ta vie d'avant, et une forme de renaissance dans un autre monde.

*
* *

Elsa avait préparé une shakshuka, un plat originaire du Maghreb dont les Israéliens raffolaient, ainsi qu'une knafeh, un dessert à base de fromage frais, de sirop à la rose et saupoudré de pistaches. Le couple accueillit leur fille adoptive avec une fierté manifeste. Il était à peine 18 heures ; Esther se sentait pourtant épuisée. Elle avait besoin de temps pour elle, seule, afin de faire le point. Elle répondit aux premières questions de Sam et Elsa, puis alla s'isoler dans sa chambre.

Une Bible ouverte était posée sur son lit, et la phrase suivante y avait été entourée :

> Et le Seigneur dit à Moïse : envoyez des hommes espionner la terre de Canaan et que, parmi les fils choisis dans toutes les tribus, chacun soit un prince[1].

Esther déplaça le livre sur son bureau, puis elle retira sa robe et s'assit sur son lit, face à la fenêtre.

Erin avait peur des orages. Petite, Esther avait pris l'habitude d'aller la bercer dans son lit dès que le ciel s'assombrissait. Mayan n'entendait pas toujours sa cadette pleurer. La dureté des

1. Nombres, XIII, 1-2.

jours l'entraînait dans des nuits profondes dont elle émergeait le regard cerné. Qui veillait sur elle à présent ? Qui la rassurait quand elle avait peur, puis la prenait dans ses bras en lui murmurant des mots doux ? Qui était là pour sa petite sœur ? Elle éclata en sanglots et pleura longtemps, bien après que la nuit fut tombée.

Des gens riaient au-dehors. L'air était frais et le ciel clair. Assis sur le canapé du salon, Sam et Elsa attendaient que leur fille adoptive les rejoigne.

N'y tenant plus, Elsa se leva et alla frapper à sa porte.

— Chérie ?

Elle tourna la poignée. Esther était roulée en boule sur son lit, le regard fixé sur le mur blanc de la chambre. Elsa prit place à côté d'elle.

— Je sais que c'est dur, prononça-t-elle à voix basse. Sache que tu seras toujours notre fille. Tu auras toujours ta place ici, avec nous.

Avec douceur, elle déposa la photographie qu'elle avait apportée sur l'oreiller, à côté du visage de sa fille adoptive.

— Tes parents seraient fiers de toi.

Esther ne bougea pas. Elsa quitta la chambre, le regard tourmenté.

16

Je ne sais pas comment
surpasser les autres.
Tout ce que je sais
c'est comment me surpasser[1].

La formation débuta à l'Académie. Esther y pratiquait trois heures de krav-maga par jour, suivies de deux heures d'entraînement complémentaire. Bien que les enseignements aient lieu en petits groupes, le silence était de rigueur. Esther était la seule à avoir un instructeur dédié, Uzi, qui ne la lâchait pas. En tant que « création pure » destinée à intégrer les services secrets depuis sa naissance, un programme particulier avait été conçu pour elle. Ainsi, malgré son très bon niveau au tir sportif,

1. Mantra du Yagyū, la voie du sabre, tiré du *Hagakure* de Jocho Yamamoto (Paris, Guy Trédaniel, 2000).

Uzi l'emmenait régulièrement à Petah Tikva[1], non loin de Tel Aviv, pour des séances de tir interminables avec des armes aussi modernes qu'anciennes. À la moindre erreur, Esther devait tout recommencer.

— Tu es l'élite, la sermonnait-il quand elle se mettait à pleurer. Tu dois tout supporter, tout apprendre, tout savoir. C'est ta finalité. Alors, sèche tes larmes et recommence !

Elle séchait ses larmes, ravalait sa colère et reprenait à zéro.

Les séances d'instruction en comité réduit étaient craintes par les autres élèves, mais attendues par la Sud-Africaine, car Uzi la lâchait enfin.

— Dans la vie, vous avez le droit à l'erreur, leur criaient leurs instructeurs. Dans l'espionnage jamais. L'APAM a pour rôle de fournir des cocons de protection aux agents[2]. Apprenez vos environnements par cœur afin d'éviter de mettre inutilement votre sécurité en danger !

Les semaines d'entraînement au tir firent place à l'apprentissage de la torture, suivi de périodes de privation de sommeil. Par groupes de trois, des élèves en soumettaient d'autres à des séances de *water-boarding* longues comme un jour sans pain, dans le soi-disant but de leur

1. Ville d'Israël, dans le District central, au nord-est de Tel Aviv.
2. L'APAM (*Avtahat Paylut Modienit*, « Sécurité de l'activité de renseignement ») est le service de protection du renseignement.

faire avouer des informations qu'ils ignoraient, tout autant que les noms de ceux qu'ils aimaient. Allongés la tête en arrière sur une planche, un linge sur la tête, les postulants devaient gérer leur douleur par le souffle tandis que des seaux d'eau étaient déversés sur leurs visages jusqu'à l'étouffement. Plusieurs d'entre eux craquèrent et quittèrent le programme. Pas Esther. Elle tint bon et compta les secondes, les minutes, les jours, tandis qu'on lui hurlait au visage de dénoncer ses collègues et d'avouer ce qu'elle savait. Uzi veillait dans l'ombre. Il ne la quittait jamais des yeux.

*
*   *

Esther retira ses chaussures et se glissa sous les draps, épuisée. Elle était la dernière du dortoir à rejoindre son lit. Uzi lui avait fait répéter encore et encore sa fausse identité. Nom : Adriano. Prénom : Marta. Lieu de naissance : Madrid, le 16 juillet 1981. Fratrie : un grand frère, Luis, ouvrier du bâtiment, né le 2 février 1978, brun, mince, gros fumeur, vote extrême gauche, une demi-sœur née d'un second mariage : Pénélope, née le 11 août 1989, brune, des boutons d'acné sur le visage, adore faire la fête et sort avec un petit con du nom de Pietro. Adresse : 11, avenue Reina Maria Cristina à Barcelone, appartement au troisième étage, cosy, avec des rideaux jaunes et une cuisine aux murs bariolés, ce qui amuse toujours mes amis. Profession : professeur de biologie à l'école Saint-Exupéry, à Alcobendas, à environ trente minutes au nord de Madrid. Hobbies : lecture, cinéma, salsa. Elle avait passé huit heures d'affilée à apprendre les pas de base de cette danse. Un cours accéléré avec un professeur particulier qui l'avait poussée jusqu'à ce qu'elle s'effondre en pleurs sur le sol.

Usée, elle s'endormit à peine ses yeux fermés. Ce fut le morceau de scotch qui musela sa bouche qui la réveilla une heure plus tard, en même temps que quatre bras qui maîtrisèrent les siens avant qu'elle ait eu le temps d'esquisser le moindre geste. Elle rouvrit les yeux, terrifiée. Plusieurs élèves d'un groupe qu'elle se rappelait avoir croisés dans les couloirs de l'Académie lui faisaient face, le regard empli d'animosité. Esther eut le temps de remarquer les lits vides autour d'elle avant de comprendre ce qui lui arrivait. Aussitôt, elle balança son pied dans le ventre de l'un des types, mais ce fut le seul coup qu'elle réussit à donner. Le bas de son pyjama fut arraché et ses cuisses écartées de force. Uzi arriva alors qu'elle n'avait plus rien à défendre.

— Ça suffit, lâcha-t-il d'un ton sec. Regagnez vos dortoirs.

Les élèves la lâchèrent. Son instructeur récupéra ses vêtements et les lui tendit. Sans un mot, il lui ordonna ensuite de se lever et l'emmena dans une cellule d'isolement, une pièce qui ne contenait qu'un unique lit et une ampoule au plafond. Froid, il prit place face à elle et la força à le regarder.

— Tôt ou tard, une femme est toujours confrontée à ce genre de péripéties, surtout en zone de guerre. Maintenant, tu sais ce que ça fait.

Esther mit dans son regard toute la haine qui la possédait en cet instant précis. Uzi sortit une enveloppe de la poche intérieure de sa veste et la lui tendit. Le papier était déchiré sur le tranchant, signe que le courrier avait déjà été lu. Elle fixa son nom inscrit en lettres capitales au stylo noir, suivi de son adresse chez Sam et Elsa à Tel Aviv. Fébrile, elle extirpa la photographie placée à l'intérieur de l'enveloppe. Un magnifique pommier en fleurs emplissait tout l'espace. Derrière lui se distinguait à peine la ferme des parents de Janco. Esther retourna le cliché. Cinq mots ornaient le verso, dont elle reconnut immédiatement l'écriture. *Je ne t'oublie pas…* Elle serra les dents et releva deux yeux emplis de flammes vers Uzi.

— Tu n'es plus personne, se contenta-t-il de lui répéter durement. Tu n'existes plus. Ton passé non plus.

Il récupéra la photographie et la déchira. Esther ne broncha pas. Son regard était du venin. Il la fixa sans ciller.

— As-tu atteint tes limites ?

— Non.

— Jusqu'où es-tu prête à aller ?

Elle se retint de pleurer. Pourtant, elle était ivre de rage. Ses yeux lancèrent des éclairs plus sombres encore.

— Je suis prête à tuer n'importe qui si on m'aide à retrouver ma sœur.

— Bien.

Son instructeur la regarda un instant encore, puis il lui tendit la main.

— Récupère tes affaires, va te doucher et rejoins-moi au-dehors. On s'en va.

Esther partit dans la nuit rejoindre un centre spécialisé caché au milieu du désert du Néguev. Son nouvel entraînement commença dès le lendemain matin.

— N'oublie jamais que tu dois toujours tuer la première, et par tous les moyens, commença son formateur. Tu n'es pas seulement membre du Kidon, tu es le fer, la lame, la mort qui vient.

Elle avait rejoint l'élite, le « service Action » du Mossad, dont la mission première était d'éliminer les ennemis d'Israël. Désormais, elle allait apprendre à saboter, à enlever des gens, à commettre des assassinats ciblés et à torturer.

17

Je ne sais pas
si l'on peut apprendre à mourir,
mais on peut apprendre à vivre[1] *!*

Uzi se tenait face à elle, vêtu d'un simple T-shirt et d'un pantalon de survêtement. Hormis eux, la salle d'entraînement était vide. Esther

1. Delphine Horvilleur, entretien avec Claire Chazal pour *Lire, magazine littéraire*, juin 2021. Cette phrase fait écho à la fois à l'ouvrage qu'Horvilleur venait de faire paraître, *Vivre avec nos morts* (« Est-il possible d'apprendre à mourir ? Oui, à condition de ne pas refuser la peur, d'être prêt, comme Moïse, à se retourner pour voir l'avenir. L'avenir n'est pas devant nous, mais derrière, dans les traces de nos pas sur le sol d'une montagne que l'on vient de gravir, des traces dans lesquelles ceux qui nous suivent et nous survivent liront ce qu'il ne nous est pas encore donné d'y voir. »), et bien sûr à Jean-Jacques Rousseau (« Je ne sais point apprendre à vivre, à qui ne songe qu'à s'empêcher de mourir. », *Émile, ou De l'éducation*).

avait noué ses cheveux en une queue-de-cheval haute. En short et débardeur, sa poitrine maintenue dans une brassière de sport, elle se plaça face à son adversaire. Celui-ci lui adressa un sourire amusé, après quoi il sortit un couteau en bois et un tube de rouge à lèvres de l'une de ses poches.

— En boxe, tu ne dois jamais quitter des yeux la ligne d'épaule et le regard de ton adversaire, commença-t-il. La ligne d'épaule pour l'enchaînement des mouvements, le regard pour les intentions et émotions. Avec une lame, c'est différent, ajouta-t-il en recouvrant le tranchant du couteau avec le rouge à lèvres.

Esther sentait son rythme cardiaque pulser le long de sa carotide. Avec nonchalance, son entraîneur rangea le tube de rouge dans sa poche, puis il releva la tête vers elle.

— Avec une lame, tu dois fixer ton regard sur le danger qu'elle représente et ne jamais tourner de son côté. Si je tiens la lame dans ma main droite, alors tu dois toujours te déporter sur ma gauche.

Le couteau qu'il tenait passa de sa main gauche à sa main droite. Esther se déplaça aussitôt sur sa gauche. Uzi hocha la tête en guise d'approbation.

— En krav-maga, si tu affrontes un adversaire armé d'un couteau, tu dois frapper ses parties génitales avec ta jambe arrière afin d'avoir le maximum d'amplitude. Après seulement, tu le désarmes par une clé de bras. Mais si ton adversaire a une protection, ou que tu es lame contre lame, tes deux mains doivent rester souples, telles des ailes de papillon. L'une doit venir gêner sa vue pendant que l'autre frappe. Compris ?

Elle acquiesça sans quitter la lame des yeux.

— À l'égorgement, plante le couteau dans le cou, puis pousse vers l'extérieur pour arracher la carotide et les cordes vocales. Et n'oublie pas de gérer tes émotions. Le corps à corps est une danse macabre qui se termine par un souffle qui s'en va, un abandon, une vie qui bascule et s'éteindra dans tes bras. Nous sommes très loin de l'activité d'un officier qui déclenche un tir de missile à distance et qui va tuer plusieurs personnes sans même savoir qui.

Esther pensa à sa sœur. Aussitôt, Uzi engagea. Sa jambe gauche avança sur la sienne, puis sa hanche pivota et son épaule partit tandis que son pied arrière glissa. Le coude parallèle au sol, son épaule protégeant son menton, il planta le couteau dans la gorge de son élève en même temps qu'il frappa son creux poplité gauche pour qu'elle tombe à genoux. Esther n'eut pas le temps d'esquisser le moindre geste. Placé juste derrière elle, Uzi agrippa ses cheveux et l'obligea à relever la tête en tirant dessus. Le visage collé au sien et la lame du couteau toujours enfoncée dans la chair de son cou, il murmura :

— Je viens de te le dire : tuer quelqu'un au couteau est la mort la plus difficile à donner car tu es souffle contre souffle, vie contre vie. À la fin, celui qui gagne le combat n'est pas forcément le plus entraîné mais le plus déterminé et apte à gérer son émotion.

Il enfonça davantage la lame de bois dans sa trachée.

— J'aurais pu te tuer parce qu'au lieu d'être attentive à ton adversaire, tu étais concentrée sur ta colère.

Des larmes roulèrent sur ses joues. Uzi s'amusa à lui faire peur encore un peu, puis il relâcha sa pression. Esther toussa un grand coup avant de pouvoir avaler une goulée d'air. Son entraîneur se replaça face à elle.

— À partir de maintenant, chaque fois que je marquerai ton corps d'une trace rouge, je te frapperai dans la foulée.

La trachée encore douloureuse, Esther se releva, chassa ses pensées et se focalisa sur la lame.

*
* *

Meier appartenait au PAHA, un groupe spécialisé dans le sabotage et la connaissance de la Force 17, leur ennemi de base : une unité d'élite palestinienne dont l'objectif était de traquer ceux du Kidon sans relâche.

Dispensant tous ses cours en arabe, le professeur n'était jamais agressif, bien au contraire. Il veillait à ce que ses élèves aient assimilé l'ensemble de son enseignement, jusqu'au plus petit détail, dans le but d'apprendre à sentir, penser, parler, manger et dormir comme les Arabes afin de mieux les décimer.

— Tu es une *katsa*. Tu touches un salaire de capitaine mais tu n'existes pas, lui rappelait chaque soir Uzi. Tu es le nom sur tes passeports, tu es invisible, mais tu connais toujours quelqu'un, les rues, les magasins, les commerçants, dans chacune de tes identités.

— Je sais.

— Tu n'as pas le droit d'entrer dans une synagogue, tu n'as pas le droit au religieux, d'aucune sorte. Tu ne peux pas faire Kippour, tu ne connais pas le pardon. Rien ne doit te faire douter ni affaiblir ta main.

— Je sais.

— Tout ce qui peut favoriser les liens diplomatiques est utile. Tu dois fréquenter les agents de liaison spécialisés dans les ventes d'armes partout en Afrique. Ils vendent toujours en parallèle du matériel agricole ou une autre technologie qui peut être exportée.

— Je sais.

— Alors, répète.

Le Kidon n'était pas devenu sa famille, pas plus qu'Israël. Et malgré des années d'expérience et de savoir-faire, Uzi n'avait pas su le voir. Quant au Tokoloshe, il ne l'avait pas quittée.

Mai 2021

18

Quand la merde vaudra de l'or,
le cul des pauvres ne leur
appartiendra plus[1].

Mubi, Nigeria

Esther ajusta son voile sur ses cheveux et pénétra dans la mosquée. Il fallait faire vite. Au mois de mai, la saison sèche était à son point culminant et la chaleur extrême allait rapidement décomposer les corps. Seuls des ordres précis et une intervention rapide permettraient d'espérer récolter quelques maigres informations.

Elle se tourna vers les policiers nigérians qui observaient les cadavres déchiquetés ici et là.

— Ramassez toutes les têtes disponibles, et apportez-les-moi.

---

1. Henry Miller.

Une heure plus tôt, un ou plusieurs individus avaient actionné leurs gilets explosifs au beau milieu de la mosquée de Mubi. Esther avait aussitôt été appelée afin d'épauler la police locale dans l'étude de la scène de crime.

Le sang collait à ses chaussures et l'odeur devenait insupportable. Les corps étaient éparpillés les uns sur les autres, en un jeu de mikado macabre. Le major la rejoignit, deux têtes coupées net entre les mains. Lorsqu'un candidat au suicide actionnait son gilet explosif, son corps se démembrait instantanément sous l'effet de l'explosion, et sa tête sautait en l'air, tel un bouchon de champagne. Esther avisa les visages féminins, âgés de moins de vingt ans. Aucun doute, ces deux adolescentes étaient les responsables du massacre. Le corps lynché qu'elle avait croisé devant la mosquée devait appartenir à la troisième terroriste. Son dispositif avait dû dérailler et la foule s'était vengée sur elle.

Écœurée, elle quitta l'atmosphère putride des lieux et avala une goulée d'air bienvenue une fois à l'extérieur du bâtiment. Les policiers qui gardaient la mosquée attendaient ses ordres. Elle leur désigna le cadavre sur le sol de l'index.

— Il faut que j'examine le dispositif de la terroriste. Portez son corps à l'intérieur de mon pick-up.

Les hommes obéirent. Esther retira son voile et regarda la gosse. Son visage ne ressemblait plus à rien. On devinait toutefois qu'elle n'avait pas douze ans. Entièrement vêtue de noir, elle portait un gilet confectionné sur mesure et rempli de bâtons de TNT. La Sud-Africaine l'étudia attentivement. Du travail d'artiste. Seule une personne maîtrisant parfaitement les techniques de découpe et d'assemblage des pièces était capable de concevoir un gilet aussi sophistiqué. Et Esther n'en connaissait qu'une seule dans la région.

Elle se tourna vers les policiers qui s'étaient approchés de sa voiture. Une petite compagnie pétrolière indépendante qui désirait prospecter près du lac Tchad avait signalé la disparition d'une caisse de TNT aux autorités. Utilisé pour faire soit des sismiques à faible coût, soit éclater la roche, le TNT circulait assez facilement au nord du Nigeria. Inutile de s'attarder là-dessus, ces hommes s'en occuperaient. Pour le reste, Esther ne dit rien. Elle savait où se trouvait l'atelier de confection.

Les policiers récupérèrent le corps de la gosse qu'ils jetèrent dans un trou creusé à la va-vite. Esther les salua et quitta les lieux.

Plus d'un millier d'ONG étaient présentes au Nigeria, dont une bonne partie dans sa moitié nord. Peu d'entre elles développaient une réelle activité. Pour justifier les campagnes de dons, la grande majorité se contentait d'envoyer des représentants sur place une ou deux fois par an afin d'accomplir une mission « caractéristique » des activités de l'ONG et agrémenter son site internet de jolies photos. Les mêmes représentants emplissaient surtout les hôtels et les bars à hôtesses, ce qui permettait de faire fonctionner l'économie locale bien plus que les activités officielles de l'association.

Couture sans frontière était située à Mararaba, sur la route de Mubi. L'ONG avait été répertoriée à haut risque par Esther, mais personne n'avait tenu compte de son rapport. Financée par le Qatar, le seul État qui soutenait indifféremment le terrorisme chiite et sunnite, l'association offrait régulièrement des machines à coudre à ses élèves méritantes. Madame Saria, une jeune Libanaise d'environ trente ans qui se faisait passer pour une commerçante de Beyrouth, en était officiellement la dirigeante. Très active auprès des villageoises, elle recrutait de nombreuses jeunes filles prépubères. Quelques semaines plus tôt, Esther l'avait approchée en lui proposant de donner, elle aussi, des cours de couture. À Tel Aviv, Elsa lui avait tout appris sur le montage d'une *abaya*[1], et ce que l'on pouvait dissimuler en dessous… Les deux femmes avaient échangé en arabe, Saria ne parlant aucune autre langue. Esther avait mené la conversation de façon assez habile pour découvrir que la femme connaissait très

1. Vêtement traditionnel de la femme musulmane.

mal « son pays ». Son accent avait achevé de la convaincre : Saria mentait. Elle n'était pas libanaise mais syrienne, ce qui, à la suite de cet attentat, trahissait sa couverture d'agent infiltré.

23 heures. Esther avait enfilé une *abaya* noire. Par précaution, elle s'était également noirci le visage avec une crème de camouflage insectifuge. Dans l'obscurité de la nuit tombante, il était impossible de deviner sa vraie couleur de peau.

Elle roula jusqu'à l'entrée de Maraba, laissa son pick-up sur le bas-côté, puis marcha d'un pas prudent jusqu'à la maison qui abritait l'ONG. Les murs étaient en banco[1], une sorte de brique composée d'argile mélangée à de la paille et séchée au soleil. De rares ouvertures laissaient passer l'air, aucune véritable fenêtre n'ornementant le bâtiment. La Sud-Africaine se glissa à l'intérieur. Dans le bidon de fer qui servait de poubelle, elle découvrit des chutes de tissu semblables à celui du gilet de la jeune fille lynchée. Les mêmes points de couture couraient sur l'ouvrage. Esther en déchira un morceau qu'elle glissa dans sa poche. Saria avait mis en confiance ces gosses affamées. Elle leur avait promis un monde meilleur dans l'au-delà, loin de la souffrance et de la

1. Équivalent du torchis.

violence qu'ils affrontaient quotidiennement. L'apprentissage de la haine était inutile quand chaque jour qui passait était une épreuve douloureuse. Et Saria leur avait offert une raison de vivre et de mourir dignement. Un accès garanti au paradis.

Esther ressortit de la salle de classe aussi discrètement qu'elle y était entrée. Son *abaya* se déchira toutefois sur un morceau de tôle, mais ça n'avait plus aucune importance. Saria était sûrement armée et entraînée. Esther ne devait prendre aucun risque. Elle retira le vêtement traditionnel musulman, laissant apparaître une tenue de combat. La maison où habitait la Syrienne était juxtaposée à l'école et la climatisation y tournait à plein régime. La Sud-Africaine s'approcha de son moteur extérieur et sectionna les fils du branchement. Le ronronnement de la machine s'estompa sur-le-champ. Esther fila se cacher derrière le boîtier.

Quelques minutes passèrent, puis une main déverrouilla la porte d'entrée de la maison et le visage inquiet de Saria apparut dans l'entrebâillement de la porte. Après un coup d'œil nerveux aux alentours, la femme alluma une lampe de poche et constata la panne de l'appareil.

— *Wallah* ! cracha-t-elle en arabe.

Le faisceau de la lampe pointé sur le moteur, Saria se baissa afin de comprendre ce qui clochait. Elle n'eut pas le temps de remarquer la présence d'Esther. Celle-ci lui assena un coup sec du talon de la main, juste à la base du crâne, comme Uzi le lui avait appris. Illico, la Sud-Africaine vérifia qu'aucune lumière ne s'était allumée aux alentours. Tout était toujours aussi calme. Rassurée, elle allongea Saria sur le sol, puis elle fourra le morceau de tissu ramassé dans la salle de classe dans sa bouche. Ensuite seulement elle tapota sur ses joues pour la ranimer. Au moment où la Syrienne rouvrit deux yeux apeurés, Esther lui enfonça une pointe triangulaire[1] dans le cœur.

— Le bonjour à Sheitan[2] de ma part, lui murmura-t-elle haineusement.

Elle ressortit la lame du corps et la replaça dans son fourreau. La plaie se referma sur-le-champ, laissant à peine échapper une petite goutte de sang. Esther rouvrit la bouche de la morte et retira le tissu qu'elle y avait placé.

La nuit continuait à dérouler son chant, mélange de silence et de frémissements du vent. Esther tira le corps derrière la maison, sans chercher à le dissimuler. D'ici quelques heures à peine, les mouches viendraient pondre dans les yeux et la bouche du cadavre, et personne ne pourrait deviner la cause du décès. Pas de sang, pas de violence, pas de meurtre.

1. Ce genre d'arme est appelé « aiguille ». La lame est triangulaire et permet de créer une hémorragie interne tout en laissant une plaie quasi fermée.
2. Le diable, en arabe.

*
* *

La chaleur la réveilla alors que le jour était bien avancé, le toit en tôle de la planque que la police avait mis à sa disposition ne réfractant pas les rayons du soleil. Esther avisa les traces de noir qu'elle avait laissées sur l'oreiller. Elle s'était couchée quelques heures plus tôt, à moitié habillée et le visage encore camouflé par la crème. Les yeux cernés, elle se prépara un café qu'elle oublia de boire. La police de Mubi lui avait laissé un message. L'artificier jugé responsable de l'attentat avait été arrêté, un pauvre bougre édenté qui avait essayé de revendre un bâton de TNT au marché noir. Esther fixa les murs beiges de sa cachette. Elle devinait aisément la suite : l'homme avait dû être emmené en brousse, attaché à l'arrière d'un pick-up, puis fouetté voire tabassé, avant d'être traîné au bas d'un talus et rafalé. Justice avait été faite selon les hommes d'ici.

Elle se rassit sur son lit de camp et alluma son ordinateur. Elle était fatiguée de tout ça, fatiguée de cette misère et de sa solitude. Elle devait reprendre la route pour sa planque de Tanbuwara, seule. Dîner seule, se coucher seule, tuer seule. Elle tenta de consulter ses courriels mais la page de sa messagerie ne chargeait pas, sa clé 4G ramant pour établir une connexion. Elle se rappela son café, le localisa. Au même instant, un message de Xolani apparut, comme une main tendue vers le monde qu'elle rêvait de retrouver. Elle lut :

Regarde le mois de mars, tu ressembles à ta sœur.

Il n'y avait aucune autre phrase, pas même une formule de politesse. Esther lâcha sa tasse, son être entièrement focalisé sur le téléchargement de la pièce jointe. Les secondes s'étirèrent, puis les minutes. Enfin, Esther découvrit, sidérée, une photo censée être érotique d'une fille nue. Ce message ne pouvait pas être un *spam* ou pire, un piège. Très peu de gens connaissaient l'existence de sa sœur. Quant à Xolani, jamais il ne se serait permis ce genre de médiocrité, surtout en citant Erin. Il n'y avait qu'une seule autre explication…

Esther ouvrit le logiciel Stegano et y chargea la photo. Quelques secondes plus tard, l'analyse révéla un message chiffré, rédigé en zoulou. Une double précaution qui augmenta son inquiétude.

Urgent, demande d'aide prioritaire de Janco. Drogue de synthèse mortelle.
Prévenir danger majeur. Besoin de ton soutien pour contacter source travaillant pour le Mossad en Thaïlande. Soutien passif du FBI.
For your eyes only.

Une boule acide lui retourna l'estomac. Cette même boule acide qui s'était emparée d'elle quatre ans plus tôt. Janco avait besoin d'elle. Janco avait tué son rêve. Il aurait dû mourir ce jour-là, ça aurait mieux valu pour lui. Au lieu de quoi, il les avait tous fait échouer.

De la sueur perlait sur son front. Il fallait qu'elle sorte de là, l'air devenait irrespirable et la chaleur suffocante.

Elle plaça ses doigts au-dessus des touches du clavier, prêts à écrire, mais ses mains s'immobilisèrent, comme tétanisées. Elle n'avait pas pleuré il y a quatre ans. Elle n'avait plus jamais pleuré depuis cette soirée où elle était revenue du centre d'entraînement de l'Académie. Expulser ses émotions était une faculté naturelle dont on l'avait amputée.

Elle relut le message. Le temps d'affronter Janco était venu. Si elle lui venait en aide, alors ils seraient quittes et elle pourrait définitivement le rayer de sa vie.

19

Post tenebras lux[1].

Genève, parc des Bastions

Assis sur un banc au milieu du parc des Bastions, Janco observait le Mur des réformateurs qui se dressait face à lui. Élevé contre l'authentique enceinte construite au XVIe siècle pour protéger la cité, ce monument international avait été érigé trois cents ans plus tard afin de célébrer le 400e anniversaire de Calvin, ainsi que le 350e de la fondation de l'académie de Genève. Les statues des hommes d'État, pionniers ou protecteurs de la Réforme, s'y dressaient avec grâce. Guillaume Farel, Jean Calvin, Théodore de Bèze et John Knox formaient le groupe central, tous

1. « Après les ténèbres, la lumière » : devise de la ville de Genève.

les quatre vêtus de la robe de Genève et tenant une Bible à la main.

Janco laissa son regard dériver des différentes statues aux arbres, puis aux visiteurs des lieux. Kalya aurait aimé cet endroit. Elle, si pieuse, une luthérienne convaincue, y aurait trouvé une forme de paix. Quand Janco avait appris l'assassinat de ses parents, l'image de sa mère en train de contempler le soleil se lever était la première qui lui était venue. « Regarde la création », disait-elle toujours, « regarde comme c'est beau, la vie. » Juste avant l'enterrement, Janco avait glissé dans son cercueil la vieille Bible qu'elle emportait partout avec elle et qu'elle tenait de sa grand-mère, ainsi que son fusil Beretta. Le pasteur n'avait pas apprécié ce deuxième ajout, mais le visage fermé du jeune homme l'avait dissuadé d'émettre la moindre objection.

À Pretoria, le Voortrekker trônait sur une colline à l'entrée de la ville. Un symbole fort pour ses nouveaux arrivants. Les pionniers boers avaient migré vers l'Afrique du Sud depuis Le Cap dans l'intérieur des terres. Ce monument, qui possède la plus grande frise en marbre au monde, rend hommage à leur « Grand Trek ». Janco avait longtemps scruté l'une des différentes statues qui le composaient avec des émotions contradictoires : celle d'une mère protégeant ses enfants lors de la traversée. Vêtue de la coiffe traditionnelle de l'époque, elle regardait au loin, sans sourire. Elle n'était pas triste non plus. Elle semblait observer l'horizon comme un destin auquel elle ne pouvait échapper, celui forgé par ses ancêtres et que ses propres enfants, accrochés à sa robe, connaîtraient également. Était-ce la mort ou la vie qu'elle discernait face à elle ? Janco n'avait jamais été capable de répondre avec certitude à cette question. Kalya aurait sûrement dit la vie, parce que même la mort avait un jour vécu.

Le souvenir de sa mère fit place à celui du corps d'Esther, à sa peau ferme au parfum musqué, et à ses cheveux châtains éparpillés autour de ses grands yeux noisette. Le lieutenant chassa ses regrets et vérifia l'heure à sa montre. La Compagnie générale de banque allait bientôt fermer. Il jeta un dernier regard aux quatre statues puis se leva. L'ADN d'Esther était mélangé au sien. Quoi qu'elle fasse, le destin était écrit, comme celui de la statue de cette mère boer regardant l'horizon.

Un huissier en livrée noire et gants blancs l'attendait au comptoir de l'entrée, sans doute le dernier huissier de Genève à être accoutré de la sorte. Janco avait descendu la rue de la Corraterie afin de rejoindre la banque privée. L'huissier ne vérifia pas son identité. Il avait appris par cœur le visage de l'homme qu'il devait accueillir, à partir d'une photographie de l'agent capturée à l'aéroport et qu'on lui avait remise.

— Veuillez me suivre jusqu'au bureau de madame Rohger, le bras droit du président Fulton.

Janco s'exécuta. À peine pénétra-t-il dans ladite pièce que la sexagénaire lui serra la main, puis le pria d'attendre dans le petit salon, où une autre personne patientait déjà. Vêtue d'un tailleur beige et d'un collier de perles assorti à ses boucles d'oreilles, Elizabeth Rohger avait l'apparence européenne typique que l'on attendait d'une personne occupant son poste.

En ouvrant la porte, Janco découvrit une salle d'une trentaine de mètres carrés à la décoration bleue, disposant d'une unique table ovale tout en longueur en son centre, et Esther, assise à l'une de ses extrémités. Le lieutenant la salua sobrement comme s'il ne la connaissait pas, après quoi il prit place sur l'une des chaises.

— Un verre d'eau ? proposa Elizabeth Rohger. Un café, peut-être ?

Les deux agents hochèrent négativement la tête avant de se dévisager rapidement, l'air détaché.

— Bien, ajouta le bras droit du président. Il me semble que vous êtes au complet pour votre réunion. Je vais donc prévenir M. Fulton.

Elle repartit, laissant les deux agents seuls. L'espace d'une seconde, le fond de l'œil de Janco s'alluma tandis que son regard accrochait les mèches de cheveux qui voltigeaient autour du cou d'Esther, puis il pinça les lèvres et se força à rester de marbre. L'agent McLone, de son côté, le regardait avec une parfaite indifférence.

*

* *

Calé dans son fauteuil derrière son immense bureau Louis XVI, Mike Fulton observait les deux agents, assis à quelques mètres l'un de l'autre, sur son écran de contrôle. Cela faisait plus d'un quart d'heure qu'il les laissait mariner, or aucun des deux n'avait encore prononcé le moindre mot. Et ils n'en prononceraient aucun. Ils avaient été trop bien entraînés pour tomber dans ce piège pour débutants : penser qu'ils étaient seuls dans une pièce non truffée de micros, et se livrer à des confessions.

Mike Fulton n'était pas seulement le président de la Compagnie générale de banque, une banque privée comme il y en avait une centaine à Genève. Cette grosse fortune privée anglo-israélienne était aussi, et surtout, l'un des financiers des « *black operations* » : des opérations non dévoilées aux politiciens et parlementaires des pays qui les menaient. Elles n'étaient pas interdites pour autant, et souvent même souhaitables, d'où le « feu orange » qui résumait leur mise en place.

Le richissime banquier en avait déjà financé plusieurs. La première avait concerné la chasse à l'homme de Joseph Kony et de sa Lord's

Resistance Army. Originaire de la tribu acholi, en Ouganda, Joseph Kony avait été le chef des rebelles de la LRA, l'Armée de résistance du Seigneur. Renverser le président ougandais et installer un système théocratique fondé sur les principes de la Bible et ses dix commandements avait été l'obsession de ce fou. Joseph Kony avait d'ailleurs désiré ajouter un onzième commandement aux Tables, ordonnant l'amputation de toute personne faisant du vélo. À l'époque, Mike Fulton avait sélectionné les meilleures compagnies militaires privées et versé plusieurs millions de dollars afin qu'on arrête ce fou recherché par la Cour pénale internationale pour plus de soixante-dix chefs d'inculpation, dont ceux de crimes de guerre et crimes contre l'humanité, mais Kony avait disparu dans la forêt centrafricaine. Quelques années plus tard, le président avait travaillé main dans la main avec plusieurs leaders arabes afin de promouvoir les accords d'Abraham[1]. Il avait également participé à d'autres missions, toujours dans l'ombre. Lors d'un échange de prisonniers difficile, son ami Ghalib, trésorier du Fatah[2], avait pris une

1. Les accords d'Abraham se sont accompagnés d'une déclaration conjointe entre Israël, les Émirats arabes unis et les États-Unis. Conclue le 13 août 2020, elle a marqué la première normalisation publique des relations entre un pays arabe et Israël depuis 1979.
2. Mouvement de libération de la Palestine fondé par Yasser Arafat au Koweit, en 1959.

balle dans la jambe en voulant le protéger. Mike Fulton était rapidement devenu une légende. Toutes les agences de renseignement connaissaient ses aptitudes de médiateur. Et cet homme s'apprêtait à jouer une nouvelle partition.

Par une porte dérobée qui donnait directement dans son bureau, le vieil homme pénétra d'un pas vif dans le salon bleuté. Pas très grand, le crâne garni de rares cheveux blancs, les yeux marrons et le teint clair, il émanait de lui une force et une douceur qui rappelèrent immédiatement l'Amiral à Janco. Habillé d'un costume gris, d'une chemise blanche et d'une cravate violette, le président de soixante-dix ans entra dans l'arène, tel un gladiateur déjà vainqueur. Son regard perçant se posa tour à tour sur les deux agents.

— Enchanté de faire votre connaissance. Suivez-moi, je vous en prie.

Il repartit par la porte dérobée. Janco et Esther le talonnèrent. Une fois dans le bureau, tous trois prirent place sur des fauteuils cosy autour d'une table basse en verre.

— Soyez les bienvenus à la CGB, commença le banquier. J'ai eu accès à vos dossiers et vous savez qui je suis, je ferai donc l'impasse sur les présentations. De l'eau ?

Les deux agents déclinèrent la proposition. Mike Fulton se cala dans son fauteuil.

— Un petit résumé de la situation s'impose afin que les choses soient parfaitement claires pour tout le monde. La corruption a largement gangrené les services de renseignement français. Le Réseau représente un espoir, une force de résistance qui se bat pour préserver ce qui reste de démocratie en France.

Janco maîtrisait sa respiration. Esther était en train de découvrir qu'il faisait partie de ce service clandestin. Combien de fois s'était-il imaginé le lui révéler, espérant qu'ainsi elle lui pardonnerait ce qu'il s'était passé ? Or aucune émotion ne se lisait présentement sur son visage.

Mike Fulton saisit un crayon et quelques feuilles blanches posées sur la table basse, puis il traça trois lignes verticales barrées de trois autres horizontales sur la première d'entre elles. Esther observa le dessin qui ressemblait à un damier.

— Connaissez-vous ce symbole ? lui demanda alors le président.

C'était la première question professionnelle qu'il lui posait et elle ne connaissait pas la réponse.

— Non, monsieur, se désola-t-elle.

— C'est celui de la Garde de fer de Corneliu Codreanu, un homme qui voulait sortir son pays de la misère et de l'effroyable corruption qui le gangrenait.

Corneliu Codreanu avait été un politique roumain d'extrême droite, ainsi que le fondateur et chef très charismatique de la Garde de fer, mouvement ultranationaliste et violemment antisémite aussi connu sous le nom de « Légion de l'archange Michel ». Bien que jeune, il avait rapidement pris de l'importance sur la scène politique roumaine, entrant en conflit avec l'establishment politique et les forces démocratiques, et ayant souvent recours au terrorisme.

— Son combat contre la corruption était juste, précisa le président. En revanche, ses conséquences sur la population juive de Roumanie furent catastrophiques. Voilà ce que risquent des populations qui laissent une élite s'empiffrer sans vergogne tout en noyant leur pays dans les dettes.

Mike Fulton saisit la carafe en cristal de Bohême posée au centre de la table et se servit un grand verre d'eau, qu'il but lentement. Esther observa sa pomme d'Adam monter et descendre. Pas une seule fois elle ne regarda Janco.

— Voyez, ma chère, poursuivit-il une fois sa soif étanchée, ma mère était roumaine et j'ai le plus grand respect pour les acteurs du Réseau. Tout comme les Freedom Fighters de Dewey Clarridge, ils se battent pour davantage de justice et d'équité, pour un monde meilleur.

Un concept qui manque d'originalité, je vous le concède, souligna-t-il avec amusement. Malheureusement, nous en sommes toujours là. J'ajoute que l'Amiral est un homme dévoué à sa cause et on ne peut plus remarquable. Cette opinion est largement partagée par l'Institut. Me comprenez-vous bien ? ajouta-t-il en appuyant ses mots d'un regard vigoureux.

Esther acquiesça, happée par la maîtrise de son art. Même en proférant cet avertissement, le banquier ne perdait rien de son charme.

— Oui, monsieur, message reçu fort et clair.

— Parfait !

Mike Fulton servit un verre d'eau à ses invités afin de détendre l'atmosphère. Les deux agents se forcèrent à le boire. Tandis que Janco avalait une dernière gorgée, il devina, à travers le cristal, un regard furtif d'Esther sur lui. Le président continua :

— L'Amiral a demandé à l'agent Ladovski de travailler à l'élimination d'un chimiste français, ex-DGSE, qui risque d'arroser le monde avec une drogue de synthèse particulièrement redoutable. Il va sans dire que cette opération demande la plus grande discrétion.

Esther eut enfin les réponses à ses questions, mais rien ne s'afficha sur son visage.

— Visiblement, cet homme avait aussi des activités très compromettantes avec certains de ses ex-collègues. Plusieurs agences, dont le FBI et le Mossad, sont déjà au courant. Toutefois, aucune ne souhaite avoir le *leadership* sur cette encombrante mission.

Janco fixa Esther dans les yeux. Elle le laissa faire.

— Vous avez reçu l'ordre de vous en occuper et de travailler ensemble sous ma bienveillance, acheva le président. Comme je ne suis qu'un banquier, votre officier traitant sera la dénommée Clochette. Nous veillerons à alimenter son budget. Inutile de nous ramener les notes de frais si elles sont raisonnables.

L'agent McLone se tourna vers son supérieur, étonnée. Il devança sa question.

— Comprenez-moi bien, vous êtes les meilleurs de vos agences. Votre mission est *sine missione*[1], mais non officielle. Donc en clair, démerdez-vous car vous êtes seuls.

Janco se racla la gorge. Après le bordel qu'il avait mis au FBI, les agences allaient encore moins les couvrir... Mike Fulton se leva et récupéra, dans l'un des tiroirs de son bureau, un sac en plastique transparent contenant une demi-douzaine de passeports.

— Clochette a cru bon de vous attribuer la même nationalité ainsi que le même nom de famille. C'est inhabituel, je ne sais pas ce qui a motivé son choix. Vous avez donc celui d'être frère et sœur ou mari et femme.

1. Au temps des gladiateurs, un tel combat était celui dont l'issue finale ne pouvait être que la mort d'un des deux adversaires, quand bien même le perdant s'était battu courageusement.

Pour la première fois depuis le début de l'entretien, ce qui s'apparentait à une émotion traversa le regard d'Esther. La seconde suivante, son visage se referma et elle demanda d'un ton neutre :

— Clochette, comme la fée dans *Peter Pan* ?

— Un dessin animé sympathique, si mes souvenirs sont bons, s'amusa le président.

— Un nom de code, sans doute le dernier cri en matière d'intelligence artificielle, la rassura Janco. Jusqu'à présent, je n'ai rien à redire. Elle va vite et fait le job.

Esther acquiesça pour la forme. Le banquier se rassit avant de reprendre le fil de la conversation :

— Au vu des données reçues du terrain, et après les analyses concertées de vos deux agences respectives, nous sommes certains que Paul Cesario a séjourné à Chiang Mai, ou du moins au nord de la Thaïlande, pas loin du Triangle d'or. Il a produit son poison dans la région, probablement au moyen d'un laboratoire clandestin. Après quoi il l'a testé au Canada, d'où Janco revient.

— Tout à fait, monsieur, confirma le concerné.

Mike Fulton poursuivit :

— Fort de ses premiers résultats, notre chimiste a bénéficié d'un soutien asiatique qui gère sa couverture logistique. Nous pensons que son laboratoire est mobile et que Cesario se réapprovisionne en produits de synthèse à des points de rendez-vous. Nous ignorons où exactement. Attention, ajouta le banquier, contrairement à ce que l'Amiral avait dit à Janco, ce ne seraient pas les Nord-Coréens mais les Chinois qui fourniraient un support. À partir de là, nous sommes dans le bleu, si je puis dire.

Le président se leva, enfouit ses mains dans ses poches, puis arpenta son bureau d'un pas large.

— Un dernier détail, ajouta-t-il le regard dirigé vers le haut de la rue que l'on apercevait à travers les larges vitres de la pièce. Les SRC[1] savent qui vous êtes. Berne s'est ému de votre présence à tous les deux sur le territoire suisse… Il faut dire que notre ami Janco a semé les cadavres comme le Petit Poucet les cailloux.

Le banquier se tourna vers lui, les traits crispés.

— Dois-je vous rappeler que l'Amiral vous avait demandé d'être discret afin de ne pas affoler les gouvernements ? Est-ce votre façon de l'être ? On a déjà au moins une agence américaine qui s'inquiète, les Canadiens qui ont essuyé la première salve de morts et le Mossad sensibilisé à la situation ! Peut-être vous faut-il les *Five Eyes*[2] en émoi pour obtenir enfin des résultats ?

---

1. Le Service de renseignement de la Confédération, basé à Berne, non loin du siège du gouvernement.

2. Le « Groupe des cinq » (selon la traduction que donne du surnom la Défense canadienne) désigne l'alliance des services de renseignement de l'Australie, du Canada, de la

Le lieutenant Ladovski ne pipa mot. La remontrance était justifiée. Mike Fulton changea de cible sans toutefois se départir de son ton sec.

— Quant à vous, agent McLone, la Croix-Rouge présente à Kano vous a repérée aux côtés de la police nigériane depuis bien longtemps, et la mort d'une agente syrienne opérant sous couverture d'une ONG n'a pas eu l'air très naturelle...

Le président se rapprocha d'eux. Le visage à nouveau détendu, il sortit ses mains de ses poches et lissa sa cravate d'un geste élégant.

— Bref, il y a eu un moment d'émotion lors de votre passage à l'aéroport de Genève. C'est la magie des nouvelles caméras à reconnaissance faciale : il y en a partout, et elles fonctionnent sans discontinuité. La DGSE est sans doute déjà au courant de votre séjour en Suisse, et le pire de la Françafrique en train de protéger le chimiste...

Le vieil homme invita les deux agents à se lever.

— Mon chauffeur vous attend. Vous partez dès ce soir pour la Thaïlande. J'ai mis mon Falcon 50 à votre disposition. La douane de l'aéroport privé pose peu de questions, surtout à des banquiers. Dans la cabine, vous trouverez des vêtements à votre taille, ainsi que du matériel

---

Nouvelle-Zélande, du Royaume-Uni et des États-Unis. Les origines de cette alliance remontent à la Seconde Guerre mondiale.

dont vous pourriez avoir besoin, notamment des armes de poing. Elles vous seront utiles en plus de celles que vous portez sur vous.

Janco laissa échapper un regard étonné. Mike Fulton sourit.

— Le portique de notre banque est un scanner silencieux. Nous sommes en Suisse, la discrétion avant tout !

20

Dans un monde de fous,
seuls les fous sont sains d'esprit[1].

Si la Thaïlande était autant réputée pour ses combats de boxe que pour son sexe tarifé, c'était pourtant une tout autre raison qui avait poussé Paul Cesario à choisir ce pays. De toute façon, ces choses-là ne l'intéressaient plus depuis bien longtemps.

Assis sur l'un des tabourets de son laboratoire, il observa une nouvelle fois sa création. Celle qui le rendrait encore plus célèbre que ses mentors. Le Saint-Graal de la chimie.

Comme ses pères avant lui, Cesario avait tout prévu.

Au début du XIXe siècle, Friedrich Sertürner avait utilisé son chien pour analyser les effets

1. Akira Kurosawa.

hypnotiques de la morphine. Paul l'avait imité, mais les trois canidés successifs qu'il avait exploités étaient morts sans qu'il ne constate quoi que ce soit. Agacé, le Français avait tracé une croix noire sur le portrait de son mentor. En 1943, Albert Hofmann avait fait accidentellement tomber du LSD sur sa peau. À la suite de cela, son travail sur cette drogue était devenu quasi obsessionnel. Les cobayes humains étaient disponibles en masse autour de Cesario, mais leur mort pourrait trahir son activité. Même en utilisant de très faibles doses, il n'était sûr de rien.

Paul délaissa la contemplation de sa création pour aller se placer devant le portrait d'Hofmann. Il n'était pas sorti de son laboratoire depuis plusieurs semaines, trop affairé à mettre la touche finale à son produit. Sertürner, qu'il boudait toujours, et Hofmann étaient ses seuls compagnons de discussion. Ses confidents.

Il fixa le second droit dans les yeux.

— Je n'ai pas le temps d'attendre un accident, Albert. Il faut que tu m'aides !

Pense à Shulgin, lui répondit le célèbre chimiste dans sa tête.

Le regard du Français s'éclaira. Mais bien sûr, Shulgin ! Le sacrifice ultime ! Alexander Shulgin avait découvert l'ecstasy par tâtonnement, en analysant les effets du produit sur lui-même. Il était mort en 2014, après avoir regretté la commercialisation de son invention.

Quel génie pourtant ! Shulgin avait ouvert le marché des drogues de synthèse en parfaite inconscience.

Cesario se pressa vers son ordinateur, sa seule porte ouverte vers le monde. Après avoir tapé le nom du créateur de l'ecstasy dans le moteur de recherche, il sélectionna une photographie et l'imprima. Cela fait, il saisit quatre punaises et accrocha le portrait de Shulgin à côté de celui d'Hofmann.

— Je vais vous suivre, mes guides, comme un aveugle son chien, déclara-t-il solennellement. J'écrirai mon nom dans l'éternité, je montrerai à tous de quoi je suis capable.

Le souvenir de ce qu'il s'était passé en Libye se rappela subitement à sa mémoire. Syrte, sa famille massacrée, et le service Action de la DGSE qui n'avait rien fait pour la sauver. Comme à chaque fois, le besoin de s'enfermer avec les siens le prit. Sa mère aimait entendre son fils unique jouer du oud, cette forme de luth très prisé dans le monde arabe. Paul saisit l'instrument qu'il gardait toujours près de lui et commença à en pincer les cordes. La mélodie l'apaisa. La musique, la drogue, ce même pouvoir de guérison par l'évasion.

— Tout le monde a droit à son moment de bonheur absolu, maman, murmura Paul tout en jouant de plus en plus fort. Même les plus pauvres et les parias. Il ne faut pas être trop cher.

Quelqu'un tambourina à la porte au même instant. Le chimiste cessa son vacarme. Une voix masculine résonna depuis le couloir.

— Vous devez partir, ordonna-t-elle en anglais. C'est trop dangereux maintenant. Cette nuit, vous devez partir.

Personne, hormis Paul, n'avait le droit de pénétrer dans ces lieux. Le Français demanda, étonné :

— Pour aller où ?

— Un bateau vous attend. Votre laboratoire aussi. C'est un ordre, il faut obéir.

Cesario se tourna vers Hofmann, Shulgin et Sertürner, le visage rayonnant.

— Vous avez entendu, les gars ? Nous partons en croisière !

L'oreille collée à la porte, le Thaïlandais entendit son hôte prononcer des phrases incompréhensibles pour lui. Il attendit quelques secondes encore, puis repartit en pressant le pas. Dans quelques heures, il serait enfin débarrassé du fou et de ses poisons. Dans quelques heures, il n'y aurait plus aucune trace du passage du chimiste en Thaïlande.

21

The Arabs have lost respect
for and faith in the UN,
and the Jews feel strong enough
to disregard it ; consequently,
both the truce and the chance
for an eventual settlement
are jeopardized[1].

Esther avait pris place sur l'un des sièges côté hublot. La nuit avait enveloppé l'aéroport et les lumières tamisées de la cabine faisaient écho aux puissants éclairages de la piste. Janco et elle n'avaient pas prononcé un mot depuis qu'ils avaient quitté la banque privée. Des rumeurs

1. « Les Arabes ont perdu le respect et la foi en l'ONU, et les juifs se sentent suffisamment forts pour ne pas en tenir compte ; par conséquent, la trêve et les chances d'un règlement éventuel sont compromises. » Il s'agit là d'un extrait des conclusions d'un rapport de la CIA daté du 31 août 1948.

couraient sur la pose de micros en première classe dans les avions Air France. La DGSE avait toujours nié, toutefois les agents avaient appris à ne pas faire confiance à l'atmosphère feutrée d'un avion. Mike Fulton ne devait sûrement pas avoir placé de système d'écoute dans son jet personnel, mais par acquit de conscience, Esther se retint de proférer la moindre parole intime.

Cela faisait quatre jours qu'elle réfléchissait à leurs « retrouvailles », à vrai dire depuis qu'elle avait reçu le message de Xolani à Mubi. Des dizaines de fois, elle avait tenté d'assembler des phrases, mélange de colère, de haine et de reproches. Au final, c'était toujours les coups qui l'avaient emporté. Inlassablement, elle s'était vu mettre Janco à terre puis lui coller son Glock 21 sur le front.

Une hôtesse leur annonça le décollage. Esther jeta un regard en biais à Janco, assis de l'autre côté de l'allée centrale. Il avait morflé. Peu après l'incident, Hector l'avait prévenue de l'importante brûlure qui courait sur sa tempe. À l'époque, cela ne lui avait fait ni chaud ni froid. Discrètement, elle observa la peau cartonnée devenue insensible, les terminaisons nerveuses ayant été détruites en même temps que les vaisseaux sanguins. Esther n'avait pas remarqué de paralysie faciale chez lui lors de l'entretien avec Mike Fulton. Les masses musculaires profondes n'avaient pas dû être atteintes. Il était tout de même resté plusieurs semaines à l'hôpital… À peine éprouva-t-elle un semblant de pitié à son égard que les photographies du minibus calciné s'immiscèrent devant ses yeux. Elle cadenassa ses émotions et se tourna vers le hublot.

*

* *

Pour la centième fois depuis le décollage, Janco commença une phrase dans sa tête qu'il ne prononça finalement pas. Esther était parfaite dans son rôle de co-agent. Elle conversait avec lui comme si aucun passé n'avait jamais existé entre eux, ni celui à la ferme en Afrique du Sud ni celui en Irak.

— On trouve de tout au Sexcret Show : travestis, prostituées, agents doubles. Lorna aime l'argent de Poutine autant que le nôtre. Surtout, elle sait tout ce qui se passe en Asie. Sa boîte est une bonne couverture dans laquelle personne ne veut voir de violence. Une zone neutre pour le repos du guerrier.

— Quand y étais-tu ?

Les pupilles de sa partenaire virèrent d'un ton. Le châtain au bord de l'iris se colora d'un miel caramélisé. Janco se rappela cette teinte qu'il avait appris à associer aux orages quand ils étaient enfants.

— En 2006, répliqua-t-elle sèchement. À ton tour de répondre à ma question.

Il sut ce qu'elle allait lui demander avant que les mots ne franchissent sa gorge. Sa voix partit, dure et combative.

— Faisais-tu partie du Réseau à l'époque ?

Janco connaissait son texte. Il l'avait appris par cœur, comme une excuse, l'espoir tant attendu de la rédemption.

— Je devais arrêter Qais Qazali, le mettre hors d'état de nuire une bonne fois pour toutes. C'était ma mission. Je ne savais pas pour Meira. Tu aurais dû me prévenir.

Le caramel vira à l'ébène tandis que la luminosité sembla disparaître aux alentours.

— Non, c'est toi qui aurais dû me prévenir, le contrecarra-t-elle, la mâchoire crispée. J'aurais tout annulé et personne ne serait mort !

Janco pensa aux éventuels micros planqués dans la carlingue ou ailleurs. Cette conversation devait attendre qu'ils aient rejoint l'hôtel. Il ne se sentait pourtant plus capable de la repousser. Ses yeux plongés dans ceux d'Esther, il bredouilla :

— Pardonne-moi, je t'en prie.

Elle le fixa. La rondeur de ses joues avait disparu depuis bien longtemps. Peu après son arrivée à la ferme, Kalya avait pris l'habitude de lui faire deux tresses chaque matin. Une coiffure rapide qui emprisonnait assez efficacement ses cheveux pour que la jeune fille puisse participer aux travaux quotidiens sans les avoir dans les yeux. Pendant des années, Janco s'était moqué de sa bouille de gamine. Puis les deux tresses s'étaient transformées en une seule, qui elle-même avait fait place à une queue-de-cheval haute. Dans le même temps, ses joues avaient fondu, remplacées par un visage grave où le rire était rarement invité.

Esther détacha chacun de ses mots sans le quitter du regard.

— Que tu fasses partie du Réseau ne change rien. Je suis associée avec toi dans cette mission, et aucun écart ne sera toléré, ni par moi ni par Mike Fulton ou nos agences respectives. J'espère que tu as bien ça en tête.

Janco retint la réplique cinglante qui montait à ses lèvres. À la place, il rétorqua sèchement :

— Je respecte toujours les ordres, agent McLone. C'est ce qui a valu ce fiasco il y a quatre ans.

22

Qui sème le silence récolte la paix[1].

L'hôtel affichait le kitsch asiatique habituel. Ils avaient pris l'option mari et femme avec lits séparés dans la même chambre. Au Pays du sourire[2], ça ne choquait personne. Esther choisit le lit le plus proche de la porte et y posa son sac.

— Je te laisse la fenêtre. Si mes renseignements sont exacts, tu fumes un cigare de temps à autre.

Xolani et elle avaient conversé à son sujet, devina Janco. Pourquoi Esther partageait-elle cette information avec lui ? Était-ce une façon détournée de lui révéler que, malgré tout,

1. Proverbe thaïlandais.
2. Nom souvent donné à la Thaïlande, ses habitants étant réputés pour être amicaux, chaleureux et accueillants.

elle n'avait pas cessé de penser à lui ? Ou, au contraire, une manière de lui faire comprendre qu'il n'y avait qu'avec lui qu'elle avait rompu tout contact ?

— Je vais prévenir Clochette de notre intervention dès cette nuit, l'informa-t-il, maussade.

Elle lui jeta un regard désabusé.

— Clochette... Décidément, les Français ne nous ménagent aucune surprise.

Il la dévisagea, étonné.

— Pourquoi dis-tu ça ?

— Un bien bel objet de fantasme, non ? Avec sa petite tenue, son air mutin et ses bas résille...

— C'est une intelligence artificielle.

Esther le dévisagea à son tour, tel un Néandertalien imbécile.

— Ah oui, et quelles preuves en as-tu ?

— Eh bien, euh...

Il la fixa, sans un mot de plus.

— Ça fait bien longtemps que les femmes surpassent les hommes dans de nombreux métiers, y compris les nôtres, agent Ladovski.

— Je n'ai jamais dit le contraire, bégaya-t-il, mal à l'aise. Simplement, en ce qui concerne Clochette, je...

— En ce qui concerne Clochette, le coupa-t-elle froidement, on t'a dit que c'était une intelligence d'exception donc, tout de suite, tu as imaginé une machine. J'espère que tu comptes être plus fin quand nous serons avec Lorna.

— Je...

Vexé, il saisit son Mamba et le passa autour de son cou.

— Je vais faire un tour dans l'hôtel. Et, qu'elle soit virtuelle ou non, nous ne saurons sans doute jamais la vérité. Elle tient son rang, c'est tout ce qui compte.

— Hum hum…

*

* *

Les murs des couloirs étaient couverts d'un papier peint surchargé de motifs, où dragons et paysages se côtoyaient en un curieux patchwork. Janco emprunta la cage d'escalier.

Est-ce que Clochette pouvait être une IA ? Surtout, est-ce qu'il avait froissé Esther ? Ils se retrouvaient seuls pour la première fois depuis plus de vingt ans ; or elle le tenait à distance. Comme il avait envie de la secouer, autant que de la supplier de lui dire les choses ! Tout aurait mieux valu plutôt que sa fausse indifférence.

La décoration du bar de l'hôtel était aussi attendue que le reste. Janco commanda un jus d'orange, sec. En vérité, la seule question qu'il se posait était de savoir s'il réussirait, ou non, à ne pas craquer.

*

* *

Esther était en train d'étudier le plan de la boîte de nuit quand il revint dans la chambre. Elle ne leva pas les yeux à son arrivée. Janco posa son téléphone sur le bureau près de la fenêtre, avant de s'y appuyer.

— Le document date de quand ?

— Quatre mois. Aucuns travaux connus depuis. Tout se passera bien, de toute façon. Je connais notre cible. Pas besoin de passer des heures à étudier les issues de secours.

Il déboucha la bouteille d'eau offerte par l'hôtel et en but la moitié. Esther croisa enfin son regard.

— Tu n'as pas de questions ?

— Si. Pourquoi tu n'as jamais répondu à mes lettres ?

Son œil droit cilla de façon imperceptible. Le scotch sur sa bouche, leurs mains qui la soulevaient puis la jetaient au sol, ses coups en vain, la honte plus que la douleur, Uzi enfin, et sa vie privée qu'il avait violée bien plus douloureusement que son corps. Elle serra les dents.

— Pas d'autres questions ?

Il lâcha son regard et répondit platement :

— Comment est Lorna ?

— Méfiante comme une guêpe. Au mieux, on te fera passer pour un journaliste sous couverture, au pire, pour mon amant. Je te rassure, ajouta-t-elle sans états d'âme, elle aura suffisamment peur pour ne pas poser de questions.

Il tiqua.

— Qu'est-ce que tu lui as fait ?

— Tu te souviens de Khun Sa, alias « le Prince de la prospérité » ou « le Seigneur de la mort » ?

Bien sûr qu'il s'en souvenait ! Khun Sa avait été un seigneur de la guerre birman particulièrement connu pour ses activités de trafic d'opium dans le Triangle d'or. De père sino-birman et de mère shan, il s'était retrouvé orphelin très jeune, puis, tout aussi rapidement, s'était distingué par ses qualités de chef, grâce à l'éducation stricte dispensée par son grand-père paternel. Après avoir combattu les rebelles shan pour finalement les rejoindre, il avait pris le contrôle d'une large portion de l'État shan et s'était lancé dans la production d'opium à grande échelle. Capturé une première fois lors de la « guerre de l'opium » qu'il avait engagée dans le Triangle d'or, Khun Sa avait finalement été relâché et ses affaires étaient reparties. De 1974 à 1994, la proportion d'héroïne distribuée dans les rues de New York en provenance du Triangle d'or était ainsi passée de 5 à 80 %. Le produit était pur à plus de 90 %, ce qui en avait fait le meilleur du marché, selon la DEA[1].

— Il est décédé en 2007, non ? se remémora Janco. Tranquillement dans son lit, sauf erreur de ma part…

Esther le détrompa.

— Il inondait les États-Unis avec son héroïne. La DEA a tenté de le liquider à plusieurs reprises

1. La Drug Enforcement Administration, l'agence fédérale américaine de lutte contre le trafic de drogues.

mais, chaque fois, elle l'a raté. Khun Sa était protégé par l'armée birmane, et la Thaïlande fermait les yeux sur son business. Enfin, jusqu'à ce qu'il forme son unité paramilitaire, l'« Armée unie shan ». Là, le vent a commencé à tourner. Il devenait gênant et omniprésent sur le trafic d'émeraudes, tu comprends ? Il empiétait trop sur les platebandes du cartel chinois des frères Wei aussi. En 1995, il a annoncé officiellement sa retraite, espérant couler des jours heureux avec ses huit gosses.

Janco était pendu à ses lèvres.

— Mais dans ce business comme dans le nôtre, il n'y a jamais de retraite paisible, n'est-ce pas ? soupçonna-t-il.

Elle lui jeta un regard de côté.

— Surtout quand la guerre froide se termine et que le richissime Khun Sa peut être utile…

Janco écarquilla les yeux.

— Vous l'avez recruté ? souffla-t-il, stupéfait.

Esther le toisa.

— Je ne te donnerai pas d'informations sur nos activités, mais réfléchis un peu. L'Institut a officiellement reconnu avoir recruté Otto Skorzeny[1], l'officier à la tête de commandos

1. Otto Skorzeny était un officier allemand et un commando SS particulièrement connu pour ses missions audacieuses réalisées lors de la Seconde Guerre mondiale pour le compte de l'Allemagne nazie, souvent sur ordre direct d'Adolf Hitler. Par la suite, il a collaboré avec le Mossad dans des actions contre les pays arabes.

d'Hitler. Tu crois sincèrement que recruter Khun Sa aurait été un problème ?

— Non, effectivement, conclut Janco. Une promenade de santé.

Esther était dans son élément, à parler de tout cela. Détendue, elle le rejoignit et s'assit à même le bureau.

— Donc Khun Sa, que nous n'avons pas officiellement recruté, pouvait rendre des services. Et, fort heureusement pour nous, il était très amoureux d'une belle Thaïlandaise : la mère de Lorna.

Son regard s'affuta.

— Vient 2007. Khun Sa a soixante-treize ans, il est diabétique et plus utile à personne. Officiellement, la cause de sa mort est inconnue. Tu me comprends ?

— Oh, j'imagine que la petite Lorna a souvent vu sa merveilleuse maman toute dévouée à son richissime papa lui faire de jolies piqûres d'insuline, surtout quand on l'obligeait à les lui faire…

— La petite Lorna a bien grandi, poursuivit Esther. Elle fait désormais du business avec les Chinois, les Coréens et d'autres, sans trop se soucier de savoir qui lui demande quoi, du moment que les billets verts pleuvent sur sa table. Pour l'Institut, elle n'est pas fiable.

Janco se tourna vers sa partenaire, l'esprit en pleine analyse.

— Elle n'est pas fiable, mais elle a peur de toi, résuma-t-il. Je suppose donc que l'Occidentale qui manipulait sa mère te ressemblait et que la petite Lorna n'a pas envie d'être piquée à son tour...

Esther acquiesça sans le quitter des yeux. Janco réfléchit.

— Et si elle ne parle pas ? Elle aura vu nos visages, et elle est sans doute protégée...

— Dans ce cas, je l'emmènerai aux chiottes et je lui enfoncerai un tampon hygiénique empoisonné dans le vagin, répondit-elle du tac au tac sans sourciller.

Il la dévisagea, scié. Elle éclata de rire.

— Ne t'inquiète pas, elle va parler. *Mektoub*, ajouta-t-elle avant d'aller se changer.

*

* *

Elle avait enfilé un pantalon en Lycra noir et un débardeur en satin de la même couleur. Des escarpins complétaient sa tenue, ainsi qu'une fine chaîne en or dont Janco savait qu'elle avait appartenu à sa mère. Ses cheveux étaient relevés comme à l'accoutumée, en une queue-de-cheval haute, ses ongles vernis de rouge. Et elle ne portait aucune arme.

— Inutile, précisa-t-elle devant le regard étonné de Janco. Lorna sait que je suis dangereuse, avec ou sans mon Glock.

Janco enfila sa veste en jean par-dessus sa chemise. Esther avisa le Mamba accroché à son cou, mais ne dit rien. Il l'avait conçue à une époque où ils ne se côtoyaient plus, et elle ne voulait pas en apprendre davantage sur cette arme intrigante. Elle ne voulait plus rien savoir de lui.

*
* *

Le Sexcret Show était l'une des boîtes les plus animées de Chiang Mai.

— C'est ici, annonça Esther tandis que le taxi s'arrêtait. Fais attention, *chéri*, tu pourrais plaire aux *ladies' boys*...

Janco lui jeta un regard noir.

— Trop aimable, *chérie*, ou devrais-je dire *mon lapin* ? *ma douceur* ?

— Contente-toi de suivre la conversation et tout ira bien.

Sa froideur aurait fait givrer un iceberg. Le lieutenant passa une main dans son dos et tous deux se dirigèrent vers l'entrée de la boîte.

Le Sexcret Show était divisé en deux espaces distincts. À gauche, une foule de parieurs surexcités se pressait autour d'un ring de boxe thaï sur lequel deux boxeuses étaient en train de s'affronter en cinq rounds pour aller chercher le KO. À droite se trouvait la boîte « traditionnelle » où se côtoyaient, pêle-mêle, les businessmen de la drogue et du sexe, le tout animé par des filles nues qui pratiquaient la pole dance.

Au bout de la salle, une piste de danse éclairée par l'éternelle boule à facettes des seventies était prolongée d'un bar décoré de prostituées aux décolletés plus plongeants les uns que les autres.

Esther s'approcha dudit bar, son « mari » sur ses talons. Un videur surveillait les filles. Elle glissa un billet de cent dollars dans sa main tout en lui murmurant quelque chose, après quoi elle indiqua un tabouret à Janco.

— Que lui as-tu demandé ?

Esther prit place face à lui.

— Je lui ai dit que je voulais voir la patronne pour un service spécial. Lorna est mère maquerelle à ses heures perdues. Si tu veux t'amuser à plusieurs, c'est par elle qu'il faut passer.

— Magnifique, ironisa-t-il.

Le barman s'approcha d'eux.

— Deux Mékong-Coca, commanda sa coéquipière.

L'alcool de riz et de canne à sucre était loin d'être appréciable, mais noyé dans du Coca-Cola, il faisait le job. Le couple trinqua, puis Esther glissa sa main sur la cuisse de son partenaire, une gourmandise feinte aux lèvres. Janco retint la douleur qui lui lacérait le cœur. De toutes ces années partagées, était-ce la seule chose qu'il leur restait : le mensonge ? Esther minaudait, parfaite dans son rôle de femme de tête. Janco la prit à son propre jeu : il saisit son poignet et la força à remonter ses doigts jusqu'à son sexe. Les yeux de la Sud-Africaine devinrent deux braises.

Le lieutenant accentua davantage sa pression. Elle retira vivement sa main.

Lorna se pointa au même instant. Elle reconnut Esther et blêmit sur-le-champ. La seconde suivante, elle composait un sourire radieux.

— Quelle surprise ! Jessica, c'est bien ça ?

— Va pour Jessica, prononça son interlocutrice sans sourire. Je te présente mon ami Thierry, un Français. Il est journaliste et voudrait faire un papier sur les nouvelles drogues en vogue dans la région. Je lui ai dit que rien ne pouvait t'échapper et que tu collaborerais volontiers, n'est-ce pas ?

— Mais bien sûr ! répondit la patronne des lieux tout en tirant sur sa robe moulante. Allons nous asseoir à une table, ce sera plus agréable pour discuter. Et prenez vos verres, c'est ma tournée.

Lorna claqua des doigts en direction du videur. Aussitôt, celui-ci les devança et pria les trois hommes qui profitaient d'une jolie poupée en plein grand écart de libérer la table qu'ils occupaient. La Thaïlandaise prit soin de se placer à côté du « journaliste ».

— Pour quel média travaillez-vous, Thierry ?

— Le *Washington Post*. Jessica est notre fixeur[1] pour l'Asie. Elle est toujours pleine de ressources, ajouta-t-il avec connivence.

1. Personne qui aide les journalistes ou les agents à évoluer sur un terrain étranger et facilite les contacts locaux.

Lorna se força à rire, après quoi elle posa une main parfaitement manucurée sur le bras gauche de Janco.

— Et comment puis-je vous être utile ? s'enquit-elle tout en se penchant adroitement vers son invité afin que ses atouts, serrés dans sa robe, s'offrent à son regard.

— Oublie les vieux clichés, la coupa sèchement Esther. On est là pour que tu nous parles d'un chimiste français qui fabrique une nouvelle drogue. Raconte-nous ce que tu sais, et tout se passera bien.

Lorna retira aussitôt sa main du bras de Janco, comme brûlée à vif. Malgré le maquillage prononcé qui fardait son visage, celui-ci changea de couleur. Un instant, elle chercha ses mots, puis enfin elle bredouilla :

— Oui, en effet, nous avons eu affaire à une personne de ce genre qui désirait nous vendre un produit concurrent aux nôtres. Mais nous avons dit aux Chinois que nous n'en voulions pas, que c'était trop de problèmes, trop de concurrence, avec une guerre inévitable à la clé. Le mec a quitté le pays, je suis désolée.

Janco sortit une photographie de la poche de sa chemise.

— Cet homme-là ?

— Je crois bien. Je... je suis désolée, répéta Lorna.

— Arrête d'être désolée ! s'agaça Esther. Dis-nous plutôt qui sont ces Chinois, qui finance quoi et tout ce que tu sais. Et surtout, n'oublie rien ! l'avertit la Sud-Africaine.

Trois danseuses venaient de surgir sur la piste, uniquement vêtues de maquillage et de serpents qui glissaient entre leurs seins. Janco sentit l'atmosphère s'embraser. Une quatrième femme apparut, portant non pas un serpent, mais une mygale sur l'épaule. Le lieutenant observa la convergence des regards vers la bestiole. La mort avait toujours fasciné. La mort, le sexe, la drogue, le pouvoir. Un quatuor indétrônable.

La voix de Lorna le ramena à la conversation.

— Je n'y suis pour rien là-dedans. Il est venu en Thaïlande à cause du trafic d'or. Il passe par le même circuit africain que nous pour blanchir son fric, sauf que lui bosse pour les Chinois de Stanley Fu, à Macao. À l'origine, de l'or de contrebande à l'état de minerai franchissait la frontière sud-tanzanienne afin de rejoindre Maputo, la capitale du Mozambique. Là, un courrier[1] était reçu dans un salon feutré de la Banco de Mozambica, l'une des plus importantes banques du pays. L'or était pesé sans qu'aucun papier d'identité ne soit demandé à son porteur, une analyse effectuée au spectromètre et le prix du marché appliqué sans décote. C'est très honnête pour les Africains, ajouta Lorna comme pour se

1. Intermédiaire qui ne prend pas de décision. Il est utilisé comme un coursier qui apporte quelque chose à un endroit précis.

justifier. Le courrier dépose son or en échange du cash en dollars provenant des casinos de Macao et de nos boîtes de nuit, expliqua-t-elle. Et comme tout le monde a intérêt à ce que le circuit fonctionne sans difficulté, il n'y a pas de compétition entre nous.

Esther attendit la suite. Lorna comprit qu'elle ne pourrait pas se dérober.

— Les hommes de Fu travaillent sur une nouvelle drogue, avoua-t-elle enfin. Ils voulaient nous associer à eux, mais nous avons refusé. Vous savez bien comme nous sommes honnêtes, ajouta-t-elle dans un sourire flamboyant. Pas de drogue de synthèse chez nous.

— C'est ça, juste de la MDMA et d'autres saloperies tout aussi dangereuses. Tu nous prends pour des cons ? la menaça Esther.

Lorna perdit de son assurance.

— Nous ne voulions pas garder cette activité chez nous, c'était trop risqué. Nous avons tout déménagé sur un vraquier pour le compte de Fu. Je peux vous donner des contacts à Maputo, balbutia-t-elle, ainsi que les numéros des Chinois, mais je n'en sais pas plus et vous n'êtes jamais venus me voir, OK ?

— Ça tombe bien, conclut son interlocutrice, nous ne sommes jamais venus, n'est-ce pas, Thierry ?

Janco acquiesça.

— Donne-nous tous les contacts et on disparaît.

La patronne se détendit, soulagée.

— Lorna, l'avertit une dernière fois Esther, si on est amenées à se revoir, c'est que tu auras été trop bavarde... Suis-je assez claire ?

Le couple ressortit de la boîte de nuit quelques minutes plus tard. Dans la salle de gauche, l'une des boxeuses avait été mise KO et son entraîneur s'évertuait à la ranimer. Le business pouvait continuer. Ce soir, comme tous les soirs, il ne s'était rien passé.

23

Memento mori[1].

Janco n'aimait pas attendre, surtout lorsqu'il s'agissait d'Esther. Sa mémoire avait numérisé chaque partie de son être en données incompressibles. Loin d'elle, il avait cru maîtriser ses émotions, tout autant que le passé. Il n'en était rien. Toujours, il revenait au Château, puis à la ferme. Sauf que dans son imagination, le minibus ne partait pas, et Esther non plus. Quant à espérer qu'elle lui pardonne... *Qui vit d'espoir meurt de désir*, dit le proverbe. Elle était enfin là, près de lui ; pourtant ils n'avaient jamais été aussi distants l'un de l'autre.

Ressaisis-toi, s'invectiva-t-il. Il s'assit au bureau et reprit le fil de leurs découvertes. La moindre

1. « Souviens-toi que tu meurs. »

erreur leur serait fatale ; ne pas corriger ses émotions en faisait partie.

L'Inde d'abord. La mort de l'informateur signifiait que Cesario était sacrément bien protégé, et pas seulement par le gang indien de la D-Company.

Le Canada ensuite, où Cesario avait osé faire de la vente directe sans passer par des cartels mexicains. En même temps, il n'avait livré que de petits volumes de son poison. Conclusion : l'épisode canadien n'avait été qu'un test.

Janco réfléchit. Cesario devait se trouver dans un endroit isolé. S'il avait été en Afghanistan, par exemple, il aurait pu tester sa drogue à Kaboul. Personne n'aurait rien remarqué car les drogués s'y ramassent à la pelle, sans que jamais une autopsie ne soit pratiquée. Pourquoi le Canada, alors ? C'était forcément parce que le chimiste n'avait pas de « cobayes potentiels » proches de lui. Il avait donc choisi de tester son produit à une petite échelle, dans un lieu où, il le savait, les résultats de son expérience feraient la une de la presse.

Enfin, que leur avait appris Lorna ? Que Cesario était venu en Thaïlande, c'était d'ailleurs sûrement là qu'il avait mis au point son poison, qu'il blanchissait son fric par le même circuit africain qu'elle, et qu'« ils » l'avaient déménagé sur un vraquier. Ça éliminait les pistes de nombreux bateaux de pêche, porte-conteneurs et autres navires qui auraient pu servir à cette couverture.

Le Réseau devait donc chercher un bateau qui ne faisait jamais la même route, restait à l'écart des voies maritimes principales et ne chargeait que rarement, ou jamais de marchandises dans les ports commerciaux. Ce bâtiment devait également être de petite taille, moins de cent mètres, devina Janco. Probablement une épave flottante qui pouvait être sacrifiée en cas de besoin. L'Amiral allait prendre un plaisir tout particulier à trouver ce vraquier, lui qui adorait chasser ce genre de gibier.

Quant au « ils », d'après Lorna, il faisait référence aux Chinois de Stanley Fu. Ce qui confirmait ce que Mike Fulton leur avait dit : ce ne seraient pas les Nord-Coréens, mais les Chinois qui épauleraient le chimiste.

Le bruit d'une porte s'ouvrant puis se refermant résonna dans la chambre. Janco consulta sa montre. Esther était partie depuis plus d'une heure rendre des comptes à l'Institut. Il se concentra à nouveau. L'Amiral serait beaucoup plus efficace qu'eux à trouver le vraquier. Esther et lui, en revanche, pouvaient avancer sur le circuit de blanchiment. Si Lorna ne leur avait pas menti, la tête du dragon avait donc le visage de Stanley Fu. Janco étudia les informations qu'ils possédaient à son sujet.

D'une, Fu était de la vieille école : pas question pour lui d'utiliser une cryptomonnaie. De toute façon, le FBI détecterait immédiatement les flux anormaux. Alors que le métal jaune et une bonne vieille contrebande chinoise avec le Mozambique passaient inaperçus. Du business habituel pour les casinos de Macao, avec la bénédiction de Pékin. Tout en douceur.

De deux, Fu n'avait pas dû trouver de partenaire pour la fabrication de la drogue, seulement des circuits commerciaux qui attendaient le produit. D'où la protection du gang indien. Ce qui signifiait qu'il était seul sur ce coup-là. Pas étonnant, puisque Paul Cesario avait une très mauvaise réputation.

Par ailleurs, si Fu avait osé s'associer avec le chimiste, c'était sûrement parce que son rêve dépassait sa crainte de l'homme. Comme de nombreux Chinois, le Dragon nourrissait sûrement un désir de revanche, même inconscient. Déstabiliser les pays occidentaux avec cette nouvelle arme tout en faisant de l'argent devait le démanger. La vengeance d'un ancien colonisé à l'encontre de ses ex-persécuteurs, des années après. Est-ce que Fu n'allait donc pas remplacer le Français par l'un des siens dès que le business serait installé ?

Contrarié, Janco projeta son regard au loin, à travers la fenêtre de la chambre. Sauf erreur, se débarrasser du Dragon devenait tout aussi nécessaire.

24

Date : 28 mai 2021, 6 h 50
Expéditeur : Clochette
Objet : Analyse/Votre requête/FYEO[1]

Bonjour vous deux,
Pour donner suite à votre dernière communication, voici des éléments de compréhension et d'ambiance, ainsi que la stratégie proposée. Les Triades[2] n'ont rien en commun avec les mafias italiennes, sinon les mêmes activités de base : trafic de drogue, prostitution, extorsion de fonds, contrefaçon, jeu, contrebande et traite d'êtres humains. Vous avez affaire à Stanley Fu, le patron, le Seigneur de la montagne, ou encore la Tête du dragon de la triade Soi Fung. C'est la plus importante de Macao. Elle comprend au moins trois mille hommes actifs sur

1. *For Your Eyes Only* (« Rien que pour vos yeux »).
2. Le terme « triade » vient du caractère chinois *hung*, qui désigne la couleur rouge. C'est aussi le nom du fondateur de la dynastie Ming. Le symbole *hung* représente un triangle, union du Ciel, de la Terre et de l'Homme.

l'île et contrôle deux casinos, ainsi qu'une grande partie de l'activité criminelle qui y a lieu. Attention : son empire est en déclin, et il intéresse de très près les triades hongkongaises.
La 14K et la Sun Yee On s'affrontent régulièrement pour développer leurs parts de marché et les deux lorgnent sur le business de Fu.
La 14K peut vous servir d'alliée. Ses racines anticommunistes la rendent fréquentable quand on n'a pas d'autre choix. À l'époque du Kuomintang[1] et de la guerre civile chinoise, Tchang Kai-shek[2] avait ordonné qu'une ligue rassemblant toutes les sociétés de triades, alors au nombre de 14, soit établie et utilisée pour combattre les forces communistes en utilisant des tactiques de guérilla. Celle-ci s'installa à Kowloon – d'où, peut-être, l'explication de son appellation, associant 14 (également, par coïncidence ?, le numéro correspondant à son adresse) et K. La triade elle-même n'a jamais donné la raison officielle de cette dénomination : son existence et ses activités sont régies par l'obsession du secret. Aujourd'hui, la 14K compte plus de trente sous-groupes et reste l'une des triades les plus puissantes au niveau international. Il est possible de négocier une offre de soutien logistique avec elle.
Revenons à Fu. Il est pratiquement impossible de l'approcher. Il ne sort plus de sa tanière depuis qu'une

1. Le Kuomintang est le plus ancien parti politique de la Chine contemporaine. Créé en 1912 par Sun Yat-sen, il a dominé le gouvernement central de la République de Chine de 1928 jusqu'en 1949, date de la prise du pouvoir par les communistes.
2. Militaire et homme d'État chinois qui a été l'un des principaux représentants du Kuomintang après la mort de Sun Yat-sen en 1925.

trentaine de ses hommes ont été tués dans un restaurant, en pleine célébration du Nouvel An chinois. Toutes les tentatives d'infiltration de son groupe n'ont pas fonctionné, parce que ses vassaux directs sont essentiellement des membres de sa famille. Son bras droit, dit « le Maître de l'encens » ou « 438 »[1], est son neveu. Au rang inférieur, les « 426 » ou « Red Pole », les chefs militaires qui dirigent des groupes d'une cinquantaine de soldats, ont également des liens de sang avec Fu.

Fu a eu quatre épouses légitimes et une vingtaine de descendants reconnus, mais il a aussi élevé de nombreux enfants illégitimes nés de viols sur de très jeunes femmes. Après la mort de Jeffrey Epstein[2], le FBI a enquêté sur les sources d'approvisionnement du réseau pédophile en Asie et au Moyen-Orient. Des liens assez étroits sont apparus avec la triade de Fu[3], mais aucune arrestation n'est possible à ce stade, car Fu est bien trop protégé localement.

Nous restons convaincus que sa sexualité reste son point faible, et qu'il y a là un terrain d'approche.

L'Amiral tient à vous signaler que le « poison » commence à se répandre et que les Five Eyes sont en alerte. Le

---

1. Dans les triades, les grades, c'est-à-dire le rang hiérarchique des membres, sont des nombres. Tous les grades commencent par le chiffre 4. Fu est le 489 (ou 4 + 8 + 9), encore appelé 21.
2. Homme d'affaires et criminel sexuel américain.
3. À partir de 2014, Daech a kidnappé et déporté plus de six mille Yazidis femmes et enfants. Deux mille huit cents d'entre eux sont encore retenus prisonniers en Turquie. Certaines filles, les vierges les plus jeunes, sont regroupées en Anatolie, dans la province de Kirsehir. Elles sont vendues à prix d'or à des réseaux comme celui de Fu.

cargo aurait eu des contacts avec les Shebabs[1] au large des côtes somaliennes. Des morts suspectes ont été détectées au Kenya. Il est impératif de passer à l'action. Fin de transmission.

1. Groupes islamistes somaliens.

25

Je ne divulguerai pas les secrets de la famille Hung, pas même à mes parents, mes frères ou ma femme. Je ne divulguerai jamais les secrets pour de l'argent. Je serai tué par des myriades d'épées si je le fais[1].

Après avoir survolé routes encombrées et gratte-ciel, le Falcon 50 atterrit sur le tarmac. La pollution voilait le ciel de gris, reléguant les rayons du soleil à un souvenir lointain. Esther récupéra son sac et quitta la cabine. Quelques heures plus tôt, en se réveillant dans leur chambre d'hôtel à Chiang Mai, elle avait observé Janco allongé dans son lit, à moins d'un mètre d'elle. Le visage enfoui dans l'oreiller, il semblait dormir paisiblement, comme si sa vie n'avait pas cessé il y a quatre ans, ni même avant, quand il

1. L'un des trente-six serments prononcés par un initié lors de sa cérémonie de recrutement dans une triade.

avait retrouvé ses parents assassinés dans leur ferme. Le Beretta que Kalya emportait partout avec elle n'avait pas suffi à les protéger, pas plus que la présence de Mayan n'avait suffi à protéger Erin. Troublée, Esther avait tracé les courbes de son visage du regard, ses sourcils épais, sa lèvre inférieure pulpeuse, son nez droit et enfin sa fossette au menton. Elle n'avait pas droit aux sentiments, s'était-elle aussitôt rappelé, elle n'existait pas. Sans un bruit, elle s'était levée et était partie faire du sport.

Une fois hors de l'aérogare, les deux agents prirent un taxi qui les emmena directement à l'hôtel Shangri-La. Clochette leur avait réservé une unique chambre avec un lit double. La 14K devait déjà tout savoir d'eux mais, par prudence, mieux valait jouer le jeu jusqu'au bout.

Dès la porte de la somptueuse suite refermée, Esther sortit son Glock 21 de son sac et le posa à portée de main sur le bureau. Le message qu'ils avaient reçu de Clochette ne leur laissait guère d'espoir. Esther avait tout de même décidé de tout miser sur le trafic d'or pour atteindre Fu. Pour cela, elle avait contacté le représentant du Mossad à Maputo afin d'obtenir une assistance au plus vite.

— Tu es sûre de toi ? s'était inquiété Janco tandis qu'ils survolaient le Vietnam. C'est beaucoup de risques pour des chances de réussite très faibles.

Esther l'avait toisé, crispée, avant de lui répliquer froidement :

— Je n'ai pas l'habitude d'utiliser de pauvres gosses comme appât, moi ! Alors, oui, je préfère d'abord tenter cette voie.

Janco n'avait rien ajouté. À la place, il avait simplement confirmé à Clochette leur décision de tuer le Dragon, en suivant deux stratégies d'approche : tandis qu'Esther allait jouer la Libanaise richissime, propriétaire d'un groupe minier, afin d'obtenir un rendez-vous privé avec Stanley Fu, lui allait tenter de négocier un accord avec la 14K. La confrontation brutale et directe avec la triade du Dragon ne créerait qu'un bain de sang. Esther prendrait un avion pour le Mozambique le lendemain. Elle devait y rester trois jours, le temps pour Janco de développer les contacts avec la triade locale.

À son tour, Janco posa son sac sur le lit, puis il retira le Mamba de son cou.

— Tu as faim ?

Il n'avait fait que suivre les ordres, tout comme elle l'aurait fait. Mais c'était tellement plus facile de lui en vouloir et de tout lui mettre sur le dos. Sauf que ce n'était pas sa faute, elle le savait pertinemment.

Elle observa le fourreau, indécise.

— Je suppose que tu as enduit la lame de venin. Cobra ?

— Mamba.

Elle esquissa un sourire.

— Les cours de Xolani t'ont été utiles…

Janco sentit son pouls s'accélérer. Elle avait baissé sa garde. Un moment vrai avait enfin lieu entre eux, loin du ring, de la duperie et des coups qui étaient leur lot quotidien. Ils ne s'étaient pas parlé intimement depuis qu'Esther avait été emmenée en Israël, vingt et un ans plus tôt. Il osa :

— Tu l'as revu, ces quatre dernières années ?

— Non.

— Tu es retournée à la ferme ?

— Non plus.

Lentement, il contourna le lit afin de se rapprocher d'elle. Esther suivit chacun de ses gestes du regard.

— J'ai déposé des fleurs pour toi sur la tombe de mes parents.

— Je sais. Xolani me l'a dit.

Ils n'étaient plus qu'à cinquante centimètres l'un de l'autre. Elle sentait son souffle, son odeur. Le regard brillant, il bredouilla :

— Reviens-moi, je t'en prie.

Un léger tremblement courut sur sa peau, seul signe du flot d'émotions qui frappait aux portes de son cerveau. Puis tout son corps se raidit, telle une forteresse imprenable. Haine, colère, amour, pardon, elle était incapable de gérer ce qu'elle ne ressentait plus depuis si longtemps. Elle tourna la tête et dirigea son regard vers la ville qui s'animait au-delà des baies vitrées de la chambre.

— Je n'existe plus, Janco, et encore moins depuis que tu l'as tuée.

Elle se leva et partit se doucher.

*

* *

Elle avait pris un vol Ethiopian Airlines direction Maputo via Addis-Abeba afin de brouiller les pistes. Sa couverture était parfaite : Libanaise et propriétaire de l'Africain Gold Mine, un groupe minier basé dans le Katanga, en République démocratique du Congo, elle venait rendre visite à Mesfin, un etiopim[1] qui travaillait avec elle.

Prévenant, Mesfin avait tout prévu et attendait « sa patronne » à la sortie de l'avion avec une pancarte sur laquelle AGM était écrit en grosses lettres capitales. Après l'avoir accueillie avec déférence, il l'emmena dans la meilleure suite de l'hôtel Radisson Blu de Maputo. Le ciel était d'un bleu azur parsemé de quelques rares nuages effilés et la plage, bien que peu large, donnait envie d'ôter ses chaussures et d'enfouir ses pieds dans le sable. Mais Esther devait puer le luxe et l'argent facile, pas la pêche aux crabes. Dès son arrivée dans la suite, elle délaissa ses bagages et alla faire un tour dans la galerie marchande de la chaîne hôtelière. Elle essaya un

1. Juif exfiltré d'Éthiopie.

tailleur-jupe court rouge, ainsi que des escarpins Jimmy Choo, et paya le tout comptant.

Officiellement, Mesfin dirigeait une entreprise d'import-export avec la Zambie et le Congo. En réalité, il surveillait les activités de la Banco de Mozambico et celles de son président, Gilberto Figueira, pour le compte du Mossad. Comme l'avait confirmé Lorna, la banque blanchissait les minerais bruts ou raffinés en provenance des mines artisanales d'Afrique de l'Est. Or les services secrets israéliens n'avaient pas oublié que l'ancienne mine congolaise Shinkolobwe avait marqué son entrée dans l'histoire mondiale en fournissant l'uranium de la bombe ayant servi à rayer Hiroshima de la carte. Bien que cette mine soit noyée et abandonnée depuis longtemps, des creuseurs artisanaux fouillaient encore ses environs, et leur récolte, des cargaisons entières de minerai d'uranium, prenait la direction de l'Iran via la Zambie et le Mozambique. D'où la décision de garder un homme à eux sur place...

Mesfin était un client régulier de la Banco de Mozambica et, à ce titre, il lui arrivait fréquemment d'inviter Gilberto Figueira dans des soirées arrosées afin de lui soutirer subtilement des informations. Il connaissait ses goûts et, comme ceux de la plupart des hommes exerçant ce genre de fonctions, ils ne variaient guère des clichés machistes. Esther avait donc « commandé » une *escort girl* très haut de gamme accompagnée d'un buffet orgiaque. À Maputo, rien n'était excessif ou inhabituel. Et Gilberto Figueira, selon Mesfin, condensait toutes les « qualités » du lieu.

Comme prévu, le président de la Banco de Mozambica se présenta seul au rendez-vous. Assez petit, le crâne rasé et le corps empesé d'une dizaine de kilos en trop, ses regards vifs et mal placés suintaient la corruption. Esther le fit entrer dans sa suite, un sourire charmeur aux lèvres.

— *Salam*, monsieur Gilberto ! Votre visite est une bouffée d'air frais, débuta-t-elle, l'air las. Les problèmes de famille, j'imagine que vous connaissez.

— Hélas oui, madame...

Elle lui tendit sa main droite.

— Yara Khamal.

Il la serra.

— Mesfin m'a beaucoup parlé de vous à Beyrouth. Je vous en prie, faites comme chez vous.

Un ensemble de sofas en cuir et une desserte en verre composaient un petit salon cosy, jouxté par une grande table de buffet dressée. L'homme avisa les plats posés sur la nappe blanche, entre des bouteilles de grands crus. Une hôtesse en jupe courte et bustier assurait le service. Ses cheveux frisés encadraient un visage parfaitement maquillé aux lèvres charnues et au regard invitant. Esther la héla et lui ordonna sèchement de leur servir deux coupes de champagne. Après quoi elle se tourna vers son invité, tout sourire.

— Je suis ravie de vous connaître, vraiment ! Quelle belle opportunité, moi qui viens si rarement à Maputo ! Je vous suis extrêmement reconnaissante d'avoir accepté si vite mon invitation.

— Mais de rien, de rien, répéta le président dont les sens étaient sursollicités par ce qui les entourait.

Esther claqua des doigts tout en désignant la table basse à l'hôtesse.

— Paola est là pour nous servir, précisa-t-elle à l'attention de son hôte. N'hésitez pas à lui demander tout ce que vous désirez. Je ne connaissais pas vos goûts, alors j'ai commandé les meilleurs plats de la carte.

« Yara » jeta son dévolu sur des œufs d'esturgeon puis prit place sur le cuir noir du sofa central. Le banquier, qui avait déjà oublié que la prudence était une règle de base dans toute négociation, s'assit à côté d'elle.

Une fois le service effectué et les banalités d'usage sur la splendide vue sur mer échangées, Esther se présenta plus longuement.

— Mon frère a longtemps conseillé le président Kabila du temps où il dirigeait le Congo. Notre société est très active dans le Nord-Kivu, précisa-t-elle, et nous avons une belle propriété à Butembo, malgré les difficultés dues à la violence locale. Tout le monde fait attention à nous parce que nous sommes la meilleure contrepartie de tous les creuseurs artisanaux du Kivu.

Son interlocuteur acquiesça, comme pour approuver la stratégie.

— Nous emmenions notre minerai par avion privé jusqu'à Entebbe et de là, il partait en Belgique, principalement chez le raffineur tessinois[1] Volcambo. Mais depuis les nouvelles normes de conformité[2], il semblerait que le Kivu, jugé trop instable, pose problème à nos amis suisses. Une question d'éthique, disent-ils. Ces imbéciles ne comprennent rien à l'Afrique, n'est-ce pas, Gilberto ? Vous permettez que je vous appelle Gilberto ? demanda-t-elle avec candeur.

Les coupes de champagne avaient été vidées, et la bouteille de vin rouge remplacée par une autre.

— Bien sûr, l'assura le banquier dont le teint virait au pivoine. Mais de quelles quantités de minerai parlons-nous, très chère ?

Elle lui adressa un regard enjôleur.

— Vous avez raison, j'oubliais de vous offrir un cigare et son petit complément.

La « Libanaise » se leva et alla chercher un objet posé sur la deuxième table basse disposée dans le salon. Son hôte en profita pour admirer

1. Habitant du canton du Tessin, en Suisse.
2. Les nouvelles normes internationales obligent les raffineries d'or suisses à vérifier l'origine du minerai brut avant de le raffiner.

la vue. Elle revint, une boîte à cigares entre les mains, qu'elle lui tendit. La première moitié du coffret contenait des Cohiba ; l'autre, un petit sac de minerai d'or.

— Notre spectromètre indique 98 % pour ces trois onces. Vous vérifierez avec le vôtre.

Gilberto Figueira inspecta le contenu du sac. « Yara » sortit une Vogue d'un étui à cigarettes, que le président de la Banco de Mozambica s'empressa d'allumer.

— Gardez tout, bien sûr, ça me fait plaisir, ajouta-t-elle avant d'expirer un long jet de fumée.

Le banquier choisit un cigare qu'il renifla avec délectation.

— Merveilleux, chère amie, mais en matière de volume, à quoi faut-il s'attendre ?

Une main aux doigts fins et aux ongles rouge carmin alluma un briquet devant lui. Gilberto plaça le cigare à sa bouche tout en souriant lascivement à Paola.

— Au bas mot, nous pouvons doubler votre volume mensuel, répondit son interlocutrice avec assurance. Bien évidemment, tout cela dépend de vos véritables actionnaires. Notre or a une qualité exceptionnelle, alors j'attends de vos amis chinois un partenariat d'excellence ainsi qu'une faible décote par rapport au marché.

— C'est-à-dire ?

— Hum, pour un volume important avec un flux régulier, une décote de 5 à 8 % par rapport au marché devrait suffire à monsieur Fu, n'est-ce pas ?

Le banquier se redressa subitement, comme piqué au vif. Presqu'aussitôt, son regard inquiet fit place à un sourire entendu.

— Voyons, Yara, nous sommes comme les Suisses : de la discrétion, et de la conformité *à l'africaine*. Jamais de nom entre nous, je vous en prie. Mais ne vous inquiétez pas, je vais parler en votre faveur.

Esther écrasa brutalement sa cigarette dans le cendrier, puis se releva.

— Gilberto, je compte impérativement sur vous ! Je dois me rendre à Beyrouth pour un conseil de famille, et je veux recevoir de bonnes nouvelles de votre part à mon arrivée. Je me rendrai à Hong Kong dans la foulée et je tiens impérativement à rencontrer *qui vous savez* en personne !

L'homme d'affaires se racla la gorge, conscient d'avoir froissé sa « cliente ».

— Je comprends tout à fait, très chère, et c'est bien naturel.

Esther le toisa un instant encore, laissant planer dans son regard toute la réflexion qui était censée se jouer en elle à cet instant précis, puis elle lui adressa un sourire franc.

— Parfait ! Je vous laisse en compagnie de Paola. Je n'ai vraiment plus le temps pour le dessert, mais je vous sens gourmand, mon ami, alors je ne voudrais pas vous priver de plaisirs qui ont déjà été réglés.

Le président se leva à son tour, ragaillardi.

— Quel dommage que vous ne restiez pas plus longtemps !

— Les affaires de famille sont extrêmement prenantes, vous comprenez ?

— Tout à fait, ma chère, et ne vous inquiétez pas : j'en fais mon affaire ! Vous aurez une rencontre au plus vite.

Paola se rapprocha du banquier, tel un ange qui le conduirait docilement au paradis. Esther jeta un dernier regard sec à son employée, mélange d'avertissement et de jalousie, que Gilberto surprit et qui porta son excitation à son paroxysme, après quoi elle tourna les talons.

*
* *

Mesfin l'attendait dans le hall, une bouteille d'eau à la main. Esther se jeta sur elle.

— Putain de champagne ! fulmina-t-elle une fois son mal de tête calmé. J'ai toujours haï ça !

L'Éthiopien sourit.

— Êtes-vous satisfaite, patronne ?

— Je lui ai laissé cent grammes d'or à presque deux mille dollars l'once, et il est en train de se taper une escort à trois mille dollars la partie de gymnastique – et je ne te parle pas des coûts annexes. Si je n'ai pas mon rendez-vous dans les quarante-huit heures, ce connard ne travaillera plus jamais avec les Chinois, ni avec qui que ce soit d'autre. Est-ce bien clair ?

— Très clair, patronne.

Neuf heures plus tard, alors qu'Esther quittait Addis-Abeba pour rejoindre Hong Kong, elle reçut le message suivant :

> RV avec qui vous savez sur l'île de Coloane, au Royal Coloane
> Resort, mercredi 10 heures.
> Réservez votre bungalow.

Janco et elle avaient deux jours pour préparer la confrontation.

26

Si vous devez jouer,
décidez dès le départ de trois choses :
les règles du jeu, les enjeux,
et l'heure de départ[1].

Les Chinois pensent que les nombres impairs sont masculins et les pairs, féminins. Le chiffre 4 a, à leurs yeux, une valeur toute particulière. Dans de nombreux immeubles hongkongais, il n'y a ni quatrième, ni quatorzième étage. Bien que féminin puisque pair, le 4 est associé à la mort. À Hong Kong, les couleurs jouent également un rôle important. Le rouge est celle du bonheur et de l'abondance. À l'inverse, le noir est signe d'obscurité, de secret et de malchance. Ainsi, les membres de la 14K étaient toujours entièrement vêtus de noir.

1. Proverbe chinois.

Comme la veille et l'avant-veille, Janco quitta sa chambre à 19 heures 30 précises. Après avoir rejoint le grand salon, il s'installa à une table proche de la fontaine intérieure de l'hôtel et commanda la coupe de champagne la plus chère – un signe de reconnaissance dont Clochette avait accepté la facturation sans broncher. Il avait reçu l'ordre de venir s'installer à cette table chaque soir à 20 heures pile jusqu'à ce que son contact se présente, à 20 heures 08. Huit, numéro féminin, mais numéro de la chance. Il n'avait aucune idée de qui il devait rencontrer. Il savait pourquoi, en revanche : le gang de Fu jouait à domicile, alors qu'Esther et lui non seulement ne connaissaient pas le terrain, mais en outre ne parlaient pas un mot de chinois. Ce qui faisait d'eux des perdants à coup sûr s'ils n'obtenaient pas le soutien d'un clan rival. Le Shangri-La Hotel de Kowloon avait précisément été choisi pour cette raison, non pour ses cinq étoiles et son luxe raffiné, mais parce que la 14K le considérait comme un point de rencontre sécurisé.

Le serveur déposa la coupe qu'il avait commandée sur la table, agrémentée d'une coupelle de cannelés aux olives. En repartant, il croisa quatre hommes aux silhouettes athlétiques et entièrement vêtus de noir. Janco les observa prendre silencieusement place à la table voisine de la sienne. Il n'était pas 20 heures. Le lieutenant se crispa. Les quatre hommes ne commandèrent rien, et le serveur ne vint pas non plus les voir. De plus en plus anxieux, Janco déboutonna le haut de sa chemise afin de pouvoir accéder plus facilement à son Mamba.

20 heures 07. Il but sa coupe.

20 heures 08. Alors qu'il scrutait nerveusement la lourde double porte qui menait au salon, sans quitter les quatre hommes du coin de l'œil, une main se posa sur son biceps.

— Vous attendiez un homme, je suppose ?

Une femme d'une soixantaine d'années aux cheveux blancs relevés en chignon sur le côté et aux yeux subtilement fardés de noir prit place face à lui. Élégamment vêtue d'une qipao de soie noire[1], les doigts fins bagués d'or, elle jeta un simple regard au serveur, qui s'empressa de lui apporter une coupe de champagne. Sa voix fluette était à l'image de son physique : menue et distinguée.

— Je suis Suzy Qu[2], la principale 415 de la 14K. Vous savez à quoi correspondent nos chiffres, n'est-ce pas ?

Janco se détendit.

— Vous êtes une directrice administrative, si je ne me trompe pas.

— C'est à peu près ça. Les hommes qui m'accompagnent sont des soldats, des 49. Nous en avons beaucoup, mais peu parlent couramment votre langue ou celle de votre amie israélienne.

---

1. Robe très souvent sans manches, moulante, avec un petit col droit, en soie imprimée et d'origine mandchoue.
2. *Qu* se prononce « shou ».

Elle va bientôt vous rejoindre d'ailleurs, son voyage se termine.

Le lieutenant sentit l'inquiétude le reprendre.

— Vous savez où elle est ?

La 415 s'adossa avec grâce au fauteuil.

— Monsieur Ladovski, nous sommes ici chez nous. Nous sommes chez nous à l'aéroport, nous sommes chez nous dans cet hôtel, nous sommes chez nous partout, vous comprenez ?

Comme pour appuyer ses mots, elle sortit une cigarette longue et fine, au filtre doré, d'un étui noir sur lequel était dessiné un phénix rouge et jaune.

— Je ne vous propose pas une cigarette puisque vous ne fumez que des cigares.

Un briquet apparut entre ses doigts ridés, et sa flamme embrasa le tabac, malgré l'interdiction de fumer dans l'enceinte de l'hôtel. Janco observa ses gestes assurés, subjugué.

— Je sais ce que vous faites ou pas, et qui vous êtes vraiment, poursuivit la femme. Les Chinois de Beijing ont placé des caméras partout dans Hong Kong. Nous en avons pris le contrôle.

— Impressionnant… Et inutile de perdre du temps à faire les présentations, alors.

Il se redressa.

— Nous cherchons un soutien logistique, une petite équipe. Nous savons tous deux que notre cible vous intéresse tout autant que nous, alors peut-être pourrions-nous envisager une approche commune ?

Un serveur posa un cendrier devant madame Qu au moment même où la cendre tomba de sa cigarette. Elle sourit au lieutenant.

— Tout est possible à Hong Kong, vous voyez. Si vous fumiez, on vous mettrait dehors, mais moi, je suis toujours la bienvenue. Je suis bien traitée par tout le monde, alors *on me pardonne mes péchés*, comme vous dites en Occident.

La luminosité émanant des immenses lustres qui ornaient le grand salon augmenta. Au-dehors, la nuit tombait, mais dans cette salle luxueuse où hommes et femmes conversaient, les affaires ne cessaient jamais. Janco fit semblant de jeter un œil à l'eau turquoise de la fontaine afin de vérifier que les mains des quatre hommes n'étaient toujours pas armées. Rassuré, il adressa un regard enjôleur à son rendez-vous.

— Parlons affaires, voulez-vous ?

Il se rapprocha d'elle, le regard vif.

— Je vous propose la tête du Dragon ainsi qu'un défraiement de cinquante mille dollars par jour pour une équipe complète et équipée des véhicules nécessaires.

La 415 tira sur sa cigarette, visiblement intéressée.

— Payer votre dette par le sang versé sans que la police ne pense à nous et à la guerre des gangs, cela nous va parfaitement, vous vous en doutez. Nous sommes toujours heureux d'avoir des intermédiaires pour faire le travail à notre place. Bien sûr, nous exigeons également une compensation financière, toutefois je ne peux engager notre triade sur le montant sans l'approbation de notre hiérarchie.

Janco allait renchérir quand son interlocutrice se leva.

— Un de nos chauffeurs va se tenir à votre disposition. Ce sera notre *agent de liaison*. C'est bien ainsi que vous dites, dans votre profession ? s'amusa-t-elle.

Janco se leva à son tour.

— Tout à fait, madame Qu.

À la table d'à côté, les quatre hommes s'empressèrent d'imiter leur patronne. La Chinoise se rapprocha du Sud-Africain.

— Le 31 et le 3 sont des bons chiffres. En ce qui vous concerne, évitez le 29, le 5 et le 11.

— Je…

— Bonne soirée, monsieur Ladovski.

Elle écrasa sa cigarette dans le cendrier et quitta la table puis le grand salon sans se retourner, trois des quatre hommes sur ses talons. Face à Janco demeurait le plus jeune, son nouveau chauffeur, Wang Tao, qui vint se présenter en anglais.

27

Vingt-trois heures plus tard

Dans la grande salle, un serveur s'approcha de la table où était assis Janco et y déposa un cocktail alcoolisé aux fruits agrémenté d'une paille en forme de dragon.

— Avec nos compliments, annonça le garçon avant de tourner aussitôt les talons.

Janco sourit. La 14K venait officiellement de sceller leur accord.

28

L'opportunité de vaincre l'ennemi
est fournie par l'ennemi lui-même[1].

Esther observait les immeubles défiler. Elle n'avait jamais aimé cette ville. La dureté de la vie sud-africaine était à l'image de sa nature : aride et sauvage. Les gens avaient de la place pour exister, se battre et créer. Xolani disait toujours que quand trop de parfums se mélangeaient, le vent n'arrivait plus à les porter. Hong Kong était saturée de parfums, de vies, de malheur et de misère. Ici, il n'y avait nul lieu pour se perdre et affronter les forces de la nature. Il n'y avait aucune beauté non plus, hormis celle, illusoire, de l'argent.

L'atmosphère était lourde d'humidité, comme si la saison des cyclones pointait déjà le bout

1. Sun Tzu, *L'Art de la guerre*.

de son nez. Nostalgique, elle se rappela les rivières du Gauteng qui se gorgeaient d'eau à cette époque, ainsi que ses baignades improvisées avec Janco. Leur adolescence avait disparu depuis si longtemps. Avaient-ils été heureux ? Insouciants ? S'étaient-ils aimés si fort ? Si Elsa et Sam n'étaient pas venus la chercher, elle serait restée auprès de lui et, ensemble, ils auraient repris la ferme. Ou pas. L'ombre de sa sœur disparue serait demeurée entre eux, telle une plaie tapie au fond de son être qui l'aurait lentement rongée.

Les silhouettes des gratte-ciel rayèrent son visage. Elle se crispa. Cela faisait vingt-deux ans et malgré la promesse qu'elle s'était faite à son arrivée en Israël, elle appartenait désormais au Kidon. Si elle avait cherché Erin pendant plus d'une décennie, s'abîmant sur des pistes sans issue, à l'usure, elle avait tourné la page. Puis il y avait eu Meira, la petite Yazidie qu'elle avait failli adopter. La boule acide qui lui retournait l'estomac de temps à autre réapparut. Esther la sentit se diffuser en elle tout en lui comprimant les entrailles. Elle se força à penser à autre chose, au Mamba de Janco, par exemple. C'était une bonne arme, astucieuse et discrète. Aussitôt, elle se demanda si elle le vaincrait au corps à corps si jamais ils devaient en arriver là. Janco avait reçu une excellente formation ; toutefois, contrairement à elle, il n'avait pas été formé pour tuer. Le souvenir de leurs rires dans la brousse la submergea subitement. Esther agrippa la poignée de la portière du taxi et la serra jusqu'à en faire pâlir ses jointures. Il fallait qu'elle cadenasse tout pour ne pas flancher. Quant à Janco, il avait assez payé pour son erreur. Elle était pourtant incapable de lui pardonner. Tant qu'elle se maintenait dans la haine, elle ne tombait pas dans l'amour.

*
* *

Après être venu la chercher à l'aéroport, Wang Tao la déposa devant le Shangri-La Hotel. Janco l'attendait dans leur chambre, concentré sur la carte de l'île de Coloane. Le rendez-vous avec Fu avait lieu le lendemain au Royal Coloane Resort. Le Dragon s'attendait à rencontrer une belle femme venue conclure un *deal* particulièrement lucratif. Ce qui ne l'empêcherait pas d'être sur ses gardes, et accompagné. Les hommes de ce calibre l'étaient toujours.

Depuis que les ferries assuraient la traversée entre Hong Kong et Macao, les triades vendaient des tickets au marché noir, sans que personne ne leur dispute cette prérogative. Résultat, il y avait toujours bien trop de monde sur les bateaux. Esther et Janco avaient longtemps réfléchi à la meilleure façon de gagner l'île, puis de la quitter. Impossible d'arriver à bord d'un ferry bondé et de repartir comme si de rien n'était après avoir réglé son compte au vieux. La « Libanaise » avait réservé l'un des luxueux bungalows privés qui appartenaient à l'hôtel. Elle accosterait à Macao par le ferry, tandis que Janco et la 14K arriveraient par la mer via un chalutier, puis un zodiac, le moyen le plus sûr d'être rapides et furtifs. Janco gardait toujours en mémoire la devise des Recces[1] : *La force dans la furtivité*. Par ailleurs, il ne voulait prendre aucun risque. Esther était de la partie. S'il échouait cette fois-ci, elle sortirait définitivement de sa vie.

Elle frappa à la porte avant de pénétrer dans la chambre. Assis sur le lit, la carte dépliée devant lui, Janco accueillit son retour avec soulagement.

— Tout s'est bien passé ?

Il avait vieilli. Pour la première fois depuis qu'ils s'étaient retrouvés, elle remarqua les rides au coin de son œil gauche, la peau autour du droit étant impénétrable. Elle sonda son visage, telle un polygraphe cherchant à détecter un mensonge, mais elle ne trouva rien, si ce n'était les sentiments pour elle qu'il retenait. Elle avança dans la chambre et referma la porte derrière elle.

— Le poisson est ferré, mais j'ai un mauvais pressentiment.

— Gilberto ?

— Non. Quelque chose de plus diffus.

1. La South African Special Forces Brigade, plus connue sous cette désignation (pour « Reconnaissance Commando »), est la principale unité d'opérations spéciales sud-africaine.

Elle posa son sac sur le sol et désigna la carte du menton.

— T'es au point ?

Il releva le défi.

— Coloane, autrefois gouvernée par les Portugais, occupe une superficie de 8,07 km^2. C'est l'une des deux îles rattachées à Macao. Elle se situe au sud de celle de Taipa. Aujourd'hui, les deux îles sont soudées entre elles par les nouvelles terres aménagées de Cotai. Cotai est un mot-valise formé des noms *Coloane* et *Taipa*. C'est un terre-plein d'une superficie de 5,2 km^2, situé entre les deux îles et qui abrite de nombreux casinos. Ah, et j'oubliais : un pont en remblai de 2,2 km de long, appelé Estrada do Istmo, relie les deux îles.

— Et ?

Il ancra son regard dans le sien.

— Et j'avais oublié à quel point tes cheveux accrochaient la lumière.

Elle prit place face à lui.

— Il me faudra cinquante-cinq minutes pour rallier le port de Macao depuis Hong Kong. Si j'ai réussi mon coup, des hommes de Fu me choperont à l'arrivée. Sinon, je prendrai un taxi. De votre côté, vous devez arriver une heure avant moi, ce qui vous fait un départ quatre-vingt-dix minutes avant celui du ferry.

— On sécurise le périmètre en neutralisant, puis en remplaçant les hommes de Fu. Ensuite, on attend ton arrivée, poursuivit Janco. Si tu n'es pas là au bout d'une heure et quart, c'est qu'ils t'ont démasquée. Impossible de rester plus longtemps pour attendre un signal, tu connais la règle. On peut perdre un agent mais pas une équipe.

— Je sais. Dans ce cas-là, la mission est annulée et vous repartez sur-le-champ.

Elle le fixait, silencieuse et franche. Elle ne fuyait pas, elle ne le repoussait pas non plus. Janco laissa passer une seconde, puis il approcha ses lèvres des siennes et l'embrassa. Esther attendit qu'il se rende compte qu'il était seul dans ce baiser pour reculer.

— Tu vis dans le passé, Janco, et tu es amoureux d'un fantôme.

Il serra les dents et retint sa colère autant que sa douleur.

— Tu n'es pas morte, Esther. Tu n'es pas non plus devenue ce robot qu'ils ont essayé de faire de toi.

Elle ne répondit pas.

*

* *

Le comptoir de TurboJet affichait les couleurs criardes jaunes et rouges traditionnelles de la civilisation chinoise. Une Européenne demanda un aller-retour pour Macao. Esther se plaça derrière elle dans la file d'attente, étonnée que les touristes reviennent déjà. Elle avait enfilé un pantalon de tailleur bleu marine et un chemisier blanc, suffisamment décolleté pour attirer l'attention. L'Européenne s'en alla, ses billets à la main. Esther s'avança et commanda un aller-retour en première classe avec accès au service VIP Lounge. Tandis que la vendeuse préparait son ticket, elle jeta un regard discret autour d'elle. Les hommes de Fu étaient là, quelque part, tapis dans l'ombre, à observer ses moindres faits et gestes. La femme lui tendit une pochette contenant ses billets. Elle la prit sans la remercier et gagna l'embarcadère. Elle était seule, sans arme, et impossible de faire marche arrière. Si Fu n'avait pas cru à son discours, elle servirait de nourriture aux requins avant la fin du voyage.

Le ferry démarra, la propulsant vers son destin tout en soulevant une gerbe d'écume au passage. Esther s'installa dans le lounge et passa le trajet à pester parce que le café qu'on lui avait servi n'était pas comme à Beyrouth, et que le confort de la première classe laissait à désirer. Cinquante-cinq minutes plus tard, le personnel la vit débarquer, soulagé. À peine quitta-t-elle la passerelle que les hommes de Fu vinrent la cueillir. Elle avait vu juste : l'un d'eux se tenait juste derrière elle, il avait donc passé la traversée à l'observer. *Je m'appelle Yara Khamal*, se répéta-t-elle une dernière fois tout en ressassant rapidement les éléments de sa couverture.

— Madame Yara, *please*, l'interpella l'un des hommes, son bras droit ouvert désignant une

Mercedes noire flambant neuve garée le long du trottoir.

— *Nihao*, répondit-elle placidement.

Elle se laissa guider avec grâce et assurance, telle une reine déambulant devant sa cour. Yara Khamal était autant habituée à être obéie au doigt et à l'œil qu'à faire tourner les têtes. Que des hommes l'escortent ainsi tout en la reluquant était son quotidien.

Esther prit place à l'arrière du véhicule. Le plus costaud des hommes la rejoignit. Sans un mot, il saisit son sac à main et en vérifia le contenu. Après quoi il passa à sa chemise. Elle ne portait pas de soutien-gorge. D'abord gêné, le Chinois finit par lui adresser un regard entendu. Malheureusement pour lui, son patron ne tolérerait pas qu'il la touche inutilement. Un instant encore, l'Oriental goûta du regard les rondeurs dessinées sous le tissu, puis, tel un Bouddha assis, il leva la main en signe de renoncement. Esther le fixa sans sourire. Si elle ne portait pas de sous-vêtements, alors elle ne pouvait pas dissimuler d'arme… L'homme échangea en chinois avec ses acolytes, puis il lui rendit son sac. Il n'avait rien vu des fausses coutures intérieures dissimulant une petite poche.

Cotai semblait jolie. Esther ne distingua cependant pas grand-chose de ses paysages. Les vitres noires masquaient l'extérieur comme l'intérieur de la Mercedes. S'il lui arrivait quoi que ce soit, personne ne le remarquerait. Le chauffeur roulait vite, les rues devaient être désertes. Elle repensa à l'Européenne croisée au comptoir de TurboJet, avec un pressentiment étrange.

Une vingtaine de minutes plus tard, ils arrivèrent au premier check-point du Royal Coloane Resort : une grande grille en fer forgée, qui barrait une ligne droite. Le garde laissa passer la voiture sur une simple salutation de son chauffeur. Esther détailla les environs d'un coup d'œil discret. L'homme ne portait aucune arme. Quant à la sécurité du site, elle semblait dérisoire : des caméras, des gardes en simple uniforme et des voiturettes électriques. Ici, Fu n'était pas sur ses gardes. Ce qui lui faciliterait grandement le travail.

Un petit chemin bordé d'un panneau en bois portant la mention *Private* menait à une immense villa. La voiture abandonna la route principale pour l'emprunter et s'arrêta une trentaine de mètres plus loin, face à un escalier en marbre blanc. Une Chinoise en cheongsam ouvrit la porte arrière de la Mercedes. La robe qu'elle portait était fendue jusqu'en haut de la cuisse, ce qui en disait long sur les prestations que sa propriétaire devait offrir aux invités. Esther descendit du véhicule, le port hautain. Après quoi, elle jeta un regard nonchalant aux alentours.

— Bienvenue, lui déclara la femme en anglais. Veuillez me suivre, s'il vous plaît.

Une porte en bois ornée de panneaux rouges s'ouvrait sur un hall donnant lui-même sur un salon avec vue sur la mer. Un large bureau trônait en son centre, à côté de fauteuils en cuir beige. Une desserte sur laquelle étaient posés plusieurs bouteilles d'alcool, des verres et une carafe en cristal de Baccarat complétait le tableau. Assis sur l'un des sofas, les bras écartés en croix sur le dossier, un homme observait son arrivée. Il se redressa alors qu'elle franchissait les portes du salon.

— Madame Khamal, soyez la bienvenue ! s'exclama-t-il dans un anglais irréprochable. Nous n'avons pas l'habitude de traiter avec des femmes. J'espère que mes hommes ne vous ont pas importunée ?

Il n'avait pas trente ans. Une fine moustache ourlait sa lèvre supérieure. Le reste de son corps devait être parfaitement imberbe, en revanche. Esther s'approcha de lui, une lueur contrariée dans le regard.

— Pas du tout, rassurez-vous, mais je m'attendais à avoir rendez-vous avec M. Fu. Vous m'avez l'air bien jeune pour être à la tête d'une triade, monsieur…

Sans attendre son invitation, elle prit place face à lui, le regard aussi provocant que son chemisier ouvert. Le Chinois apprécia l'audace.

— Monsieur Ho. Et en effet, répondit-il sans la quitter des yeux, mon vieil oncle ne sort que très rarement de sa tanière, surtout si c'est pour rencontrer une inconnue, aussi belle soit-elle...

L'homme se leva et, tout en la contournant, frôla volontairement sa chevelure de ses doigts. Il cherchait à la mettre dans une position inconfortable autant qu'à la lorgner.

— Je vous offre à boire ?

Elle chassa sa main et se leva à son tour.

— Je suis désolée, mais si je ne peux pas rencontrer M. Fu, alors je mets un terme à cet entretien. Je suis venue de loin pour une affaire importante et non pour babiller avec un jeune homme.

Le sourire du Chinois disparut sur-le-champ, remplacé par un regard sombre qui indiquait clairement qu'elle avait atteint la limite à ne pas franchir.

— Allons, madame Yara, calmez-vous ! articula-t-il, un faux sourire aux lèvres. Nous, les Chinois, prenons le temps de faire les choses. Je n'ai pas encore parlé de vous à mon oncle. Il fallait d'abord vous rencontrer et discuter de votre or. Il ne faut pas fatiguer le Dragon, vous savez. Sa santé est fragile. Mais il se soigne, conclut-il en riant.

— De quel mal souffre-t-il ?

Le jeune homme se rapprocha de la desserte.

— La vie coule entre ses doigts, comme pour nous tous. Mais, voyez-vous, la médecine chinoise offre de bons remèdes à la vieillesse que vous, Occidentaux, ne comprenez pas. Je vous offre quelque chose à boire ?

— Le café était infect sur le ferry, je veux bien un cognac.

Juan Ho leur servit deux verres. Esther en profita pour vérifier que les hommes postés sur le balcon et censés assurer la sécurité des lieux avaient bien été remplacés par d'autres…

Le regard séducteur, le neveu de Fu lui tendit l'un des verres.

— Vous savez, nous sommes très vigoureux dans la famille…

Esther trinqua avec lui avant de goûter le liquide doré.

— Vous remontez dans mon estime, lâcha-t-elle, le regard ardent.

L'homme se détendit.

— J'en suis ravi.

Ils se rassirent face à face. « Yara » relança le sujet :

— Votre oncle ne consomme pas d'écailles de pangolin, au moins ?

— Son médecin lui a prescrit de prendre et dresser une jeune vierge trois à quatre fois par mois, détailla le jeune homme en fermant les poings. Chaque semaine, mon oncle change de monture. Un vrai dragon ! s'amusa-t-il.

Le visage d'Erin passa devant le regard d'Esther. Mille fois, elle l'avait imaginée tomber dans ce genre de circuit. Et mille fois, elle en avait souffert en silence.

Juan Ho buvait tranquillement son cognac. Uzi et ses leçons cessèrent subitement d'exister, ainsi que l'absence d'émotions que l'agent surentraînée devait appliquer en toutes circonstances. Esther posa son verre et dévisagea son interlocuteur avec une haine subite.

— J'imagine, monsieur Ho. Et je pense que je vais vous tuer.

Les hommes postés sur le balcon firent irruption dans la pièce, leurs armes pointées sur le Chinois. Esther consulta leur chef du regard. D'un hochement de tête, celui-ci lui confirma que tout s'était déroulé comme prévu et que la villa était bien sous leur contrôle. La Sud-Africaine se tourna vers son « hôte ».

— Mettez-vous à genoux, monsieur Ho. Et inutile de crier, plus personne n'est assez vivant pour vous entendre.

Esther récupéra son sac à main et en sortit une petite capsule emplie d'acide glissée sous les fausses coutures. Juan Ho la regarda faire, paralysé par la peur.

— Je vais vous prendre un œil ; ensuite, vous me raconterez tout ce que je veux savoir, lui annonça-t-elle tranquillement.

Le jeune homme se liquéfia. Haletant, il bredouilla quelques mots dans sa langue natale aux deux hommes qui entouraient l'Occidentale, mais ceux-ci restèrent de marbre. Sans aucune pitié, Esther attrapa ses cheveux noirs gominés et tira dessus afin de lui faire basculer la tête en arrière. Puis elle vida la capsule dans son œil droit. L'homme poussa un hurlement effrayant avant de se rouler par terre sous le coup de la douleur. Esther essuya ses mains sur le sofa.

— Parle-moi de la nouvelle drogue que vous vendez. Je veux tout savoir et vite, sinon je prends ton autre œil.

Le neveu de Fu était recroquevillé en boule sur le sol, les mains crispées sur son visage. Il baragouinait des mots à moitié compréhensibles, car entrecoupés de gémissements. L'un des hommes de la 14K alla chercher la carafe d'eau posée sur la desserte et la lui vida sur la tête. Puis il l'obligea à se relever. Le visage du Chinois était défiguré, l'œil droit tuméfié et les paupières déformées par des dizaines de cloques. Esther le regarda froidement.

— J'attends.

Il pleurnicha :

— Un chimiste français a pris contact avec les services de Pyongyang, en Corée du Nord. Il voulait leur vendre une nouvelle drogue de synthèse. Au début, les Coréens ont dit non, rien à foutre. Puis ils ont reçu l'ordre de leur grand leader de l'essayer sur des prisonniers qui servaient de cobayes. Et au final, le truc était dingue ! L'addiction était instantanée et entraînait une obéissance immédiate. Le seul problème, c'est que beaucoup faisaient des arrêts cardiaques.

Esther devina la suite. Depuis toujours, les Han avaient un problème avec les Ouïghours[1]. Juan Ho confirma son hypothèse :

— Beijing a appris l'existence de ce nouveau produit qu'elle a voulu récupérer pour mater les Ouïghours. La dépendance devait créer l'obéissance jusqu'à la mort, vous imaginez le truc ? Puis le MSS[2] s'est aperçu que le prix de fabrication permettait d'utiliser cette drogue à grande échelle. Alors des chimistes chinois ont aidé le Français à améliorer le produit pour le rendre moins létal.

Le neveu raconta la suite sans reprendre son souffle, la terreur se lisant sur son visage. Au départ, les Chinois avaient utilisé un ancien laboratoire dans le Triangle d'or, du côté thaïlandais. Mais dans cette région, les nouvelles circulent vite ; ils avaient fini par déménager, et c'était à ce moment-là qu'ils avaient pris contact avec Fu.

— Nous avons des partenariats avec eux pour les casinos et aussi pour écouler l'or. Mon oncle a donné son accord pour utiliser l'un de nos bateaux-usines qui fabriquent les cigarettes de

---

1. L'ethnie han, majoritaire en Chine, se considère comme le peuple chinois légitime, les autres populations étant, selon eux, des minorités inférieures. Les Ouïghours sont un peuple turcophone à majorité musulmane sunnite.
2. Le ministère de la Sécurité d'État (MSS pour « Ministry of State Security ») est l'agence de sécurité – i. e. les services secrets – chinois.

contrebande. Ce cargo n'a plus de drapeau et, pour ne pas attirer l'attention, il ne fait que des ravitaillements et reste proche des côtes africaines. Nous avons aussi des accords avec la Cosa Nostra, à Malte, et avec les Russes, à Chypre, pour couvrir toute l'Europe.

Esther décela l'odeur avant de remarquer le tissu mouillé à hauteur de l'entrejambe. Juan Ho s'était uriné dessus. Il avait donc sûrement dit la vérité.

Il fallait qu'elle le rassure afin de lui soutirer davantage d'informations. Le jeune homme ne la quittait pas des yeux. Fine, elle le dévisagea avec hésitation, puis lui posa des questions ouvertes.

— Tu nous proposes quoi ? C'est quoi la prochaine étape ? Qu'est-ce qu'on fait de toi ?

Le borgne se ressaisit sur-le-champ.

— Je ne sais pas qui vous êtes, mais on peut partager la totalité des recettes. Le bateau sera à Walvis Bay[1] à la fin du mois. Une grande quantité va être déchargée pour le marché sud-africain et le Nigeria. Je peux vous aider à rencontrer mon oncle. Notre triade a le monopole de la distribution et le marché est énorme, mieux que celui de la coke.

Esther s'agenouilla face à lui.

---

1. Deuxième plus grande ville de Namibie, et première ville côtière du pays. La baie est appréciée des navires pour son port naturel en eaux profondes et sa facilité d'accès pour le déchargement.

— Très bien, on va faire du business. Dis-moi où est Fu. Je veux le voir rapidement et dans un lieu public, évidemment. N'imagine pas une seule seconde que tu vas le prévenir afin de lui laisser le temps de préparer les petits fours et la réception !

— Il y a un arrivage de filles, demain soir à l'Old Century Hotel. Mon oncle vient toujours regarder la marchandise, et il garde les meilleures pièces pour lui.

Elle crispa les mâchoires.

— Il suit les prescriptions de son médecin, quel bon garçon ! L'hôtel est à vous ?

Ho la dévisagea, ne sachant plus ce qu'il devait dire ou penser. Il balança :

— Nous gérons le casino, la boîte de nuit et les putes, mais toute la partie touristique, les chambres et même le bar, c'est du business légal. Je peux vous accompagner, ajouta-t-il avec une pointe d'espoir dans la voix, comme ça, il n'y aura pas de problème !

— Très bonne idée. On va aller faire un petit tour de bateau ensemble, et tu vas nous suivre bien sagement. On passe par la terrasse. Au moindre écart, mes amis t'abattent comme un chien.

Le Chinois se releva, le visage presque heureux. Il avait sauvé sa peau.

*
* *

Janco attendait à l'extérieur, les sens en alerte. Quatre autres membres de la 14K étaient restés en appui à ses côtés afin de sécuriser la sortie vers le bateau et de s'assurer qu'aucun renfort ne parvenait au bungalow. En dehors des gardes du corps descendus, il n'y avait pas eu d'autres morts. Les employés de l'hôtel s'étaient rendus bien gentiment, et l'hôtesse d'accueil avait même demandé à rejoindre la triade.

Esther retrouva son coéquipier, Ho à son bras. L'hôtesse cracha sur son visage défiguré au passage.

— Au moins, ça vient du cœur, s'amusa Janco. Tu as ce qu'il faut ? ajouta-t-il à l'attention d'Esther.

— Tout est complet.

Ils embarquèrent sur le zodiac qui les emmena aussitôt au large. Même si Fu était toujours dans la nature, la mission du jour avait été réalisée sans accroc. Ses protagonistes se regardèrent, soulagés. Juan Ho l'était tout autant. Son oncle allait forcément négocier sa libération. Pourquoi risquer une nouvelle guerre des gangs alors que l'argent coulait à flots ?

Le zodiac rejoignit les flancs du chalutier, à deux milles de Coloane. Les hommes de la 14K aidèrent Ho à monter à bord. Esther grimpa la dernière.

— Ton Mamba, s'il te plaît, demanda-t-elle à Janco à peine sur le pont.

Son coéquipier lui tendit la lame, poignée en avant. Esther la saisit, se retourna et la planta dans la poitrine du Chinois.

— T'as de la chance, je n'ai pas le temps de m'amuser avec toi.

Le neveu de Fu s'écroula sur le sol. Avant que les hommes de la 14K ne balancent son corps à la mer, le lieutenant sortit un téléphone de la poche intérieure de sa veste.

— Qu'est-ce que tu fais ? s'alarma Esther.

— Ne t'inquiète pas, la puce est cryptée. Technologie israélienne, ajouta-t-il avec malice. On vous l'a piquée, t'es pas fâchée ?

Elle lui jeta un regard intrigué.

— Je vais juste montrer à ma nouvelle amie, Mme Qu, que nous avons payé la facture du jour.

Il prit une photo. Peu après, le corps de Ho s'enfonçait dans les profondeurs de la mer de Chine.

29

L'œil regarde et le cerveau interprète
en fonction de ce qu'il croit,
de ce qu'il a vécu et de ses émotions[1].

L'eau ruisselait sur ses cheveux. Tandis que le vieux chalutier faisait route vers Hong Kong, Esther était partie se doucher. La tête penchée en avant et les mains plaquées sur les parois en métal de la douche, elle serrait les mâchoires à s'en faire péter les dents.

Après la mort de Ho et une fois gagnée leur cabine commune, elle avait débriefé son coéquipier et partagé les confessions du Chinois. La destination du vraquier leur était maintenant connue, et Janco avait voulu se concentrer uniquement là-dessus. Pas Esther, qui avait refusé d'abandonner l'idée de tuer Fu.

1. Marc Eichinger.

Face à face dans la minuscule cabine du bateau, ils s'étaient affrontés.

— Liquider le chimiste et son labo n'empêchera jamais Fu de recommencer, s'était emportée Esther. Il faut être naïf pour penser qu'il n'a pas la composition du produit et qu'il laisse ton Français sans surveillance !

— Ce n'est pas « mon » Français, s'était récrié Janco, sur les nerfs, mais un ancien chimiste de la DGSE. Donc il doit avoir un minimum de réflexes de protection. Et Fu n'a pas forcément la formule finale ! avait-il ajouté tout aussi nerveusement. On ne connaît pas son degré d'information.

— Parfait, avait renchéri Esther. Chez nous, le doute ne profite pas à l'accusé. Fu est une ordure. On lui règle son compte. Plus de doute, plus de risques, mission accomplie.

La cabine faisait cinq mètres de long au maximum. Janco l'avait arpentée en d'incessants allers-retours.

— Nous avons tué son neveu, lui avait-il rappelé. Fu ne va pas mettre très longtemps à comprendre que quelque chose le menace. Et je ne veux pas demander à la 14K de s'en charger. Leurs services sont hors de prix !

— Peu importe ! s'était-elle enflammée. Nous savons où le trouver et quelle est sa faiblesse. Fais-moi confiance ! Je peux maquiller sa mort en accident. Laisse-moi parler à Clochette, je sais comment faire.

Janco l'avait dévisagée, incertain. Il n'avait pas les moyens de ses ambitions, elle devait l'entendre. Tout comme elle devait entendre autre chose...

D'une voix grave, il avait ajouté :

— Ce n'est pas Fu que tu désires liquider, Esther, mais un pédophile.

L'orage qui était né dans son regard lui avait confirmé qu'il avait touché sa corde sensible. Esther l'avait assassiné du regard avant de lui rétorquer, menaçante :

— Méfie-toi de ce que je veux vraiment.

Sans un mot de plus, elle avait quitté la cabine en claquant la porte derrière elle.

L'eau à bord du bateau contenait tellement de calcaire que des résidus demeuraient sur les jointures de la douche. Esther ferma le jet et resta là, sans bouger, à attendre que le froid la saisisse. Janco avait raison. Elle avait abandonné sa sœur. Meira n'avait été qu'un substitut. Un pansement sur une plaie purulente. Si Erin était vivante, elle venait d'avoir trente-trois ans. Elle n'était plus une gamine sur le point d'être violée. Mais elle l'avait sans doute été.

La lumière crue de la pièce empêchait ses propres ombres de l'emporter. Esther se concentra sur la douleur qui grandissait en elle, cette boule acide qu'elle avait appris à apprivoiser. Plus encore : qu'elle attendait, désirait. Souffrir, c'était être vivante, avoir encore des émotions. Elle avait intégré le Kidon pour devenir une tueuse, pas pour être le bras armé d'Israël.

Elle coupa le jet et s'enroula dans la serviette posée sur le rebord du lavabo. La buée masquait son reflet dans le miroir. Elle l'effaça du plat de la main. Janco l'attendait dans la chambre. Janco était toujours amoureux d'elle, et elle ne pouvait pas laisser Fu continuer son trafic de vierges.

*

* *

Il éteignit son téléphone. Clochette venait d'être informée de la prochaine destination du vraquier. C'était à elle de jouer, à présent.

La cabine était vraiment minuscule. Deux couchettes de quatre-vingts centimètres de large étaient superposées l'une sur l'autre, sans aucun luxe, face à des casiers en métal. Le lieutenant s'adossa au mur du fond, préoccupé. Esther ne lâcherait pas le morceau, il le savait parfaitement. Elle avait fait de la mort de Fu une affaire personnelle. Pour Erin.

Tendu, il pinça l'arête de son nez entre son pouce et son index. Combien la 14K demanderait-elle s'il suivait Esther dans son désir de tuer le

Dragon ? Trop, assurément. Jamais le Réseau ne pourrait mobiliser la somme demandée.

La porte de la cabine s'ouvrit et Esther apparut, vêtue d'une simple serviette de toilette qui couvrait son corps de sa poitrine au haut de ses cuisses. Sans un mot, elle referma la porte à clé derrière elle, puis elle laissa tomber la serviette à ses pieds. Janco sentit sa gorge se comprimer. Malgré lui, il posa son regard sur ses seins. La dernière fois qu'il l'avait vue nue, ils naissaient tout juste, pâles et fragiles. Leurs aréoles avaient changé de couleur, désormais brun foncé, tandis que la peau autour d'elles s'était raffermie. Fasciné, il laissa dériver son regard jusqu'à son ventre, strié des trois mêmes griffures que le sien à lui, et que pourtant il ne reconnut pas. La douceur des courbes avait fait place à des plaques abdominales infranchissables. Quant à la toison sur son sexe, elle lui rappelait que la jeune fille qu'il avait connue n'existait plus. Touché, il releva les yeux vers son visage et croisa son regard, aussi impénétrable que son abdomen. Le feu y dansait, la lutte, la haine et le désir. Janco ne retint que le dernier. Il s'avança vers elle et la plaqua contre le mur. La main gauche dans ses cheveux, la droite sur sa poitrine, il ouvrit ses lèvres et alla chercher ce goût qu'il espérait depuis vingt-deux ans. Elle était revenue. Il fouilla sa chevelure tout en descendant sa bouche vers son cou. L'embrasser, la lécher, la mordre, la posséder. Plonger en elle comme au fond d'un puits duquel il ne voulait plus jamais remonter. Elle était sèche, mais lui empli d'elle. Il l'abreuverait, la ferait rire à nouveau, naître à nouveau.

Alors qu'il pensait faire corps avec elle, Esther le poussa contre l'armature métallique des couchettes. Janco retint une expression effarée. Et alors il le vit : le Tokoloshe. Il était là, entre eux. Comment avait-il pu ne pas comprendre que cette nuit-là, la veille de son départ pour Israël, cette créature de l'ombre avait pris possession d'Esther ? Xolani l'avait senti. Il avait même tenté de les avertir.

Janco recouvra ses esprits et chassa les mains d'Esther. Il ne laisserait pas la créature l'emporter dans sa haine. Il ne la laisserait pas se détruire. D'une prise, il la fit basculer et la plaqua contre le sol.

— Ne sombre pas, Esther. Reviens-moi.

Au-dehors, une brise légère faisait chanter les cordages et frissonner le navire. Janco alterna force et douceur afin d'empêcher la femme qu'il aimait de fuir ses émotions.

La brise avait forci. Esther se releva et récupéra sa serviette de toilette. Uzi avait échoué. Elle n'était pas devenue une machine, ni même sa chose. Elle ne craquerait pas non plus, pas maintenant. Forte, elle cadenassa encore une fois tout ce qui l'étouffait, puis elle plongea son regard dans celui de Janco.

— Tu as eu ce que tu voulais, déclara-t-elle d'une voix où l'espoir perçait derrière la froideur. Maintenant, laisse-moi tuer Fu.

30

Date : 3 juin 2021, 14 h 10
Expéditeur : Clochette
Objet : Boîte aux lettres morte

Colis complet :
117, Kweilin Street
Kowloon West

Cadeau de l'Institut.

31

Lorsque l'homme s'habitue à voir les autres porter les chaînes de l'esclavage, c'est qu'il accepte lui-même un jour de les porter[1].

Ils débarquèrent à Hong Kong près du port Victoria. Esther demanda aussitôt à leur chauffeur de les emmener au 117, Kweilin Street à Kowloon Ouest, dans un quartier de *cage men*. Wang Tao n'eut pas besoin de se faire préciser le chemin. L'endroit était bien connu de la 14K, qui y recrutait régulièrement de la main-d'œuvre bon marché.

— Ici, expliqua-t-elle à Janco, pour l'équivalent d'une centaine de dollars par mois, un homme a le droit de vivre comme un chien dans une cage grillagée de la taille d'un lit.

1. Abraham Lincoln.

Les « maisons en cage » étaient apparues dans les années cinquante en raison d'un afflux de réfugiés venant de Chine continentale, qui fournissaient une main-d'œuvre peu demandeuse aux industries hongkongaises. Leur arrivée avait créé une forte demande de logements à faible coût. Au début, les travailleurs avaient loué des espaces-lits de trois pieds sur six, et partagé cuisine, toilettes et salle d'eau avec des dizaines de ménages. Mais, rapidement, des exploitants d'appartements avaient eu l'idée d'utiliser des cages en fer pour construire des lits superposés, dans le but évident d'augmenter leurs profits. Alors qu'Hong Kong était devenue l'une des villes les plus riches d'Asie, des centaines de milliers de personnes vivaient toujours dans des logements jugés « inadéquats », dont ces minuscules cages grillagées.

L'immeuble ressemblait à un bloc de prison. Wang Tao se gara sur le bas-côté. À peine sortie de la voiture, Esther calcula du regard les quelques désœuvrés qui traînaient au pied des bâtiments. Armés ou pas, peu importait. Aucun d'eux n'oserait attaquer des Occidentaux accompagnés de membres de la triade.

Janco suivit Esther, les sens en alerte.

— Deuxième étage, lui indiqua-t-elle en empruntant l'escalier couvert de crachats et de détritus. On cherche un homme d'une soixantaine d'années appelé Leung Cho.

Wang Tao s'était adossé à la voiture, les mains croisées devant lui. L'un des trois autres membres de la 14K se plaça à côté de la rampe d'escalier et attendit, le regard balayant l'horizon. Le dernier suivit les deux agents.

Les murs de l'immeuble transpiraient l'huile de friture, la sueur et la misère. Janco retint un haut-le-cœur.

— Ils sont traités comme des esclaves et ils ne se révoltent même pas ?

— Ils ne savent plus le faire depuis bien longtemps. Ils se sont résignés à leur condition d'esclaves. Ils survivent, et c'est tout.

Le néon d'une publicité éclairait les marches à travers une fenêtre aux vitres crasseuses. Janco enjamba une flaque, d'urine sans doute. La cage d'escalier fit place à un couloir si étroit qu'il était impossible d'y marcher à deux. De chaque côté, des portes en bois étaient alignées, aussi tristes que celles de cellules de prison. Esther ouvrit la dernière sur la gauche. Là, dans une pièce grande comme une place de parking, étaient empilées trois cages. Un vieil homme au sourire édenté était assis sur la plus basse d'entre elles, les pieds glissés dans des chaussures ouvertes craquelées au niveau des coutures. Deux cafards avaient été écrasés quelques centimètres plus loin.

— Tant que tu peux louer tes bras, murmura Esther à Janco, tu as les moyens d'habiter une cage en hauteur. Après, la déchéance physique te renvoie inexorablement vers le sol.

L'homme les regarda, le fond de l'œil vide. La Sud-Africaine s'exprima à voix haute :

— Leung Cho ?

Le rideau de la cage du milieu s'ouvrit. Un homme au crâne rasé et au regard aussi perdu que celui de son voisin du dessous leur fit face. Un instant, il sembla chercher le pourquoi de cette visite, puis il fouilla dans son lit et en ressortit une boîte en fer-blanc de la taille d'un étui à lunettes. D'un signe de tête, Esther lui confirma que c'était bien ce qu'ils étaient venus chercher. L'homme saisit une petite clé posée à côté de son oreiller et déverrouilla sa cage, heureux de se débarrasser de cet étui qui l'encombrait. Esther le récupéra en échange d'un billet glissé dans sa main.

— Combien tu lui as donné ?

— Un mois de son loyer. Si je lui donne plus, les autres risquent de lui faire la peau.

Leung Cho referma sa cage. La Sud-Africaine se tourna vers leur garde du corps et désigna du regard le paquet de cigarettes qu'il portait rangé dans sa poche. Le Chinois comprit, et le donna au vieux.

De retour dans la voiture, Esther ouvrit la boîte. À l'intérieur étaient rangés une petite fiole de parfum, deux pilules dans un sachet en plastique et quatre billets de dix mille dollars singapouriens chacun, qu'elle tendit aussitôt à l'un des membres de la triade.

— Et le parfum ? s'étonna Janco. C'est la poudre d'escampette de Clochette ?

— Du levofentanyl en spray. Un dérivé du fentanyl déjà utilisé par l'Institut[1].

*

* *

Mme Qu était assise, seule, à la même table que la dernière fois. Vêtue d'une qipao plus courte que la précédente mais tout aussi noire, elle buvait du thé en attendant son rendez-vous. Janco et Esther prirent place face à elle, les traits du visage tirés. La Chinoise s'amusa à deviner les liens qui les unissaient à travers leur gestuelle. Au même instant, l'un des gardes du corps s'approcha d'elle et murmura longuement à son oreille. Sans quitter le couple des yeux, la 415 écouta son lieutenant lui rendre compte des événements. L'homme repartit. Elle se versa à nouveau du thé.

— Quels sont vos plans pour demain ? s'enquit-elle alors qu'elle connaissait déjà la réponse.

Janco et Esther manquaient de temps, la rencontre avec Fu devant avoir lieu le lendemain soir, et ils devinaient que l'urgence allait leur coûter très cher.

1. Contre le leader du Hamas, Khalid Mishal, en septembre 1997. L'opération s'est déroulée à Amman, et a échoué. Les services israéliens furent obligés de remettre l'antidote pour que leurs agents puissent quitter la Jordanie. Un échec douloureux pour le Mossad.

— Nous voulons retourner à Macao. Fu sera à l'Old Century Hotel. Nous lui réglerons son compte là-bas. Un accident, rien de plus, ajouta Esther en faisant glisser la fiole sur la table.

— Hummm, dit Qu d'un air sceptique. Depuis la disparition de Ho, la côte est surveillée. L'aéroport aussi, et le terminal des bateaux est sous le contrôle de la triade de Fu. Vous serez obligés de passer par le pont qui relie Hong Kong à Macao, et à Zhuhai en Chine. Le trajet est long, cinquante-cinq kilomètres au total, précisa-t-elle. La partie immergée ne pose pas de problème. Celle aérienne, en revanche, est chinoise et, depuis l'annexion de Hong Kong, il faut un visa pour la traverser. Vous serez automatiquement repérés, soit au niveau de l'île artificielle, soit à l'arrivée, conclut-elle.

Esther récupéra la fiole et la rangea à l'abri dans sa poche.

— Que suggérez-vous, alors ? lui demanda-t-elle de but en blanc.

La concernée sonda le regard de la Sud-Africaine avec intérêt. Malgré la montée en puissance des femmes à travers le monde, encore trop peu d'entre elles accédaient à des postes de pouvoir. Les hommes verrouillaient. Les hommes avaient toujours diabolisé ou tenté de maîtriser ce qui les effrayait. Esther le savait. Contrairement à Janco, elle avait dû prouver sa valeur en tant que femme, son égalité d'abord, avant de marquer sa supériorité. La Chinoise aussi. Tôt ou tard, toutes les femmes assises à des postes importants avaient dû combattre la gent masculine.

Mme Qu observa la lueur guerrière dans le regard de son interlocutrice. Elles ne faisaient pas partie de la même civilisation, et pourtant elles avaient le même passé. Elle répondit :

— Vous aurez également besoin d'une diversion pour couvrir votre sortie si les choses tournent mal. Vous ne pourrez pas repasser par le pont.

Janco n'eut pas besoin de croiser le regard de sa partenaire pour saisir son soulagement. Le deal était scellé, à condition que le prix final soit abordable…

— Quand vous serez sur le pont, poursuivit la 415, juste avant d'arriver à Macao, vous pourrez voir un petit chapelet d'îles sur votre droite. À cet endroit, nous aurons un porte-conteneurs prêt à vous embarquer. Vous ne pourrez pas revenir à Hong Kong en revanche, cela risquerait de compromettre notre bonne réputation, vous comprenez ?

Esther acquiesça.

— Tout à fait, mais comment irons-nous là-bas ?

— Le Old Century Hotel n'est pas très loin du Quai des pêcheurs de Macao. C'est le premier centre de loisirs à thèmes de la ville. Il est idéalement situé à proximité du port extérieur. Ce n'est pas seulement un parc à thèmes, d'ailleurs, précisa Mme Qu, il y a toujours du monde dans les restaurants, les boutiques et aux différents spectacles, tout cela à cinq minutes à peine du terminal des ferries et de l'héliport.

— Une situation idéale pour couvrir notre fuite et prendre l'un de vos bateaux qui nous emmènera jusqu'au porte-conteneurs, c'est ça ?

Le visage de la Chinoise se para d'un sourire.

— Les espions de Fu penseront forcément que vous fuirez par hélicoptère ou par le ferry, les voies les plus faciles pour des Occidentaux.

— Et pour les check-points de la police chinoise à la sortie du pont ? intervint Janco.

Mme Qu pivota gracieusement vers lui.

— Nous connaissons bien le pont. Nous avons participé à sa construction, comme beaucoup de sous-traitants du gouvernement de Hong Kong à l'époque. Il fallait de la main-d'œuvre qui ne posait pas de question, et des experts qui ne discutaient pas non plus les ordres[1].

Au-dehors, le jour déclinait, mais dans le salon l'atmosphère ne faisait que s'électriser. La 415 réfléchit un instant, puis proposa :

— Nous vous cacherons dans l'une de nos camionnettes de livraison. Elle ne sera pas fouillée par la police. En revanche, il va falloir nous

1. Depuis 2011, 369 accidents du travail ont été répertoriés sur le chantier, et 9 personnes y ont péri. La construction a en outre été ternie par un scandale de corruption marqué par l'inculpation de 19 employés d'un sous-traitant du gouvernement hongkongais, soupçonnés d'avoir falsifié des tests de résistance du béton utilisé.

payer bien plus que la première fois. La mort du vieux Fu ne suffira pas à nous dédommager.

On y était, songèrent les deux agents.

— Et à combien se monte le dédommagement en question ? s'inquiéta Esther.

— Deux cent mille, plus les frais du porte-conteneurs. Disons deux cent cinquante pour vous, mes amis. Payables demain avant l'opération, bien évidemment.

— C'est beaucoup trop ! s'indigna Esther. Vous nous dépouillez !

Son interlocutrice se tourna vers le lieutenant et lui jeta un regard heurté.

— Pardon, mais je n'ai pas compris sa réponse. Pouvez-vous me la répéter ?

Le concerné se racla la gorge.

— Nous n'avons pas cette somme en cash, madame Qu, déclara-t-il d'une voix douce. Mais faites-nous confiance, vous recevrez un virement. Je vais faire le maximum pour que la somme soit annoncée à votre banquier et que vous l'ayez d'ici quarante-huit heures.

— C'est parfait ! Notre équipe sera prête pour demain 15 heures. Cela vous laisse un peu de temps pour vous reposer.

Sur ce, la 415 prit appui sur les accoudoirs de son fauteuil et se leva. Le regard toujours dirigé sur Janco, elle ajouta :

— Nous ne nous reverrons plus, du moins je vous le souhaite. Vous comprenez ce que je veux dire, n'est-ce pas ?

Il le lui confirma d'un hochement de tête. Elle lui tendit une carte.

— Vous pourrez faire le virement sur le compte mentionné. Un compte en dollars au Panama.

— Vous aurez votre argent.

Elle lui jeta un dernier regard amusé.

— Ne vous avais-je pas dit que le 3 était un bon chiffre ?

*

* *

Esther fulminait, adossée contre la paroi intérieure de l'ascenseur.

— Quelle peste !

— Quelle femme ! s'amusa son coéquipier.

Ils quittèrent la cabine et rejoignirent leur chambre.

— Je suis tout de même sacrément étonnée que le Réseau soit capable de mobiliser autant d'argent en si peu de temps. Vous êtes beaucoup plus forts que je ne le pensais.

— Je reconnais que Clochette est une petite merveille. Je vais tout de suite chiffrer un message pour assurer nos arrières.

Esther lui jeta un regard en biais. Il changeait, en bien. Elle chassa aussitôt ses pensées, retira ses chaussures et sortit ses affaires de sport en même temps que son Glock de son sac. Un réflexe rassurant.

— Je vais boxer un peu. Tu m'accompagnes ?

— Je croyais que tu étais fatiguée ?

Elle rit jaune.

— Un jour, il faudra que je te raconte les entraînements à l'Institut. La fatigue n'y existe pas. Rien n'y existe, Janco, tu dois te mettre ça dans la tête.

— Le bourrage de crâne était quotidien en Israël ? Tu féliciteras ton entraîneur de ma part, il a fait du bon boulot.

Elle le fusilla du regard puis quitta la chambre.

32

Date : 3 juin 2021, 21 h 34
Expéditeur : Janco
Objet : Urgent

Envoyer tout ce que vous pouvez comme acompte pour couvrir un montant de 250 000 USD. Opération Dragon commence demain 15 heures GMT +8.

33

Date : 4 juin 2021, 6 h 25
Expéditeur : Clochette
Objet : Privé

Amiral,
J'ai parfaitement conscience que ce message dépasse le cadre autorisé de mon travail, toutefois c'est à l'issue d'une longue réflexion que je vous écris. Sans doute devriez-vous confier la suite de la mission à un autre agent ou un autre binôme. Ou me faire remplacer par quelqu'un d'autre. Je sais, vous me l'aviez interdit, mais j'ai filé Esther à Hong Kong. Elle ne m'a pas repérée, soyez-en assuré. De mon côté, j'ai eu confirmation de ce que je soupçonnais, après mes recherches sur leur passé. Esther et Janco ont une histoire commune trop lourde, qui risque d'interférer négativement dans la réussite de la mission en cours.
Je vous demande donc de changer d'équipe ou de trouver un autre agent de liaison.
Respectueusement,
Clochette

34

Date : 4 juin 2021, 17 h 58
Expéditeur : Amiral
Objet : Privé

Demande rejetée.

35

La victoire est réservée à ceux
qui sont prêts à en payer le prix[1].

La chambre avait été nettoyée, et le registre du Shangri-La Hotel ne mentionnait aucune trace du passage des deux agents. Les soldats de la 14K les attendaient dans le parking de l'hôtel, à côté d'une camionnette vide. Janco et Esther avaient revêtu des tenues confortables afin de supporter au mieux le trajet à venir. Leurs changes étaient soigneusement pliés dans un sac à dos : une tenue élégante de touriste richissime venant jouer au casino pour lui, et une robe dos nu haute couture de couleur bleu royal pour sa maîtresse. Les « passagers » grimpèrent à l'intérieur de la camionnette et prirent place au fond, assis face à face. Aussitôt, les membres

1. Sun Tzu, *L'Art de la guerre*.

de la triade montèrent une paroi en bois avec des morceaux de cartons collés en trompe-l'œil. La mécanique du double-fond était assez grossière, mais suffisante pour passer des postes de contrôle avec des éléments corrompus. Plongés dans le noir, Janco et Esther écoutèrent leur équipe charger la marchandise, puis les portes se refermèrent.

— Quarante minutes dans cet enfer et nous serons sur place.

— Clochette a bien viré les fonds ?

Une seconde passa. Janco ne pouvait pas voir le regard d'Esther, toutefois il le devinait, intense et vif, prêt à mordre. Il répondit un « oui, ne t'inquiète pas » aussi convaincant que possible. La camionnette démarra. Esther chassa son inquiétude et se concentra sur le trajet.

Le véhicule franchit le premier poste de police de l'île de Lantau. Juste après, il plongea dans le tunnel sous la mer. Janco avait des crampes à l'estomac. Il ne repartirait pas avec elle, voilà ce qu'il ne lui avait pas dit. Clochette n'avait pu envoyer que cinquante mille dollars. On était loin des deux cent cinquante demandés par Mme Qu. Le lieutenant avait donc proposé de rester en otage de la 14K jusqu'à ce que le solde arrive, avec un supplément pour le retard. Cela mettait malheureusement la suite de la mission en péril. Esther ne pourrait jamais s'occuper seule du chimiste tout en le sachant prisonnier. Combien de temps faudrait-il à l'Amiral pour réunir le complément financier exigé par la triade ? Une semaine ? Un mois ? Janco était assuré d'une chose : son supérieur ne le laisserait pas tomber. La 415 avait bien proposé qu'Esther soit la contrepartie, car sa valeur marchande était bien supérieure à celle de Janco, mais ce dernier n'avait pas cédé.

La camionnette quitta le tunnel et emprunta la route à trois voies qui menait à l'île artificielle où se tenait le poste-frontière de Zhuhai et de Macao. Si un membre de l'équipe commettait la moindre erreur, tous passeraient le reste de leurs vies dans les geôles de Pékin. Ils doublèrent les trois îles où le porte-conteneurs les attendait. Plus qu'une vingtaine de minutes, et ils seraient à Macao.

La camionnette se mit subitement à ralentir. *On atteint le poste de douane*, devina Janco.

Dans la pénombre, il sentit les doigts d'Esther chercher les siens. Il les accrocha fermement. Malgré les aérations situées à l'arrière du véhicule, l'air devenait lourd et humide, et respirer, difficile.

Après quelques minutes d'embouteillage, le véhicule s'immobilisa en même temps que ses passagers clandestins. Le chauffeur discuta avec un homme en chinois puis, alors que le ton devenait agressif, il descendit de sa cabine et ouvrit les portes arrière du fourgon. De la sueur dégoulina le long du dos de Janco. *Et merde !* fulmina-t-il. Il se rapprocha d'Esther et s'empressa de lui murmurer :

— Tu as trois cents mètres à courir avant d'atteindre le bord de la mer. Tente ta chance, je vais faire diversion.

Il avait envie de l'embrasser, de lui avouer qu'il l'aimait et l'avait toujours aimée, mais ça ne lui sauverait pas la vie. Seule la maîtrise de ses émotions le pouvait. De son côté, Esther réfléchissait à toute allure. Le laisser se sacrifier pour elle ? En même temps, elle courait certainement plus vite que lui. Ses chances de réussite étaient donc supérieures aux siennes. Et Janco ne serait pas tué, simplement arrêté. Elle reviendrait le chercher.

À l'extérieur, les douaniers déchargeaient un à un les cartons de produits frais. Le lieutenant se prépara au combat. Au même instant, les portes se refermèrent, puis le chauffeur remonta dans la camionnette.

— *Xièxié*[1], prononça l'un des hommes avant de donner une tape amicale sur la carrosserie du véhicule pour signifier à son conducteur qu'il pouvait repartir.

La 14K était le fournisseur officiel de l'intendance du poste de douane. Ses membres avaient simplement « oublié » de le préciser aux agents.

1. « Merci ».

— Putains de Chinois ! marmonna Janco, presque en riant.

— Et dire qu'on critique le laisser-aller des Africains ! renchérit Esther.

Aussitôt, elle redevint sérieuse.

— Si on part vers la droite, c'est qu'ils nous ont vendus, murmura-t-elle, encore crispée.

Cinquante mètres plus loin, la camionnette tourna à gauche. Juste après, le chauffeur cogna sur la paroi intérieure qui les séparait.

— Bienvenue à Macao ! annonça-t-il en anglais.

*

* *

Les premiers touristes n'avaient pas attendu la fin officielle de la pandémie pour venir goûter au luxe du Old Century Hotel et aux joies de son casino. Il y avait déjà foule dans le hall, et les animations ne manquaient pas. Bien que discrets, les hommes de Fu bloquaient l'accès aux espaces non autorisés au public.

La camionnette descendit au troisième niveau du sous-sol pour se garer. Huit membres de la triade attendaient son équipage, ainsi que trois femmes payées pour jouer leurs accompagnatrices. Esther et Janco s'extirpèrent de leur cachette avec un plaisir non dissimulé et la joie enfantine de ne pas s'être fait prendre.

La minute suivante, ils délaissèrent leurs tenues de voyage pour se métamorphoser en un touriste fortuné escorté de sa très séduisante maîtresse. Un « accessoire » prisé par les hommes riches qui, dans un milieu gangrené par l'argent et le pouvoir, était supposé les mettre en valeur. Esther se tourna afin d'enfiler sa robe, ce qui ne manqua pas d'attirer les réflexions des soldats qui prirent les paris sur l'issue de la mission. La cote de Fu était plutôt bonne ; toutefois, aucun des membres de la triade n'osa le leur dire. Sa tenue enfilée, Janco glissa les cinq cent huit grammes de son Glock 43 dans son holster de cheville. Six balles attendaient dans le chargeur et une dans la chambre, ce qui était largement suffisant pour un tir de dégagement. Il fit quelques pas afin de vérifier que le tissu ample du pantalon masquait bien son arme. Après quoi il glissa dans la poche intérieure de sa veste une petite grenade fumigène cylindrique à peine plus grosse qu'un cigare.

— Tu es prête ?

Esther se tourna vers lui. Elle avait noué ses cheveux en une tresse africaine et passé un collier en or, assorti à des boucles d'oreilles pendantes. Les ongles vernis en rouge, les yeux fardés de noir et les pieds serrés dans des escarpins de marque, elle était sublime. Janco lui tendit le bras.

— Je ne pensais pas que tu étais du genre Jimmy Choo.

— Moi non, mais Yara Khamal, oui.

Elle glissa le spray dans son sac à main.

— La portée du levofentanyl est très faible mais la moindre inspiration est mortelle. J'ai deux pastilles d'antidote, chacune d'elles fait effet quarante minutes au maximum et doit être prise *avant* d'inspirer le poison. J'ai donc moins d'une heure vingt pour trouver Fu et provoquer son arrêt cardiaque. Aucun médecin ne pourra le sauver, et une fois le corps à la morgue, le poison sera indétectable.

— C'est clair pour moi, lui confirma Janco. Voilà ton téléphone, ajouta-t-il en lui tendant un smartphone dernier cri. Un seul numéro y est enregistré : le mien. Tu ne t'occupes donc pas de la méthode d'exfiltration, je garde le lien avec Qu pour ça.

— Reçu.

— Au premier appel de ta part, j'enclencherai le compte à rebours pour te sortir de là, peu importe où tu seras.

La 415 n'avait pas fait les choses à moitié. Une Mercedes Maybach les attendait pour les conduire à l'hôtel. Le couple prit place sur la banquette arrière tandis que le reste de l'équipe montait dans deux véhicules plus discrets.

Une fois tout le monde installé, Janco donna le signal du départ.

*
* *

L'Old Century Hotel se trouvait à une cinquantaine de mètres. Le chauffeur effectua toutefois un long détour afin de vérifier les alentours. Dix minutes plus tard, la Maybach se gara devant le hall d'entrée. Le groom ouvrit la porte arrière du véhicule et tendit la main à sa passagère. Esther en sortit sans un regard pour lui. Janco lui lâcha un copieux pourboire, puis il rejoignit sa « maîtresse », la main posée au bas de son dos afin de signifier que la propriété était « privée ».

Le rez-de-chaussée se composait de façon classique : un magnifique hall était prolongé d'un bar et d'un salon de réception qui accueillait les visiteurs. Le couple se dirigea vers le comptoir et commanda deux verres de champagne. Esther se rapprocha de Janco tout en glissant une main tendre sur son torse.

— À dix heures, dans le hall, deux hommes bloquent l'accès à l'escalier qui mène au sous-sol.

— Les hommes de Fu.

Le barman déposa deux coupes devant eux. Esther lui jeta un regard séducteur.

— Je cherche M. Fung, le patron de l'hôtel.

Du menton, l'employé lui désigna un Chinois en costume clair qui discutait avec un homme d'une soixantaine d'années dans le grand salon. Esther le remercia et prit congé de son partenaire. Son sac à main tenu élégamment du bout des doigts, elle marcha d'un pas racé jusqu'à sa cible. La plupart des Occidentales présentes étaient bien plus âgées qu'elle. Plusieurs têtes se tournèrent sur son passage, masculines comme féminines.

D'un sourire galant, Esther harponna le patron de l'hôtel.

— Yara Khamal. Enchantée, monsieur Fung.

L'homme saisit sa main tendue et la baisa sans quitter sa propriétaire des yeux. Esther lui rendit un regard de braise.

— Si je peux vous emprunter une dizaine de minutes à votre interlocuteur, monsieur Fung, j'en serai fort aise. J'ai une grosse réception à donner prochainement, une réception très privée, voyez-vous, et votre hôtel me semble tout à fait approprié.

Le patron des lieux s'excusa auprès du Hongkongais avec qui il conversait et invita la charmante étrangère à le suivre jusqu'à la réception.

— J'aurais besoin de quatorze chambres, de préférence au même étage, précisa-t-elle en chemin, et d'une salle de réception discrète et assez agréable pour charmer mes invités. De quelques jolies filles également.

— Mais bien sûr ! la rassura le Chinois. Une date particulière est-elle déjà fixée ?

Ils passèrent à quelques mètres des hommes de Fu. Esther prit soin de sourire au patron de l'hôtel d'un air complice.

Janco suivait la scène depuis le bar, sans quitter les différentes caméras de l'hôtel du regard. Alors que sa coéquipière remerciait Fung, six jeunes adolescentes débarquèrent dans le hall, escortées par deux hommes en costume noir. Leurs robes rouges, la marque du bonheur, contrastaient avec la résignation qui se lisait sur leurs visages. Esther se figea. La veille, elle s'était demandé ce qu'elle ferait si elle croisait l'arrivage de jeunes filles. Pouvait-elle les laisser à leur sort sans tenter quoi que ce soit ? Ce n'était pas la mission. Des gamines enlevées et vendues, il y en avait des millions. Sauf que là, six d'entre elles se tenaient à quelques mètres. Caucasiennes, sans doute turques ou ukrainiennes, aucune d'elles n'avait plus de quinze ans. La Sud-Africaine bloqua sa respiration. Ce n'était pas la mission, se répéta-t-elle. Sauf qu'elle ne pouvait pas laisser passer ça.

Le patron de l'hôtel avait regagné le salon. Esther marcha d'un pas assuré vers les jeunes filles.

— Je suis là pour vous aider, les aborda-t-elle en kurde d'un ton sec. Faites-moi confiance, jouez le jeu et tout se passera bien.

Les adolescentes la dévisagèrent, les yeux écarquillés. Esther pesta intérieurement. Elle n'avait pas le temps de deviner leur langue. Les hommes de Fu se consultaient déjà du regard. Il lui restait quelques secondes tout au plus avant qu'ils ne lui demandent son identité. Soudain, la plus jeune des gamines observa la robe d'Esther avec crainte. Celle-ci fit instantanément le lien entre la couleur bleue du tissu et la tribu d'appartenance de la gosse. Mais elle n'avait plus le temps de lui parler. Hautaine, elle se tourna vers les soldats et leur déclara avec autorité :

— Je les accompagne voir M. Fu.

Illico, elle interpella les adolescentes en anglais afin de ne pas laisser le temps à leurs geôliers de réfléchir.

— Souriez, leur ordonna-t-elle sèchement, et soyez gentilles avec M. Fu ou vous aurez affaire à moi !

Terrorisées, les gamines obéirent. Esther sortit son téléphone de son sac à main et fit semblant d'appeler le Dragon.

— Monsieur Fu, s'exclama-t-elle à voix haute, nous sommes prêtes pour vous servir.

Elle laissa passer un temps puis conclut :

— Très bien, nous arrivons.

À toute vitesse, elle tapa : *Trente minutes.* sur les touches de son smartphone, envoya le message, puis rangea l'appareil. Les hommes qui barraient l'accès aux escaliers menant au sous-sol l'observaient. Elle leur aboya en anglais :

— Il faut aller voir Fu tout de suite, il n'aime pas attendre son plaisir !

Les deux Chinois hésitèrent. Toutefois devant l'air si décidé de l'Occidentale, qu'ils avaient vu discuter avec le patron de l'hôtel un instant plus tôt, et la docilité des adolescentes, ils s'écartèrent et lui indiquèrent le chemin jusqu'à la grande salle.

*

* *

Janco observa Esther s'engouffrer dans l'escalier, une boule dans la gorge. Les six gamines n'étaient pas prévues dans le plan… Son téléphone vibra dans sa poche au même instant. Il le sortit et lut : *Trente minutes.* Pas le choix, il déclencha le compte à rebours.

Autour de lui, les membres du groupe de soutien s'étaient placés aux différentes entrées ainsi qu'au bar. Le rez-de-chaussée serait sous leur contrôle si jamais les choses tournaient mal.

*

* *

La porte de la cage d'escalier se referma derrière elles. Esther se jeta sur la plus jeune des adolescentes.

— Tu es yazidie ? lui demanda-t-elle en kurmandji.

La gosse acquiesça. Esther la détailla des pieds à la tête. Elle n'était pas « jolie », mais son aura attirait indubitablement. Ses yeux tiraient sur le bleu pâle. Comme ceux d'Erin… À peine se fit-elle cette réflexion que les émotions la submergèrent. Elle était en train de faire un transfert, elle le savait, or elle devait suivre la mission, rester concentrée. Malgré elle, elle demanda :

— Quel âge as-tu ?

— Treize ans.

Tout se fissura instantanément en elle. Elle ne pouvait pas laisser cette gosse à son sort. Erin était là, face à elle, la suppliant de la sauver. C'était son rôle de grande sœur. Et elle avait échoué.

Les autres adolescentes les regardaient converser, ne comprenant pas un mot de la langue employée. La Sud-Africaine ne pouvait rien pour elles, hormis tuer Fu. Déterminée, elle chassa les larmes qui lui brouillaient la vue et posa ses mains sur les épaules de la Yazidie.

— Je vais te sortir de là, lui jura-t-elle les yeux dans les yeux, mais pour ça, tu dois me faire entièrement confiance, même si tu es morte de peur.

L'heure tournait. Esther récupéra les deux pastilles d'antidote dans son sac à main et en tendit une à la gamine.

— Avale ça et fais bien tout ce que je te dis, OK ? Surtout, quoiqu'il arrive, ne montre pas que tu as peur !

La gamine obéit. Quelqu'un lui parlait dans sa langue natale pour la première fois depuis qu'on l'avait enlevée, et même si ce quelqu'un portait un vêtement de couleur bleue, elle semblait réellement vouloir l'aider.

*

* *

La cage d'escalier donnait sur une immense scène vide, qui faisait face à une salle de spectacle tout aussi vide, si ce n'était le vieil homme assis en son centre sur un fauteuil. Deux hôtesses étaient en train de lui remettre des enveloppes. Vraisemblablement la recette de la semaine.

Esther calma son rythme cardiaque et avança d'un pas assuré vers lui.

— Monsieur Fu, le salua-t-elle avec déférence, la direction de l'hôtel m'a demandé de vous présenter vos cadeaux. Nous ne voulions pas vous faire attendre et les laisser dans le hall, vous comprenez ?

Le patron de la triade l'observa, interloqué par cette tornade féminine aussi belle qu'inattendue et qui, sans attendre sa réponse, alignait déjà les filles sur la rampe du défilé. Mme Qu avait briefé Esther sur les habitudes du Dragon : un geste de sa main gauche signifiait que la gamine présentée serait commercialisée. En revanche, s'il agitait sa main droite, c'était qu'il désirait la garder pour sa consommation personnelle. Esther avait habilement placé la Yazidie en troisième position. Elle jeta discrètement un regard à sa montre – treize minutes s'étaient déjà écoulées –, puis poussa la première des adolescentes en avant. La jeune fille s'immobilisa, terrifiée et gauche. Esther l'engueula en kurde puis la força à faire un tour sur elle-même. Fu balaya l'air de sa main gauche, agacé. Esther alla chercher la deuxième gamine et dégrafa sa robe afin de présenter sa poitrine au Dragon. Elle savait qu'il la rejetterait, elle aussi. La gosse était bien trop terne et sans éclat. À nouveau, Fu leva sa main gauche, après quoi il se servit un autre verre. La Sud-Africaine chassa l'adolescente. La prochaine était la Yazidie.

La gamine ne quittait pas Esther des yeux. Celle-ci lui retira sa robe tout en lui murmurant en kurmandji :

— Souris si tu ne veux pas mourir ici. C'est ta seule chance.

La gamine puisa dans ses maigres forces le courage de s'avancer vers le mafieux. Ses longs cheveux auburn tombaient jusqu'à la pointe de ses seins. Fu la dévisagea avec hésitation. Esther sortit la fiole de son sac à main et intervint :

— Attendez, s'écria-t-elle tout en parfumant la Yazidie, prenez-la près de vous un instant. Goûtez-la. Elle n'est pas dressée, encore un peu rebelle, mais c'est de la très belle marchandise !

Sur ce, elle poussa littéralement la gosse dans ses bras. Le vieil homme s'empressa de respirer son parfum et de lécher sa peau. Esther serra les dents. Excité, Fu caressa le ventre de sa proie, puis commença à glisser ses doigts sous le tissu de sa culotte. Esther le repoussa en riant.

— Laissez-moî vous la préparer d'abord.

La Yazidie tremblait. Esther l'éloigna aussi vite qu'elle le pouvait du Dragon, au cas où il changerait d'avis. Vive, elle récupéra la robe de la gamine et s'empressa de la lui remettre.

L'un des soldats de Fu fit irruption dans la pièce au même instant en criant :

— Il faut évacuer les lieux !

Les trente minutes étaient écoulées, et une épaisse fumée s'échappait du bar de l'hôtel… Fu se leva et ouvrit grand la bouche pour aboyer des ordres, mais une douleur subite le foudroya. Une main serrée sur sa poitrine, il s'affala dans son fauteuil, raide mort. Les trois filles restées sur l'estrade se mirent à hurler. Mais Esther n'avait plus le temps pour elles… Elle agrippa le bras de la Yazidie et la tira dans la cage d'escalier.

Janco les attendait au rez-de-chaussée avec deux membres de la 14K.

— Mission accomplie, l'informa sa partenaire.

— On dégage !

— Attends ! s'écria-t-elle en apercevant la serviette trempée qu'il avait récupérée à dessein dans les toilettes de l'hôtel. Faut faire ça maintenant !

Elle saisit le tissu et frotta le visage et le corps de la gosse jusqu'à ce que sa peau rougisse. Encore quelques minutes et les résidus de poison auraient causé de gros dégâts.

Des hommes de Fu arrivaient vers eux.

— Au feu ! hurla Janco afin de provoquer une nouvelle bousculade.

*

* *

Les hommes de Fu observèrent la fumée se dissiper tout en comprenant lentement qu'ils avaient été roulés comme des bleus. Il n'y avait jamais eu d'incendie. L'un d'eux interpella le directeur de l'hôtel, le regard mauvais. Après un bref échange, il eut confirmation qu'aucune femme occidentale ne travaillait ici, et certainement pas avec l'autorisation de s'adresser au Dragon.

*

* *

La gosse regardait sa sauveuse avec des yeux emplis de reconnaissance. Esther la serra contre elle tandis qu'elles atteignaient le parking.

— Il lui faut des vêtements, ordonna-t-elle aux soldats de la 14K tout en se déshabillant. Sa robe est déchirée.

Janco fit un signe discret au lieutenant de la triade et les deux firent quelques pas à l'écart. Esther ne s'en aperçut pas. Toute son attention était focalisée sur la Yazidie.

— On va t'emmener en sécurité, ne t'inquiète pas, la rassura-t-elle en kurmandji. Tu as soif ?

Elle avait ôté ses bijoux et enfilé sa tenue de sport. La gamine ne bougeait pas, apeurée. Esther s'accroupit face à elle.

— Comment tu t'appelles ?

Janco revint au même instant, le visage fermé. Esther réalisa enfin la tension autour d'elle, les regards durs des soldats ainsi que leurs postures rigides. Affolée, elle leva les yeux vers son coéquipier dont l'air mortifié lui confirma ce qui était en train de se jouer. Aussitôt, les hommes de la 14K chopèrent la gosse et la fourrèrent dans la camionnette. Esther se jeta sur eux.

— Non ! hurla-t-elle.

Mais Janco fut plus rapide qu'elle. D'un geste précis, il la plaqua contre le poteau en béton du parking puis l'immobilisa avec une clé au poignet.

— On n'a pas l'argent, lui cria-t-il au visage, aussi déchiré qu'elle, la gosse ne peut pas venir avec nous ! Elle sera libre quand on aura payé, on n'a pas le choix. C'était ça ou on y restait tous !

— Espèce d'enfoiré ! rugit Esther. Je vais te faire la peau !

Elle se débattit jusqu'à atteindre le seuil critique de la douleur mais Janco tint bon.

— Merde, Esther, beugla-t-il, amer, tu sais ce que c'est ! Je te jure qu'elle va s'en sortir. On va payer ce qu'il faut à la 14K et tout ira bien. Ils ne lui feront aucun mal. La petite a été témoin de la mort de Fu. Elle a beaucoup de valeur !

Sa coéquipière se débattait toujours, l'épaule presque démise. Le lieutenant raffermit sa prise. Elle hurla de plus belle :

— Tu savais et tu ne m'as rien dit ! T'es qu'un putain de salaud !

La camionnette démarra. Esther cessa aussitôt de bouger et la suivit des yeux quitter le parking, un goût de haine et de désespoir dans la bouche. Janco recula, le regard injecté de sang.

— Tu crois que je ne ressens rien ? cria-t-il à son tour. Tu crois que ça ne me fait pas mal de voir cette gosse aux mains de la triade ? Et tu crois que je n'ai pas eu mal quand tu t'es donnée à moi comme si je n'étais qu'une putain de cible à manipuler ?

Elle se tourna vers lui, stupéfaite. Il aboya de plus belle :

— Merde, Esther ! T'étais pas obligée ! T'étais pas obligée ! répéta-t-il en frappant l'air de ses poings. Tu ne vois pas que je t'aime et que je t'aurais suivie n'importe où ?

Ses yeux pleuraient et lançaient des éclairs en même temps. Esther le fixait, livide. Janco canalisa toute sa colère dans un dernier cri avant de lui balancer froidement :

— Je n'avais pas le choix ! Toi, tu l'avais. Maintenant, on va terminer la mission et alors on aura de quoi payer la dette et récupérer la gosse. Liquider le chimiste est notre seule porte de sortie, tu comprends ?

Les soldats de la 14K qui étaient restés dans le parking assistaient à leur échange, impassibles. Deux voitures portant la marque du parc d'attractions attendaient à côté d'eux. Janco récupéra leur sac à dos.

— Soit tu te ressaisis tout de suite, soit on est morts.

Esther le dévisagea un instant encore, puis elle récupéra son sac et grimpa dans l'un des coffres.

*

* *

Les hommes de Fu avaient déjà bloqué l'héliport, le ferry et le pont. Ils ne remarquèrent pas le canot de livraison qui quittait le Quai de pêcheurs à faible allure.

36

Ce qu'un homme aura semé,
il le moissonnera aussi[1].

Alors que le jour déclinait, la silhouette rouillée du *Probo Kaluha* perça l'horizon sans nuages de la côte sud-africaine. Pas pressé, le vieux vraquier laissait les vagues le ballotter de gauche à droite, au rythme des éléments autant que des caprices de son antique moteur diesel. Même les pirates somaliens n'avaient pas voulu de lui. Autrefois baptisé le *Blue Valentines*, le bateau avait changé de nom selon l'inspiration de son commandant de bord. Sans transpondeur ni véritable activité commerciale, il était devenu le fantôme qu'on avait fait de lui. Mal-aimé, maltraité, excepté par un individu qui avait élu domicile dans son dernier compartiment.

---

1. Galates, VI, 7.

Long de quatre-vingt-deux mètres, le vraquier était équipé de deux panneaux d'écoutille qui permettaient de faire entrer de l'air frais dans les trois compartiments de la cale. Entre chacun d'eux, une simple cloison de séparation filtrait difficilement les bruits, comme sur la plupart des cargos de cette taille. Rien n'aurait pu trahir la véritable fonction de ce navire, si ce n'était les deux grosses presses à pilules pharmaceutiques rivées sur un plateau dans la zone de production. L'équipage savait qui était le locataire du troisième compartiment, et il évitait ce fou comme la peste.

Le soleil disparut à l'horizon. Paul reposa son oud, puis il éteignit la chanson de Dhikra[1] qu'il était en train d'écouter et dont il avait oublié les paroles. La chanteuse était morte d'une rafale de kalach. Sa mère aussi. Elle lui ressemblait d'ailleurs. Même profondeur du regard, même épaisseur de cheveux, même sourire. Ou alors il faisait un transfert et le visage de la chanteuse se superposait petit à petit à celui de sa génitrice ? Agacé, le chimiste fouilla dans sa mémoire à la recherche d'un souvenir précis d'elle, en vain. Tout comme le vraquier, son

1. Dhikra Muhammad est une chanteuse tunisienne qui a rencontré un grand succès en Égypte avant d'être abattue le 28 novembre 2003, criblée de balles. Son mari, retrouvé mort à côté d'elle, a été désigné comme l'auteur du meurtre, mais les circonstances du drame restent floues.

cerveau se transformait en une passoire dont les performances devenaient inversement proportionnelles aux quantités de produits qu'il testait.

Nerveux, il se leva et arpenta sa cabine d'un pas vif. Il était prêt, mais tout pouvait encore échouer.

Des échantillons de MDMA, de Viagra, d'héroïne, de méthamphétamine, d'opioïdes et de fentanyl s'alignaient sur la seule table que contenait la pièce, composant un orgue silencieux dont il avait joué chaque jour durant des heures ces derniers mois. Un orgue du diable qui avait été destiné à créer la pilule parfaite, à la fois stimulante et rassurante, haute en couleurs et dommageable pour le cerveau, immédiatement addictive, surtout. Comme pour les parfums, tout avait été dans l'art du dosage. Paul avait cherché le produit ultime, qui le rendrait aussi célèbre que ses mentors. Un produit peu cher, il avait pensé aux pauvres...

Ses réflexions repartirent en tous sens, ses neurotransmetteurs bloqués ici et là par tout ce qu'il avait avalé et sniffé. Produire, combien ? Livrer, où ? Veiller à sécuriser l'approvisionnement, surtout pas de rupture de stock. Charger de petits volumes, mais tout de même suffisants pour industrialiser la production. Vingt-trois produits composaient la petite pilule magique frappée d'un Mickey faisant un gros *fuck* à celui qui le regardait. Une idée à lui.

— Tu n'y avais pas pensé, à ça, hein ? lança le chimiste au portrait d'Albert Hofmann avec fierté.

Ses longs doigts fins caressèrent les fioles vides entassées dans une boîte en carton. Sa peau était devenue si fine et malade que le rose de sa carnation avait fait place à un bleu verdâtre en dessous, au niveau de ses veines. Paul sourit. Le cargo et lui ne faisaient plus qu'un. Tous deux fantômes inquiétants. Mais lui avait rendez-vous avec son destin.

37

Rien n'est vrai, tout est permis[1].

Il restait quatre minutes avant l'heure du rendez-vous. L'Amiral posa sa tasse de café sur son vieux bureau en chêne, entre une pile de dossiers en souffrance et un dessin de sa petite-fille le représentant sur un voilier, puis il releva l'écran de son ordinateur portable et saisit son mot de passe. Son casque n'était pas branché. Tout en double-cliquant sur l'icône « Arma III »[2], il le connecta, puis l'enfila. Le programme commença à charger. L'Amiral porta sa tasse à ses lèvres.

1. Credo des assassins dans le jeu Assassin's Creed.
2. Dans la vraie vie, le jeu vidéo ARMA III a été modifié par des « moddeurs » pour permettre aux joueurs des différentes factions du conflit irako-syrien, dont les membres de l'Armée islamique, de communiquer entre eux.

Menu principal. Il cliqua sur « Continuer la partie en cours ».

Type de partie. Il sélectionna « Match à mort par équipe ».

Veuillez patienter, lui annonça le jeu.

Il ne sucrait plus son café depuis que son médecin lui avait annoncé une maladie incurable et dégénérative. Toutefois, l'âge allant, il en éprouvait de plus en plus l'envie. Une drogue comme une autre. Comme celles qu'il combattait.

Vous êtes connecté en tant qu'administrateur. Trois joueurs présents. L'Amiral saisit sa manette et dirigea son personnage vers le bunker en ruines qu'il savait être caché derrière les décombres du stade où le jeu avait repris.

— Pile à l'heure, résonna une voix dans ses écouteurs au moment où il en franchissait la porte.

La ponctualité anglaise, s'amusa l'Amiral.

Trois soldats attendaient à l'intérieur. Il les salua.

— Je vous remercie pour votre présence. Comme vous le savez, le Réseau a œuvré pour retrouver la trace du laboratoire clandestin. Grâce à la bienveillance du Mossad, un couple d'agents a obtenu des éléments clés qui devraient permettre une action finale.

Un joueur ennemi pénétra dans le bunker au même instant. L'un des soldats le dézingua sur-le-champ. L'Amiral reprit :

— Grâce à eux, nous savons que le laboratoire se trouve sur un cargo présentement nommé le *Probo Kaluha* et qui se dirige vers la Namibie. Le chimiste est à son bord.

— Qu'en est-il de l'opération à Macao ? demanda l'un des personnages, alias Janus de l'Honorable Company of the Freedom Fighters.

— Un succès. Le Dragon a rejoint notre Créateur bien aimé. La source de financement a été coupée.

Le joueur de gauche, alias le général Jones pour les services secrets britanniques, prit la parole à son tour :

— De notre côté, nous avons effacé toutes les traces de leur passage à Hong Kong et la boîte aux lettres qu'ils ont utilisée est morte. Les services chinois sont sur les dents mais ils n'ont rien, personne à interroger.

— Bien.

La voix du général se fit plus dure, trahissant une contrariété.

— Notre surveillance a rapporté une proximité émotionnelle entre vos deux agents. Ne risque-t-elle pas d'affecter la suite de la mission ?

Le dernier soldat s'avança. Le seul qui n'avait pas encore parlé jusque-là.

— Rassurez-vous, général, notre agent n'a pas d'émotion, pas d'états d'âme non plus. Elle manipule si nécessaire. Un vrai robot bien programmé.

Janus éclata d'un rire sec.

— J'ai toujours admiré votre humanité, mon cher Uzi. Pour ma part, je vais traiter ces deux agents avec respect et équité, comme je le fais avec les miens. Dès qu'ils seront dans notre zone de confort, nous interviendrons pour détourner les regards des services sud-africains. Nous pensons les occuper avec des manifestations improvisées dans différents endroits, souligna-t-il. Par ailleurs, l'un de nos contacts – un policier de service zoulou – veille sur eux et nous tient informés.

— Nous pouvons donc compter sur vous pour un soutien matériel ? s'assura l'Amiral.

— Je m'engage pour la zone sud-africaine et namibienne. Au-delà, il faudra compter sur la bienveillance du diable.

— Pas de problème, trancha Uzi, nous avons une ligne directe avec lui. Il sera là.

Le patron des forces sous-marines françaises mit fin à la réunion virtuelle.

— Merci à tous, et déconnexion.

Carte politique de l'Afrique australe

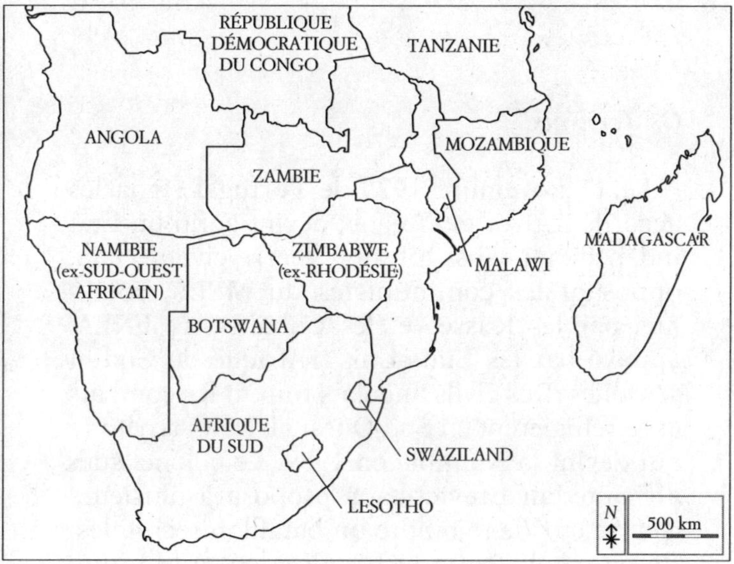

38

Os Terriveis[1]

Le 11 novembre 1975, le Portugal signa les accords d'Alvor et l'Angola devint enfin un État indépendant. Aussitôt, une guerre civile éclata, opposant les communistes du MPLA, soutenus par les Russes et les Cubains, au FNLA, appuyé par les États-Unis, l'Afrique du Sud et ses alliés. Des civils angolais fuirent les combats et se réfugièrent en Sud-Ouest africain, territoire qui devint la Namibie en 1989. Le colonel sud-africain Jan Breytenbach proposa à plusieurs d'entre eux de rejoindre un bataillon secret destiné à combattre à la frontière entre la future Namibie et l'Angola. C'est ainsi que naquit le 32e bataillon Buffle.

1. « Les Terribles », surnom donné aux membres du 32e bataillon Buffle.

Cinq ans plus tard, le 21 mai 1980, les Buffalo Soldiers célébrèrent leurs cent cinquante morts au combat. La bravoure de ces hommes faisait l'unanimité dans tout le pays, tout autant que leur férocité dans l'assaut. D'où le surnom de « Terribles » qui leur fut attribué.

Neuf ans plus tard, en 1989, la Namibie devint à son tour indépendante. Elle expulsa aussitôt ces hommes de son territoire, qui intégrèrent au grand jour les forces armées sud-africaines basées à Pomfret, une ancienne ville minière de production d'amiante.

Moins d'un an plus tard, en mai 1990, le pouvoir sud-africain blanc, ne parvenant plus à contenir la violence qui enflammait les *townships*, ordonna le déploiement du 32e bataillon dans le KwaZulu-Natal.

Puis, le 8 avril 1992, des incidents lourds de conséquences éclatèrent à Phola Park et des éléments du 32e bataillon durent affronter l'ANC. Désormais jugé inadapté, le bataillon entier fut dissout en mars 1993, quelques mois après l'arrivée de l'ANC au pouvoir.

Rejetés par la Namibie, leur pays de naissance qu'ils voulaient protéger, et par l'Afrique du Sud, qui les avait formés, ces hommes demeurèrent à Pomfret, dans des baraquements sans eau courante ni électricité, loin des services publics et du regard des locaux qui préféraient les oublier. Seule leur devise, *Proelio Procusi*, demeura dans les mémoires, inspirant toujours autant le respect.

39

La pauvreté, les privations
et la misère sont l'école
du bon soldat[1].

Le port de Dar es Salaam était le plus important de Tanzanie. 95 % du commerce international y transitait. Janco et Esther y avaient débarqué sans difficulté, les terminaux étant tellement congestionnés que personne ne les avait remarqués. Juste en face, sur l'île de Zanzibar, les attendait le Falcon de Mike Fulton. Ils prirent place dans sa cabine, direction Le Cap.

— Filet de merlu sauce citron et ses petits légumes, ou poulet braisé et sa purée de patates douces ? leur demanda l'hôtesse, une fois l'avion stabilisé à sa vitesse de croisière.

1. Napoléon Ier.

— Le poisson, répondit Esther qui ouvrit la bouche pour la première fois depuis qu'ils avaient quitté le parking du Old Century Hotel.

— Et pour vous, monsieur ?

— La même chose.

L'hôtesse repartit. Esther osa enfin se tourner vers son coéquipier. Il était calme, bienveillant. Elle sentit sa gorge se nouer autant que les mots s'y bousculer. Maladroite, elle balbutia :

— Tu n'es pas responsable de ce qui s'est passé en Irak. J'aurais dû te prévenir pour Meira, te faire confiance.

— Et moi, j'aurais dû te prévenir pour Qais Qazali.

Une lueur triste voila son regard.

— Autrefois, on formait une équipe, à la ferme. Toi, moi et Xolani.

— Tout n'est pas fini, Esther. Reste le grand final...

Elle lui sourit en retour, reconnaissante. Un sourire bref aussitôt remplacé par un air professionnel.

Clochette a confirmé l'arrivée du *Probo Kaluha* à Walvis Bay ?

— Il est en haute mer, juste en face du port. Elle a joint des images satellite à son message.

Elle se leva et prit place sur le siège de Janco, qui lui-même se décala côté hublot.

— Je lui ai demandé de contacter un ancien Recce qui était médic comme moi avant que je rejoigne la Légion étrangère, expliqua le lieutenant tout en étalant les visuels du bateau sur sa tablette. Un type bien. Quand on était ensemble, on empruntait souvent un avion d'évacuation médicale pour aller soigner *pro bono* les habitants de l'ancienne base militaire de Pomfret. Tous des anciens du 32e bataillon Buffle. Putain de bataillon, soupira-t-il. Enfin bref. Je sais que Strys a gardé cette habitude au fil des ans. Personne hormis lui ne s'occupe de ces pauvres gars qui croupissent dans ce trou à rats.

— Et tu comptes les recruter ? s'étonna Esther.

L'hôtesse apporta leurs plats. Janco profita du repas pour lui détailler son plan.

*

* *

Comme à l'accoutumée, Clochette avait tout prévu. Un imposant SUV noir avait été déposé, chargé de matériel, devant la maison de Strys. L'ancien médic résidait dans le quartier de Claremont, une banlieue mixte un peu cosy située au nord-ouest du Cap.

À peine arrivés, les deux agents eurent le bonheur de retrouver Xolani qui les attendait devant la demeure. Esther ne l'avait pas revu depuis près de dix ans. Elle le salua comme un complice de toujours quitté la veille.

Strys avait préparé un braai[1]. Les quatre partenaires se retrouvèrent autour du feu, détendus et joyeux. Le calme avant la tempête… Une bière à la main, le maître des lieux expliqua à Esther qu'après avoir quitté l'armée sud-africaine il s'était reconverti comme pilote d'avion pour des clients privés désireux d'aller chasser dans des endroits reculés. De temps à autre, il lui arrivait également de transporter des passagers ou des marchandises dont il était censé ne rien savoir.

— Il faut bien vivre au Cap, s'était-il justifié auprès de son invitée. La vie y est douce, mais chère.

Son visage était marqué, ses traits tirés par tous les sacs à dos bien trop lourds qu'il avait dû porter. La vie qu'il avait choisie avait fini par ronger sa musculature de cent kilos et transformer le colosse en un homme usé, bien que fier d'avoir servi son pays. Et pourtant, il avait gardé une voix douce et une gentillesse brute, presque enfantines. Strys était veuf, sans enfants. Esther s'était instantanément sentie bien en sa présence et le type lui plaisait, malgré ses kilos en trop. La veille, il avait loué un Cirrus SR22T, le petit avion de quatre places le plus vendu au monde en raison de son très bon rapport puissance/autonomie. La piste de Pomfret n'avait pas été

1. Repas traditionnel sud-africain à base de saucisses et sous forme de barbecue.

entretenue depuis longtemps. Jamais le Falcon de Mike Fulton n'aurait pu s'y poser, et encore moins en redécoller. Le Cirrus, en revanche, passait partout. Le seul problème était que Strys ne pourrait emmener que deux passagers. Impossible de faire le plein à Pomfret pour aller ensuite jusqu'à l'aéroport de Walvis Bay. Il devait prendre le risque d'embarquer des bidons de kérosène à bord, ce qui occuperait une place. Après discussion, les quatre compères décidèrent que Xolani partirait par la route, des bidons de carburant dans le coffre.

Le ventre plein, le quatuor délaissa le jardin pour aller décharger le SUV. Une demi-heure plus tard, la maison de l'ancien médic s'était transformée en camp retranché, tout le matériel fournit par Clochette déballé dans le salon et la cuisine, comme si une équipe de gangsters préparait un casse.

— Whaa ! siffla Strys, bouche bée. J'ai encore jamais vu des clients partir chasser l'antilope avec ce genre de matos !

— Notre cible est un poil plus grosse, rétorqua Esther, amusée.

Le Sud-Africain perdit sa jovialité.

— Écoutez les gars, je ne sais pas ce que vous vous apprêtez à faire mais sincèrement, je ne veux pas le savoir ! Bien sûr, je vais vous emmener à Pomfret, et de là à Walvis Bay. Et bien sûr je vous attendrai à l'aéroport, comme si j'attendais des clients de retour d'une chasse en Namibie. Pour le reste, je suis au courant de rien, on est bien d'accord ?

Xolani, Esther et Janco acquiescèrent. Strys sortit quatre nouvelles bières de son frigo qu'ils burent en considérant le matos.

— Le TP 750[1] peut être pris pour un fusil de chasse, fit remarquer le lieutenant, même si l'ordinateur de visée Tracking Point n'est pas habituel. Il te permettra de faire mouche à coup sûr, Esther, et de retransmettre l'image par WiFi à une tablette.

Elle lui jeta un regard con. Il la prenait pour une bleue ?

— Les laryngophones et les oreillettes passeront inaperçus, poursuivit Xolani, mais pas les gilets pare-éclats ni les fusils AK19 flambant neufs.

— Et vous oubliez le RPG 28[2] et sa charge Heat ! s'exclama Strys. Honnêtement les gars, vous ne pouvez pas débarquer avec ça à l'aéroport de Rooikop[3] !

— C'est sûr que Clochette n'y est pas allée de main morte, souligna Janco, contrarié.

La charge Heat permettait de percer un blindage. C'était du matériel antichar. Clochette avait dû imaginer que les agents balanceraient la

1. TP 750 300H.
2. Rocket Propelled Grenade, lance-roquette.
3. Aéroport de Walvis Bay.

charge dans la coque du vieux cargo au moment où celui-ci pénétrerait dans le port.

— Je peux emmener les AK19 avec moi et les cacher avec les munitions dans la voiture, déclara Xolani. Le RPG, en revanche, c'est trop risqué. J'ai prévu deux fausses plaques de police namibienne, ajouta-t-il en sortant les plaques vertes POL 8007 d'un sac de sport. Je vais passer par Keetmanshoop, Luderitz puis remonter jusqu'à Walvis Bay. Je donnerai le change, mais pas avec le RPG dans le coffre, même bien emballé.

— OK, conclut Esther, on improvisera sur place. On trouvera bien une opportunité de monter dans le bateau et faire un maximum de dégâts.

Strys se pencha vers l'arme non retenue, les yeux brillants.

— Me voilà l'heureux propriétaire d'un RPG 28 tout neuf ! s'amusa-t-il.

*

* *

Xolani quitta ses amis peu avant la tombée de la nuit. Il lui fallait dix-sept heures pour couvrir les mille cent kilomètres qui séparaient Le Cap de Pomfret avec, de surcroît, une voiture bien chargée. Esther, Janco et Strys le rejoindraient le lendemain midi.

L'ancien médic avait laissé sa chambre à Esther. Un vieux lit de camp et le canapé feraient l'affaire pour Janco et lui. Les deux hommes burent une énième bière dans le jardin, à la belle étoile, tout en se remémorant le bon vieux temps. Esther les rejoignit, une tasse fumante entre les mains.

— J'ai trouvé une boîte remplie de feuilles de menthe dans ta cuisine, je me suis servie.

— T'as bien fait !

Strys sentit que les agents avaient des choses à se dire. Il bâilla volontairement et se leva.

— La journée de demain va être chargée. Bonne nuit, les gars.

— Je te rejoins dans une minute, lui répondit le lieutenant.

Esther prit place à côté de lui. Elle semblait apaisée, comme si la terre de son enfance avait le pouvoir d'effacer ce qu'elle avait vécu depuis qu'elle l'avait quittée. Elle but une gorgée de tisane, lentement, puis se tourna vers son coéquipier.

— La nuit où j'ai reçu ta première lettre, Uzi m'a... Enfin... C'était mon instructeur, poursuivit-elle, incapable d'achever sa phrase. Je n'étais pas prête pour ce qu'il m'a fait subir. Et je t'en ai tellement voulu de m'envoyer cette photo alors que j'étais condamnée à l'enfer.

— Esther, je...

— Non, le coupa-t-elle doucement, s'il te plaît. Ce que j'essaie de te dire, c'est que si je n'avais pas cadenassé mes sentiments, je serais morte.

La brise faisait danser des mèches de ses cheveux. Janco en attrapa une et la lissa entre son pouce et son index.

— Les morts ne sont plus à plaindre, ce sont des vivants qui vivent sans amour que j'ai pitié. Et je ne veux pas avoir pitié de toi, Esther McLone.

Elle le fixa, à fleur de peau. Janco avança son visage vers le sien. Elle ferma les yeux et combla la distance.

*

* *

L'avion souleva un énorme nuage de poussière en atterrissant. Xolani les attendait au bout de la piste, accompagné de deux hommes. Strys les identifia sur-le-champ. Le premier, Hugo, était l'un de ses patients récurrents. Il souffrait des bronches à cause de l'amiante qu'il respirait continuellement à Pomfret. Le second, Jesualdo, était son ami. Ensemble, ils partageaient une bicoque sans eau courante ni électricité. Âgés respectivement de soixante-dix et soixante-douze ans, les deux combattants reconnurent le lieutenant sans toutefois se souvenir de son nom. Après de brèves retrouvailles, ils annoncèrent :

— Nous avons une solution pour remplacer votre RPG.

— Allons d'abord préparer l'avion, proposa Xolani.

Une fois le Cirrus déchargé, le plein effectué et son nez placé face au vent, les deux Sud-Africains invitèrent le petit groupe chez eux. Hugo et Jesualdo étaient originaires de l'ethnie bakongo du Nord-Ouest de l'Angola. Le puits qui jouxtait leur maison était leur seul luxe. Alors que les deux hommes tiraient de l'eau, Strys remarqua combien Hugo avait du mal à respirer. Il proposa de l'ausculter, mais le combattant le repoussa.

— Plus tard. Aide plutôt Jesualdo à aller récupérer notre petite surprise pour tes amis.

Esther avait apporté du biltong[1], acheté le matin même avant leur départ du Cap. Xolani compléta la collation avec un pack de bières. Strys et Jesualdo les rejoignirent, les bras chargés de deux lourds paquets.

— Qu'est-ce que c'est ? s'inquiéta la Sud-Africaine.

Le visage du vieil Angolais s'illumina.

— La solution à votre problème ! Après la démobilisation, expliqua-t-il, j'ai pas mal traîné avant de revenir en Namibie où j'ai travaillé comme docker au port de Walvis Bay. C'était avant que le gouvernement ne modernise les quais avec des grues. Le cargo que vous visez va vraisemblablement accoster en face de celui

1. Type de viande séchée typique de la cuisine sud-africaine.

où on décharge toujours le charbon. Depuis les monticules, il sera pile dans votre ligne de mire, ajouta-t-il dans un sourire complice. Mais sans notre aide, vous ne réussirez pas à le couler.

Janco écarquilla les yeux.

— Vous ne comptez pas sérieusement qu'on vous emmène là-bas ! s'alarma-t-il.

Jesualdo défit les deux paquets qu'il avait apportés, découvrant un bloc de C4 et un autre de Semtex.

— Ici, on utilise le C4 comme combustible, précisa-t-il. Ça brûle doucement et ça ne risque rien. On n'a pas beaucoup de charbon de bois et à notre âge, quand on part en brousse, on aime bien manger chaud.

— Et le Semtex ?

— Il a plus de trente ans, mais à l'époque, on fabriquait des explosifs qui tenaient la distance. Il devrait encore fonctionner.

Les agents fixaient les combattants. Leur décision oscillait entre ce que leur soufflait leur instinct et ce que leur dictait leur conscience. Hugo intervint :

— Vous pensez vraiment qu'on veut crever ici, dans cette bicoque pourrie ? Laissez-nous faire honneur au 32e bataillon. Vous avez deux Buffles pour aller porter tout ça en plein cœur de votre bateau pourri et faire un magnifique feu d'artifice. Ce sera notre dernier combat et on pourra rejoindre les nôtres avec fierté, les armes à la main comme le veut la tradition.

Esther et Janco se jetèrent un regard interrogateur, tout en sachant pertinemment que c'était de loin la meilleure solution à leur problème. Personne ne se méfierait des deux vieux. Qui plus est, avec sa plaque de police namibienne, Xolani pourrait entrer dans le port sans difficulté et emmener tout le monde près du quai de débarquement.

— Et les détonateurs ? interrogea Esther. Il faut un explosif primaire ou un détonateur, sinon ça ne marchera pas.

— Il reste du matériel de l'ancienne mine d'amiante, intervint Strys. On devrait trouver notre bonheur.

Janco accrocha le regarde de sa coéquipière et lui fit signe qu'il acceptait.

— Très bien, conclut-elle, je vais faire appel à mes talents de couturière et vous confectionner deux gilets de dix kilos chacun, l'un avec le Semtex et l'autre avec le C4. Ils sont restés souples comme de l'argile, ça devrait aller.

Le visage des deux vieux Buffles s'illumina de fierté.

— Fais-nous deux beaux gilets de quinze kilos plutôt, bien remplis pour moitié de C4 et moitié de Semtex. On ne voudrait pas rater notre sortie !

40

Success is not final, failure is not fatal,
it is the courage to continue that counts[1].

Hugo posa sa main sur le gilet explosif, à hauteur de ses côtes, là où il avait glissé ses médailles. Dans quelques heures, ils seraient à Walvis Bay, leur terminus. Il jeta un regard décidé à Jesualdo qui lui sourit avec complicité en retour. Cela faisait trop longtemps que les deux combattants parcouraient la brousse, seuls, tels les pestiférés qu'ils étaient devenus. Ils n'avaient plus l'envie ni la force de continuer ainsi.

Une demi-heure avant d'arriver au port, Xolani les fit passer dans le coffre. Hugo inspira une

1. « Le succès n'est pas définitif, l'échec n'est pas fatal, c'est le courage de continuer qui compte. » Winston S. Churchill.

grande goulée d'air, puis il s'allongea en position fœtale à côté de son ami.

*

* *

Avec ses quarante hectares de surface et les projets continus de son agrandissement, le port de Walvis Bay était devenu une véritable passoire sécuritaire. Le *Probo Kaluha* avait pointé le bout de son nez en début de matinée. À présent, il attendait sagement que l'un des sept pilotes du bassin le guide jusqu'à son quai de déchargement.

Paul Cesario sortit un bref instant de sa cabine afin d'observer la vingtaine de caisses emplies de sa création qui attendaient d'être chargées. Son visage s'illumina de fierté. Il avait bien travaillé, et la suite allait être délicieuse. Une fois vendue, la drogue allait remonter au Nigeria, passer par Zinder, Agadez, la Libye et de là, inonder l'Europe via Malte. Chaque fois, les passeurs se paieraient en nature, et la dépendance de la population serait un bon traceur pour savoir où en était la cargaison.

*

* *

Xolani aperçut le vraquier tandis qu'il déposait les deux combattants dans un conteneur vide. Plusieurs hommes se tenaient sur le pont. Impossible de discerner leurs visages à cette distance, même avec des jumelles. Il laissa là les deux Angolais et repartit chercher Janco et Esther.

Sur la route de terre rouge menant à Rooikop, il croisa les vestiges de l'ancienne base militaire, la dune d'entraînement ainsi que le champ de tir. Les touristes qui débarquaient à l'aéroport pour chasser orgueilleusement quelques animaux que les conditions de vie en Afrique malmenaient déjà n'avaient aucune idée des souffrances qui habitaient ces terres, quand la Namibie s'appelait encore le Sud-Ouest africain et servait de base aux Sud-Africains pour envoyer des troupes en Angola. Ils venaient pour la beauté des paysages, la chasse et la côte magnifique ouverte sur l'Atlantique. Ils ne voyaient ni les fantômes ni les damnés qui erraient dans la savane, l'âme éteinte à jamais.

*
* *

Strys avait garé le Cirrus sur le parking des avions privés, bien plus discret que l'autre. Il savait déjà qu'une éventuelle vérification des documents de bord ne lui coûterait qu'un petit billet. À l'arrière, Janco et Esther récupéraient le TP 750. Il les héla :

— Les amis, je ne vais pas plus loin. J'espère que vous me comprenez. Je dois rester à côté de l'avion, et il me faudra redécoller avant la tombée de la nuit, sans quoi le stationnement deviendrait suspect.

— On sera de retour à temps, le rassura Janco.

Ils posèrent chacun une main sur l'épaule de l'autre, bras tendu, en signe d'amitié.

— J'ai reçu un large dédommagement, ajouta l'ancien médic, et je repars avec le plein. Je vous remercie d'avoir pensé à moi. Soyez forts au combat, conclut-il avec émotion.

Esther le salua. Personne ne pouvait lui en vouloir de leur donner une heure limite. De toute façon, soit l'opération était un succès et ils seraient de retour à l'aéroport à temps, soit ils échoueraient et passeraient la nuit, ainsi qu'un paquet d'autres, dans les geôles namibiennes. S'ils n'étaient pas simplement tués.

La voiture de Xolani fut en vue. Les agents marchèrent à sa rencontre.

— Où en sont nos deux soldats ? lui demanda Esther à peine assise sur la banquette arrière.

— Ils font du repérage pour l'entrée et la sortie, surtout pour l'entrée, précisa-t-il. Ils sont cachés avec tout le matériel dans un conteneur vide. De mon côté, avec les plaques de police du véhicule, personne ne me demande rien. Les travaux d'extension du port laissent entrer un tas de gens et comme jamais rien ne se passe à Walvis Bay, tout le monde est détendu.

— Plus pour longtemps, souligna Janco.

Le policier les fit passer dans le coffre une dizaine de minutes plus tard. Un garde se tenait à l'entrée du port, assis dans un conteneur climatisé face à une petite télévision. Sans baisser sa vitre, Xolani le salua d'une main levée et lui fit signe qu'il se dirigeait vers le fond de la rade. Son air tranquille concordait avec la nonchalance de son geste. Rassuré, le garde le laissa passer, bien content de ne pas avoir à affronter la chaleur écrasante qui régnait au-dehors.

Une fois hors de vue, le Sud-Africain stationna un instant près du chantier avant de tourner en direction de la zone de stockage des conteneurs endommagés. Là, il prit soin de planquer le véhicule derrière celui où étaient cachés les combattants, et libéra les agents.

Adossé à la paroi métallique du caisson, Hugo haletait. Jesualdo apostropha Janco et Esther dès qu'ils les rejoignirent.

— On n'a plus le temps de faire des repérages, les amis. Il faut accélérer la cadence, autrement Hugo va faire un malaise, et adieu le grand final !

La chaleur à l'intérieur du conteneur était écrasante. Attendre dans un four allumé n'aurait pas fait une grande différence.

— OK, confirma Esther, on s'équipe.

Janco et elle enfilèrent les laryngo puis testèrent les oreillettes. Ils s'assurèrent ensuite que la lunette de visée Tracking Point fournissait une image claire sur la tablette.

— Chacune des cibles sera identifiée, et chaque tir transmis en temps réel à Clochette, rappela Janco.

Esther lui jeta un regard tendu. Pas un instant elle n'oubliait que le paiement de la triade et la liberté de sa protégée dépendaient entièrement du résultat de cette mission.

— Avec ce système, tu ne peux pas rater ton objectif, renchérit son coéquipier. L'ordinateur ne libère la détente que lorsque la cible que tu lui as désignée est bien dans l'image-écran au centre du réticule.

— Je sais.

Il saisit ses épaules et les pressa.

— Alors, détends-toi. On va y arriver !

Jesualdo intervint :

— À cent mètres, sur ta gauche, tu seras dans la zone de stockage du charbon. Va sur le monticule qui domine le quai. Tu auras le bateau en visuel à environ quatre cents mètres. T'auras même le privilège de nous voir approcher et de nous libérer la voie si jamais des gus venaient nous conter fleurette.

— Bien reçu, répondit Esther tout en saisissant le TP 750.

Elle salua brièvement les deux Buffles, les adieux n'étant pas son fort, et quitta le conteneur.

Jesualdo emballa l'un des AK 19 chargés dans son sac de jute.

— Sait-on jamais, déclara-t-il.

Il se tourna vers son complice, un sourire réjoui aux lèvres.

— Un seul chargeur devrait suffire, pas vrai, Hugo ?

Son compagnon acquiesça.

— C'est l'heure des Terribles ! On va faire le ménage bien comme il faut !

Le vieil Angolais dégoulinait de sueur, il n'eut pas la force de lui répondre. Janco l'aida à enfiler son gilet, dont le poids ne fit qu'accentuer celui qui pesait déjà sur sa poitrine. Le lieutenant ajusta l'équipement tout en regardant son porteur droit dans les yeux. Lui non plus n'avait pas la force de parler, mais ce n'était pas pour la même raison.

Jesualdo s'approcha de son ami.

— Tiens, mon vieux. Sois fier de les porter jusqu'au bout.

Janco s'écarta, la respiration rendue saccadée par les émotions qui l'envahissaient. L'Angolais enfonça les médailles dans le C4, sur la poitrine du soldat.

— Souviens-toi des Buffles jusqu'au bout, mon ami, et ne m'abandonne pas.

Le lieutenant mit la main à son oreillette.

— Esther est en position, indiqua-t-il aux deux hommes. Le bateau est à quai, il y a un type armé d'un fusil sur le pont avant et un autre à l'entrée de la passerelle. Le chimiste fume une cigarette à côté du premier.

Xolani grimpa dans sa voiture. Les deux vieux prirent place à l'arrière.

— Garde le contact visuel, répondit Janco à Esther tout en s'asseyant à l'avant, un AK à la main. On arrive.

Le policier roula aussi près du bateau qu'il le pouvait, soit à une centaine de mètres environ. Sans un mot, les deux Buffles saluèrent le lieutenant et quittèrent l'habitacle. Janco et Xolani les regardèrent s'en aller, tels deux héros dont personne ne saurait jamais l'ultime acte de bravoure.

L'oreillette de Janco grésilla au même instant.

— Une Volkswagen civile blanche arrive avec un homme à bord.

Janco découvrit l'image sur sa tablette et identifia rapidement l'un des agents de la cellule Afrique. Sa conversation par satellite avec Xolani avait dû être écoutée… Il attendit, nerveux, mais la voiture resta à distance.

— On maintient l'opération, confirma-t-il.

Les deux Angolais avançaient tranquillement vers le cargo, tels des journaliers qui cherchaient un petit boulot.

— Je perds le visuel sur le chimiste, informa Esther dans l'oreillette. Il est sûrement retourné dans sa cabine. Mais je vois nos amis, je vais leur libérer le passage.

Hugo et Jesualdo s'engagèrent sur la passerelle afin d'atteindre le pont supérieur. Au même instant, le garde armé prit une balle en plein milieu du front. Avant qu'il n'ait pu comprendre ce qu'il se passait, la tête du type qui barrait la passerelle vola elle aussi en éclats.

La voie était libre.

*

* *

Hugo observait le cargo qui se dessinait face à lui, sa destination finale. Il pantelait ; toutefois la fierté se lisait sur son visage. Jesualdo et lui s'arrêtèrent un instant et son ami l'aida à armer son détonateur. Il n'y avait pas de sécurité, comme le leur avait expliqué Esther. Il suffisait d'appuyer sur le bouton et le déclenchement se faisait au moment du relâchement.

— Ça ne te dérange pas si je croise nos détonateurs ? s'amusa son compagnon. On ne sait jamais quelle religion nous attend là-haut, et je ne voudrais pas être rétrogradé pour cause de suicide !

Le vieux Buffle le fixa. La sérénité et la délivrance se lisaient sur ses traits.

— *Proelio Procusi*, lâcha-t-il avec le peu de souffle qu'il lui restait.

— *Proelio Procusi,* répéta dignement Jesualdo.

Hugo s'appuya sur son épaule et tous deux prirent le chemin de la timonerie.

*

* *

Assis à côté de Xolani, Janco attendait, le regard fixé nerveusement sur le cargo. Quelques secondes s'écoulèrent, puis des coups de feu retentirent.

— Ce n'était pas l'AK de Jesualdo, s'alarma-t-il aussitôt.

Ils patientèrent, mais plus aucun son ne leur parvint.

— Putain de merde !

Janco sauta hors du véhicule, son fusil d'assaut à la main.

— Esther, couvre-moi !

La passerelle était à moins de cent cinquante mètres. Il s'élança vers elle.

Alors qu'il avait déjà parcouru la moitié du chemin, une très forte déflagration le propulsa à terre.

*

* *

Depuis son perchoir, Esther vit la timonerie du cargo exploser. Dans la foulée, le pont supérieur se souleva, puis le bateau s'ouvrit en deux. Aux alentours, les vitres des véhicules avaient toutes volé en éclats. Le *Probo Kaluha* leva son nez, comme pour saluer une dernière fois son public, avant de couler à pic au fond du port.

Janco était toujours à terre. Esther hurla dans son laryngo, mais aucune réponse ne lui parvint. Elle saisit son arme et dévala le monticule de charbon à toute vitesse. Au passage, elle croisa la voiture de police et vérifia l'état de Xolani. Son visage était lacéré par les débris de verre. Elle força l'allure et atteignit enfin Janco. Il avait plaqué ses mains sur ses oreilles – ses tympans avaient dû éclater – et se contorsionnait de douleur. Esther l'aida à se relever mais il retomba aussitôt à genoux. Elle saisit son bras droit et le passa derrière sa nuque.

— Accroche-toi à moi ! lui hurla-t-elle.

Janco vit les lèvres d'Esther bouger, mais ne perçut qu'un sifflement diffus. Il avait envie de se fracasser la tête contre un mur tant la souffrance lui semblait insupportable. Le visage de l'Amiral lui revint en mémoire. Ne jamais sonner cette foutue cloche. Il s'agrippa à sa coéquipière.

*

* *

Xolani avait recouvré ses esprits. Il démarra le SUV et roula à pleine vitesse vers ses amis.

*

* *

Les quatre-vingt-dix kilos de Janco lui arrachaient des rugissements intérieurs de douleur. Esther transpirait sang et eau mais tenait bon. Janco commençait à émerger de son brouillard. Plus que quelques mètres et il pourrait enfin tenir sur ses pieds. En attendant, il fallait fuir le plus rapidement possible.

La voiture de police fonçait vers eux. Alors qu'Esther remerciait tous les dieux de les avoir à la bonne, elle ressentit une vive douleur au niveau de la hanche.

— Qu'est-ce que… ?

Elle n'eut pas le temps de comprendre ce qui lui arrivait. Sa vue s'assombrit, puis l'obscurité l'envahit et elle tomba dans les pommes, entraînant son coéquipier dans sa chute.

Janco percuta le sol et se retourna juste à temps pour apercevoir l'agent de la section Afrique s'avancer au loin dans leur direction, un pistolet pointé vers eux à la main. Par réflexe, il se coucha sur Esther pour la protéger. Le SUV s'interposa sur la ligne de tir au même instant. Le lieutenant redressa la tête et regarda sous les roues du véhicule. L'homme n'insista pas, et repartit en courant vers sa propre voiture.

Xolani sortit en trombe du SUV.

— Où est-ce qu'elle est touchée ?

La peur de perdre Esther avait agi comme un électrochoc. Sa propre souffrance n'importait plus. Janco discerna le mot *touchée* et répondit :

— À la hanche.

La blessure était vilaine et le sang fusait déjà.

— Vite, aide-moi à la porter dans la voiture !

Autour d'eux, la stupéfaction était générale. En retombant, les débris du bateau avaient causé de nombreux dégâts et les employés du port étaient tous partis se mettre à couvert. Le policier profita de ce moment de paralysie pour balancer trois fumigènes afin de masquer leur fuite. Un épais nuage de fumée voila le décor. Le SUV démarra en trombe et quitta les lieux.

*

* *

Strys avait entendu l'explosion depuis l'aéroport. Alarmé, il oublia ses paroles de prudence, emprunta une estafette de service et roula à tombeau ouvert à la rencontre de ses passagers. Le SUV apparut en sens inverse. Sans ses vitres, il avait une allure étrange, à mi-chemin entre une jeep de combat et un char d'assaut sur le retour. L'ancien médic se gara en travers de la route et récupéra ses occupants. Esther, toujours inconsciente, avait perdu beaucoup de sang. Janco faisait son possible pour faire cesser l'hémorragie, en vain.

— Montez là-dedans, leur gueula le pilote, dépêchez-vous, on se rend direct sur la piste !

Son ancien collègue lui jeta un regard affolé.

— J'ai de quoi la soigner dans l'avion, le rassura Strys. Il faut qu'elle tienne. Portez-la à l'arrière et abandonnez le reste !

Le Cirrus attendait docilement, le nez au vent. Strys pila à côté de son aile droite, puis les trois hommes firent glisser Esther dans le fuselage.

— Il est 17 heures, la tour de contrôle va bientôt fermer. Il faut qu'on décolle maintenant !

— Et sa blessure ? s'affola Janco.

— Maintenant, j'ai dit !

Strys prit place sur le siège de pilotage et demanda à la tour de contrôle l'autorisation de décoller à destination de Sesheke, en Zambie.

— Décollage autorisé piste un, répondit une voix dans la radio.

Resté auprès d'Esther, Xolani lui murmurait des phrases rituelles en zoulou. L'avion prit son envol. Dès qu'il le put, Strys demanda au policier de tenir le manche afin de rejoindre son camarade à l'arrière.

— Il faut stopper l'hémorragie, lui hurla aussitôt Janco, encore hagard.

Une trousse médicale était accrochée à la carlingue. Strys la saisit et en sortit des coussins hémostatiques ainsi que des gants de chirurgie.

— T'es en état pour faire ça ?

Le lieutenant acquiesça.

— Découpe ses vêtements et enfonce les coussins dans la plaie, lui rappela Strys. Ça va gonfler et stériliser la brèche en même temps. C'est tout ce qu'on peut faire pour elle pour le moment.

Il regagna le poste de pilotage. Janco enfila les gants et fit ce que Strys lui avait dit. Xolani repassa à l'arrière et serra son avant-bras.

— Ne t'inquiète pas, le Tokoloshe la maintient en vie. Elle a sa rage dans le ventre, et son heure n'est pas venue.

Ses oreilles sifflaient toujours. Janco aurait voulu plonger sa tête dans un bac de glace pour calmer le feu qui incendiait son crâne. À la place, il opéra, aussi concentré que possible.

Xolani retourna auprès de Strys.

— Impossible de rentrer à Pomfret avec votre amie dans cet état, lui confirma le pilote. Il n'y a rien là-bas, et elle n'a aucune chance de s'en tirer si on ne l'opère pas dans les heures qui viennent. La seule issue, c'est la Zambie. Il y a une petite base médicale à Sesheke et je connais la piste. Le seul hic, c'est qu'elle n'est pas éclairée.

— Combien d'heures de vol ?

— Un peu moins de quatre heures, en espérant que la météo se maintienne. On arrivera après la tombée du jour.

— Putain de pari ! fulmina Xolani. Il déplia la carte posée sur le tableau de bord.

— Et nous ? s'enquit-il.

— Si vous descendez le Zambèze, vous devriez échapper aux contrôles de police. Vous ne pouvez pas rentrer directement en Afrique du Sud, lui confirma l'ancien médic. Après le feu d'artifice que vous avez offert à Walvis Bay, une sacrée équipe va vous traquer.

*

* *

Janco avait nettoyé ses plaies. L'étroitesse de l'appareil ne lui permettait pas d'avoir accès au visage d'Esther. Il ne lâchait pas sa main en revanche. Le sifflement dans ses oreilles s'estompait peu à peu, et il reprenait des forces.

Assis de l'autre côté de la carlingue, Xolani le regardait. Le Gauteng coulait en eux, dans leurs veines à tous les trois. Esther n'était pas seule.

*

* *

Strys volait à vue depuis plusieurs minutes, cherchant désespérément la piste dans l'obscurité environnante. Le Zambèze devait affluer sur la gauche et le couloir d'atterrissage courir juste devant eux, trois cents mètres plus bas. Sauf qu'il n'en était pas certain.

Alors qu'il décidait de tenter le tout pour le tout et d'entamer la descente, deux lignes droites s'enflammèrent, lui montrant le chemin.

— Merde, s'écria-t-il, on est attendus, les gars ! Comment c'est possible ?

Xolani se précipita à l'avant.

— La tour de contrôle de Walvis Bay a dû nous balancer. Il faut atterrir ailleurs !

— Négatif. Esther ne tiendra pas, et on est à sec de toute façon. Fin de la partie, les amis. Je suis désolé.

Le Cirrus se posa aussi doucement que possible sur la piste en terre battue. À peine Strys coupa-t-il son moteur que des véhicules les entourèrent. Un homme en T-shirt beige et treillis militaire sortit du SUV de tête et aboya des ordres en hébreu. Aussitôt, ses subalternes ouvrirent la porte de l'avion et évacuèrent Esther vers l'unité médicale mobile qui attendait un peu plus loin.

Janco descendit de l'appareil, troublé. L'homme qui commandait lui fit face. Sec, antipathique et autoritaire.

— Je m'appelle Uzi. À partir de maintenant, c'est moi qui prends Esther en charge. Si elle meurt, je vous en tiendrai personnellement responsable. En attendant, poursuivit-il plus amicalement, mes hommes vont vous soigner et vous mettre en sécurité. Nous vous emmenons à Livingstone.

Uzi… Janco se rappela la confession d'Esther. Cet homme était son instructeur, il avait pouvoir de vie et de mort sur elle.

Le lieutenant lui jeta un regard noir.

— Comment avez-vous su que nous venions ici ?

L'Israélien lui renvoya un rire sec.

— Nous aimons bien sonoriser nos appareils, et ce Cirrus nous appartient. Vous n'imaginiez tout de même pas que nous allions laisser notre meilleure agente seule entre vos pattes ?

41

Justice ne sera rendue que lorsque ceux qui ne sont pas touchés seront aussi indignés que ceux qui le sont[1].

Le gouvernement namibien avait accepté l'aide du FBI pour déterminer ce qui avait bien pu se passer dans le port de Walvis Bay. Publié en intégralité sur le site web du journal *The Namibian*, le rapport complet avait finalement conclu à une explosion d'origine accidentelle. L'enquête était close. Le *Probo Kaluha* gisait malheureusement toujours le long du quai, et personne ne semblait très pressé de l'en déloger.

À Livingstone[2], un oto-rhino-laryngologiste israélien spécialisé dans les traumatismes dus

1. Benjamin Franklin
2. En Zambie.

aux explosions était venu soigner Janco dès son arrivée à l'hôtel Royal, un magnifique lodge au bord des chutes Victoria. Entre deux rendez-vous médicaux, les deux Sud-Africains avaient eu tout le loisir d'admirer le nuage au-dessus des chutes ainsi que la vie sauvage de la brousse. La paix se lisait sur leurs visages. Fu et le chimiste n'étaient plus de ce monde. La semaine passée, l'Amiral était venu personnellement les féliciter. Ne restait plus qu'une dernière chose à accomplir.

*
* *

Esther observait le ciel chargé de nuages par sa fenêtre. Elle ne pourrait pas quitter l'hôpital avant cinq semaines. Après être entrée par le haut de sa fesse droite, la balle avait cherché la sortie, endommageant lourdement son utérus au passage. Le chirurgien qui s'était occupé d'elle avait dû pratiquer une hystérectomie totale pour la sauver. Par ailleurs, son os iliaque avait souffert d'une perforation nette et suffisante pour l'obliger à suivre une rééducation au centre médical Sheba de Tel Hashomer[1]. Elle était de retour dans son pays d'adoption, non loin d'Uzi qui veillait sur elle comme sur sa création la plus précieuse.

1. En Israël.

Il allait pleuvoir. Rageuse, elle s'assit sur son lit et jeta un regard contrarié autour d'elle. La chambre était carrée, blanche et pourvue du confort minimum : un lit médicalisé, une table de chevet, un bureau, un fauteuil, une télévision et une salle de bains privée attenante. Son entraîneur n'allait pas tarder. Malgré l'avis négatif du médecin qui la suivait, Uzi tenait à assister à chacune de ses séances de rééducation. Esther avait à nouveau vingt-deux ans, et à nouveau elle était dirigée, contrôlée, manipulée et son espace intime violé. Elle reporta son regard sur l'horizon. Janco était parti chercher la gosse sans elle. Janco était libre de ses mouvements. Pas elle. Aucun agent ne quittait le Kidon, hormis les pieds devant. Se reconvertir était impossible. Elle avait pourtant pris sa décision.

*

* *

Le lieutenant vida le reste de son verre en une gorgée, contrarié par ce que venait de lui apprendre son interlocuteur. Il était de retour à Erbil, assis à une terrasse de café à mille trois cents kilomètres d'Israël.

Muhannad lui jeta un regard réprobateur.

— Que veux-tu que je te dise, mon ami ? Ici, à Erbil, encore une mère sur deux demande l'excision de sa fille dès ses premières règles[1], et chaque mois des femmes s'immolent par le feu pour échapper à la violence conjugale. C'est ça, la réalité. Et en plus, ta gosse est yazidie ! Quel avenir espères-tu pour elle si tu nous la confies ? Au mieux, elle va se retrouver dans un camp de réfugiés, au pire, dans un bordel !

Une semaine plus tôt, Clochette avait réussi à débloquer les fonds nécessaires pour payer leur dette envers la 14K. Dans la foulée, Janco était allé récupérer la gamine à Hong Kong. Une fois de plus, Mike Fulton avait gracieusement mis son Falcon à disposition. Quant à Qu, elle avait tenu parole : la jeune fille avait été bien traitée.

Elle s'appelait Nour, et était originaire de Mossul. Ses parents avaient été tués par des combattants de Daech. Vendue cinq fois d'affilée, à chaque fois de plus en plus cher, elle l'avait été une sixième et dernière fois à l'un des recruteurs de Fu. Elle était jeune, lumineuse et vierge, avec une peau très claire pour une Yazidie. Le recruteur avait immédiatement pensé au vieux Dragon.

Janco avait imaginé retrouver facilement des membres de sa famille à Erbil, puisque les informations y étaient centralisées et que de

1. Une loi de 2011 interdit cette pratique qui est punie de trois ans d'emprisonnement et d'une amende de quatre-vingt mille dollars, mais, dans la réalité, aucune jeune fille ne porte jamais plainte contre ses parents.

nombreux Yazidis y avaient trouvé refuge. Or il s'était heurté à un mur. Seul Muhannad, un ami des services kurdes, avait bien voulu l'aider. Toutes les autres portes auxquelles il était allé frapper s'étaient refermées à peine ouvertes. En désespoir de cause, il était même allé consulter Hector de Balestoux, qui lui avait conseillé d'emmener la gosse loin de ce pays.

— À Erbil, elle sera adoptée pour être aussitôt revendue, tu comprends ?

Janco salua Muhannad et retourna dans sa chambre d'hôtel. Assise sur le lit, Nour regardait la télévision.

— Tu as faim ?

Elle se tourna vers lui, le regard aiguisé. Le lieutenant avait déjà remarqué que lorsqu'elle cadenassait ses émotions, son iris s'obscurcissait. Tout comme celui d'Esther, songea-t-il. Étaient-elles faites du même bois ? Nour avait vécu son lot d'horreurs. Elle se tenait pourtant là, déterminée, face à lui, pensant sûrement qu'il allait la vendre, comme tous les autres. Ou pire, l'abandonner. Elle méritait pourtant de vivre dans un pays où on aimait les enfants, où l'on en prenait soin, pas où on les vendait. Soudain, une idée folle lui traversa l'esprit.

*
* *

Quelqu'un frappa à la porte.

— Entrez !

Elle n'attendait aucune visite. La veille au soir, Elsa et Sam étaient passés la voir. Ils semblaient agités, excités plutôt, et même heureux. Esther les avait interrogés mais leurs réponses étaient délibérément restées évasives.

Une infirmière pénétra dans sa chambre, le visage masqué par un bouquet de fleurs.

— Un coursier les a laissées pour vous à l'accueil. Il a précisé que c'était de la part de M. Ladovski.

Elle déposa les fleurs sur la table de chevet.

— Je me suis permis de les mettre dans un vase. Ah, et j'ai vu qu'il y avait un petit mot glissé dans le bouquet.

— Merci.

L'infirmière lui sourit. Esther tiqua. Son visage lui était familier. Elle l'avait déjà vu quelque part, et ce n'était pas ici. Peut-être au cours de son opération ?

— Vous avez besoin de quelque chose ?

— Non, merci, tout va bien.

— Je vous laisse, alors.

La femme darda son regard un court instant dans celui de sa patiente, puis elle quitta les lieux. Ces cheveux blonds, longs et fins, ces yeux bleus et ce visage de poupée un peu rond... L'image lui revint d'un seul coup : l'Européenne chez TurboJet ! Aussitôt, elle scruta le bouquet. Sa chambre devait être sur écoute. Elle fouilla parmi les fleurs et trouva l'enveloppe coincée entre les tiges. Fébrile, elle l'ouvrit. À l'intérieur était glissée une convention d'adoption dûment approuvée.

*
* *

Le Falcon atterrit sur la piste réservée aux avions privés. Janco et Nour en descendirent, main dans la main. La gamine savait ce qui l'attendait. Le lieutenant lui avait laissé le choix et elle avait dit oui, sans aucune hésitation. Esther était devenue son modèle, sa lumière dans la nuit noire qu'elle traversait depuis que ses parents avaient été assassinés.

Uzi était appuyé à une berline grise, à côté d'un couple assez âgé. Janco sentit la main de la gosse serrer la sienne. L'émotion les étreignait autant l'un que l'autre. Pour la première fois depuis vingt-deux ans, le lieutenant revoyait l'homme et la femme qui étaient venus chercher Esther à la ferme.

Uzi s'avança vers eux.

— Bonjour, Nour. Dis au revoir à Janco et viens avec moi, s'il te plaît. Je vais te présenter à tes nouveaux parents adoptifs.

La gosse se tourna vers le lieutenant, lui-même pris au dépourvu. Janco s'accroupit et la serra dans ses bras.

— Tout va bien se passer, je te le promets ! Tu es une guerrière, comme Esther. Ces gens seront là pour toi comme ils ont été là pour elle.

Nour n'était pas certaine d'avoir compris ce qu'elle allait vivre. Elle avait parfaitement saisi une chose, en revanche : elle allait apprendre à se battre. Elle ne serait plus jamais une proie, une petite fille terrorisée livrée à d'horribles vieux messieurs.

Elle serra une dernière fois Janco contre elle, puis elle rejoignit Elsa et Sam. Les yeux des septuagénaires luisaient d'émotion. Janco aurait voulu les entendre parler de la femme qu'il aimait mais il n'était pas autorisé à pénétrer leur intimité, et encore moins à en apprendre davantage sur eux. Que le Mossad ait permis à la gosse d'intégrer son programme était déjà une faveur étonnante. Janco savait aussi qu'il n'aurait plus jamais de nouvelles de la petite. L'Institut gardait ses secrets.

Uzi laissa le couple faire connaissance avec leur nouvelle fille adoptive et entraîna le lieutenant à l'écart. Il avait un dossier à lui communiquer.

— Le Réseau a formellement identifié l'homme de la voiture à Walvis Bay.

Il sortit une photographie de la poche intérieure de sa veste.

— Pas besoin, répliqua Janco, je sais déjà qui il est. Paul ou Vincent Delamare, quelque chose comme ça. Il appartient à la section Afrique.

— Peu importe son nom, trancha l'Israélien. Il a tiré sur l'une de nos agents alors qu'il n'était pas menacé. Si votre ami n'était pas arrivé à temps pour vous ramasser, Esther et vous seriez morts. Sommes-nous d'accord ?

— Où voulez-vous en venir ?

Uzi rangea la photo là où il l'avait prise. Le regard dirigé droit devant lui, il déclara :

— Éliminer un membre actif des services français n'est pas autorisé. En revanche, notre Premier ministre a bien signé une notice rouge pour cet individu, avec la bénédiction de la DGSE.

Le lieutenant écarquilla les yeux.

— Comment est-ce possible ?

— Depuis plusieurs années, le Réseau traque les agents doubles de la DGSE qui travaillaient pour le Qatar au moment de la chute de Kadhafi. Cet homme a été démasqué grâce à un piratage des serveurs du ministère des Finances à Doha. Lui et son groupe se sont évaporés dans la nature avant de refaire surface dans le trafic de drogue quelques mois plus tard. Delamare ne fait plus partie de la DGSE depuis presque trois ans, acheva l'Israélien. C'est un fantôme, il met son savoir-faire à la disposition du crime organisé, peu importe le drapeau.

Un Gulfstream 3 se parqua à côté du Falcon. Uzi et Janco s'éloignèrent.

— Ce n'est pas la première fois que ce genre de choses se produit, vous savez, poursuivit l'instructeur. Quand on vit en toute impunité en marge des lois, ça devient grisant. Visiblement, notre Delamare a choisi sa propre drogue, et il ne s'arrêtera pas.

— Où peut-on le trouver ?

— Pendant des années, une quinzaine d'agents du GRU[1] ont utilisé la Savoie et la Haute-Savoie comme base logistique. Mais après la tentative d'assassinat sur Sergei Skripal[2], ils ont dû déménager. Votre contre-espionnage est cependant tombé sur une planque que notre fantôme utilise encore en ce moment même. La DGSE surveille ses déplacements et nous renseigne.

Uzi projeta son regard au loin. Janco, quant à lui, prit le temps de digérer l'information. En résumé, le Kidon avait « feu orange » pour faire le ménage. Envoyer Delamare en prison était inenvisageable. De nombreuses personnes n'avaient pas intérêt à ce que ses bavardages trouvent écho auprès d'un juge…

— Vous pouvez l'éliminer, lui confirma l'Israélien. Personne ne viendra poser de questions puisque personne n'aura rien vu. D'ailleurs, par définition, un fantôme est déjà mort, non ?

Il esquissa un sourire pour la première fois depuis le début de l'entretien. Janco se rendit

1. Service de renseignement militaire russe.

2. Ancien agent du renseignement militaire russe qui a fait défection et a été empoisonné en mars 2018. L'enquête a montré que ses agresseurs venaient d'un camp de base d'espions russes en Haute-Savoie, spécialisé dans les assassinats ciblés.

compte qu'il haïssait cet homme autant qu'il l'admirait. Esther était et serait toujours entre eux. Deux combattants mâles pour une seule femelle. L'issue n'était jamais bonne, dans ce genre de situation.

Uzi posa sa main gauche sur l'épaule du lieutenant.

— Mon ami, j'ai passé toute ma vie à faire la guerre, et celle-ci n'a pas de limite. Malheureusement, nous appliquons la justice comme nous le pouvons, rarement comme il le faudrait. Voulez-vous envoyer cet homme rendre des comptes à son Créateur ? lui demanda-t-il de but en blanc. Esther nous a demandé de vous laisser ce choix.

Janco contint sa surprise. L'instructeur éclata de rire.

— Même en la bourrant de calmants, elle a toujours cette rage chevillée au corps que nous ne comprenons pas !

Son visage s'assombrit.

— C'est sans doute ma faute. J'ai été trop dur avec elle.

Janco perçut de la culpabilité dans sa voix. Il se retint de le détromper. Qu'est-ce qu'Uzi lui avait fait subir pendant l'entraînement ? Néanmoins, quoiqu'il ait fait à cette époque, ce n'était pas là la raison de la rage qui habitait Esther. Mais l'instructeur ne pouvait pas comprendre que le Tokoloshe l'habitait. Il fallait avoir le sang de la terre africaine dans les veines pour cela.

— Le pilote du Falcon va vous ramener à Genève. Il va également vous remettre une enveloppe contenant tous les détails sur notre cible. Nous vous laissons une semaine. Si l'affaire n'est pas réglée à cette date, nous prendrons le relais.

— Elle le sera.

— Bien. Clochette nous tiendra au courant.

Les deux hommes se serrèrent la main.

— Je pense que nous ne nous reverrons plus. Saluez votre Amiral de ma part, s'il vous plaît.

— Et vous, prenez soin d'Esther. Par deux fois, vous m'avez écarté de sa vie. Il n'y en aura pas de troisième.

Uzi ne prit pas la peine de lui répondre.

Épilogue

Allons toujours, pour lentement
que nous avançons, nous ferons
beaucoup de chemin[1].

Un vent frais malmenait la cime des arbres. Assis sur un tronc, une bière à la main, la cible écoutait Georges raconter la légende de maître Rogon d'Hauteluce, cet homme avide de richesses qui avait conclu un pacte avec le diable. Depuis lors, ses champs de blé étaient chargés de grains d'or.

— Inquiet à l'idée d'être volé, poursuivit le septuagénaire avec une voix de bon comédien, Rogon d'Hauteluce entassa l'or dans sa ferme. Or le plancher était par trop fragile pour supporter un tel poids ! Il finit par céder, et l'eau qui s'écoulait juste en dessous remonta à la surface…

1. Saint François de Sales.

Il se redressa et conclut théâtralement :

— Ainsi naquit le lac de la Girotte, et depuis 1900, le barrage qui s'y trouve nous permet d'avoir de l'électricité.

La cible finit sa bière, un sourire aux lèvres. Georges enchaîna sur la bravoure des jeunes résistants qui avaient libéré Albertville grâce au parachutage d'armes au col des Saisies. Son récit achevé, il leva son verre à la mémoire du commandant Bulle et du capitaine Escande.

— Et si vous m'accompagniez au barrage, demain matin ? proposa soudainement Nadine. La vue y est exceptionnelle et, en plus, on annonce un très beau temps !

— Bonne idée, renchérit Georges. Le barrage actuel a été construit après la guerre avec les moyens techniques de l'époque. Les piliers sont des voûtes convexes, c'est vraiment unique ! Nadine vous montrera les fissures et, au retour, vous me donnerez votre avis !

La cible acquiesça, curieuse de voir l'édifice. De toute façon, personne ne pouvait refuser quoi que ce soit à Nadine. Son sourire était aussi envoûtant que cette région. *Ce que Nadine veut, Dieu le veut*, avait pour habitude de plaisanter Georges.

Le septuagénaire était affligé d'un cancer qui lui interdisait les longues marches. Il se contenterait donc de déposer les randonneurs en voiture.

Deux jours auparavant, Georges et Nadine Blanchot, des correspondants de la DGSI, avaient accroché la cible qui se cachait dans le petit village d'Hauteluce, en Savoie. Pendant la saison creuse, le couple de retraités était connu pour organiser des randonnées en montagne et animer des soirées raclette. La cible avait fini par se rendre à l'une d'elles, heureux de quitter enfin sa planque.

*

* *

Le chemin apparut une fois plusieurs lacets avalés. Il fallait compter deux heures de marche à flanc de montagne jusqu'au barrage. Georges laissa là les randonneurs et redescendit en voiture.

Nadine allait d'un pas sûr et rapide que peu de gens étaient capables de maintenir. La cible fut étonnée de ne pas avoir à l'attendre.

Une fois parvenu au sommet, le duo admira la vue. Au loin, une buse semblait danser au-dessus des nuages.

— C'est splendide ! s'exclama la cible.

Nadine avait toujours su séduire son prochain. Elle jeta un regard enjôleur à l'homme qui l'accompagnait et lui proposa d'aller observer les fissures sur la deuxième voûte.

— EDF interdit d'aller sur la structure du barrage. Ils savent pourtant très bien que le béton se dégrade ! s'agaça-t-elle. Du coup, je serais curieuse d'avoir votre avis.

Ils enjambèrent la petite barrière interdisant l'accès aux piétons et avancèrent sur la digue, laissant la voûte du premier pilier derrière eux.

Alors que la cible se penchait pour observer de plus près les fissures, une lame s'enfonça jusqu'à la garde dans sa fesse droite.

— Ça, c'est pour Esther, murmura une voix à son oreille.

La lame tourna dans la chair. La cible se mit à hurler de douleur.

— Pitié, j'ai de l'argent, beaucoup d'argent ! Je suis désolé, je ne voulais pas vous tuer. C'étaient les ordres ! Pitié !

Ses cris résonnèrent sur la structure, amplifiant sa souffrance et son désespoir. Janco l'écouta hurler, le visage impassible. Puis, enfin, il retira son Mamba du postérieur de la cible. L'homme ferma les yeux, presque reconnaissant. La seconde suivante, un violent coup de coude lui défonça la nuque. Amputé de la vie qu'il abritait, le corps chuta et se disloqua à l'impact cinquante mètres plus bas. Nadine ouvrit la gourde qu'elle avait emportée avec elle et dilua les quelques taches de sang visibles sur le béton.

— Quel horrible accident ! s'exclama-t-elle. J'en suis toute retournée !

Prière du Para

André Zirnheld écrit cette prière en 1938, alors qu'il exerce comme professeur de philosophie. Durant la Seconde Guerre mondiale, condamné comme déserteur pour avoir rejoint la France libre, il s'enrôle dans le French Squadron du Special Air Service. À sa mort le 27 juillet 1942 au cours d'une opération commando en Afrique, ses compagnons découvrent dans ses affaires le texte suivant, qui va devenir la « prière du Para ».

Je m'adresse à vous, mon Dieu,
car vous seul donnez
ce qu'on ne peut obtenir que de soi.

Donnez-moi, mon Dieu, ce qu'il vous reste,
donnez-moi ce qu'on ne vous demande jamais.

Je ne vous demande pas le repos
ni la tranquillité,
ni celle de l'âme, ni celle du corps.

Je ne vous demande pas la richesse
ni le succès, ni peut-être même la santé.

Tout ça, mon Dieu, on vous le demande tellement
que vous ne devez plus en avoir.

Donnez-moi, mon Dieu, ce qu'il vous reste.
Donnez-moi ce que l'on vous refuse.

Je veux l'insécurité et l'inquiétude,
je veux la tourmente et la bagarre,
et que vous me les donniez, mon Dieu,
définitivement,
que je sois sûr de les avoir toujours,
car je n'aurai pas toujours le courage
de vous les demander.

Donnez-moi, mon Dieu, ce qu'il vous reste.
Donnez-moi ce dont les autres ne veulent pas.

Mais donnez-moi aussi le courage,
et la force, et la foi.

Car vous seul donnez
Ce qu'on ne peut obtenir que de soi.

14016

Composition
FACOMPO

Achevé d'imprimer en Slovaquie
par NOVOPRINT SLK
le 7 janvier 2024.

Dépôt légal : février 2024
EAN 9782290391167
L21EPNN000585-594449

ÉDITIONS J'AI LU
82, rue Saint-Lazare, 75009 Paris

Diffusion France et étranger : Flammarion